PROLOGUE

Le pont de Westminster s'étire à l'infini comme un mirage, perdu dans le brouillard qui flotte sur la Tamise. Les touristes y flânent, prenant quelques photos au beau milieu de couples énamourés et de sportifs en plein effort. Ils s'évaporent dans la brume les uns après les autres, comme avalés. Ils disparaissent pour ne plus jamais revenir. Un jour, ils font partie de votre vie et le lendemain, plus rien.

Je m'appuie sur la rambarde du balcon pour garder l'équilibre. Plus d'un million d'âmes habitent cette ville et je ne me suis jamais sentie aussi seule. La douleur sourde dans mon ventre prend de l'ampleur à chaque nouvelle inspiration, me rappelant que je suis vide. Que je suis seule.

Il y a une heure encore, ce n'était pas le cas. Il y a une heure encore je savais où j'allais, j'avais un avenir et je l'avais, lui. Mais maintenant, c'est terminé. Cette vie-là ne sera pas pour moi.

– Ah ! Te voilà.

Clara me rejoint sur le balcon. Elle s'approche et pose doucement sa main sur la mienne.

– Je n'ai pas bougé d'ici, dis-je faiblement.

Mon futur s'est envolé, mais moi, je suis toujours au même endroit.

– Fiancée larguée, ça fait moins glamour que future mariée, non ?

– Personne ne te colle d'étiquette, et même si c'était le cas, on te désignerait plutôt comme la femme qui a refait le portrait de Pepper Lockwood, ce qui fait de toi quelqu'un de merveilleusement grandiose, d'après mes standards, répond-elle fermement.

Effectivement, mettre enfin mon poing dans la figure de cette traînée m'a fait un bien fou. Le top, ç'aurait été de frapper aussi Philip, au passage.

– J'aurais dû m'y attendre. Philip était bizarre depuis plusieurs semaines.

– Personne n'aurait pu s'attendre à ça, m'assure Clara. Et ce n'est en aucun cas ta faute. Philip t'a trompée. C'est lui qui a mis un terme à votre relation.

Le diamant à mon annulaire se fait lourd, comme si cette bague était une ancre qui m'attachait à un passé dont j'ai besoin de me libérer. Je la retire de mon doigt et la montre à Clara.

– Au moins, ça devrait me rapporter gros. Suffisamment pour avoir de quoi vivre quelque temps.

– Ne prends pas de décision sur un coup de tête.

Elle se saisit de la bague de fiançailles et la serre dans sa main, mais son front se plisse d'anxiété. Elle n'essaie pas de me convaincre de la garder, mais nous savons toutes les deux que je vais avoir besoin d'argent, au moins le temps de trouver un travail.

Un travail.

Je me force à penser que j'ai reçu une excellente éducation et que je n'aurai aucun problème à trouver un emploi. Mais je ne suis pas trop sûre qu'une année à préparer un mariage qui n'aura pas lieu soit du meilleur effet sur un CV.

– On s'inquiétera de tout ça demain, dit Clara d'un ton rassurant en me faisant quitter le balcon dont la baie vitrée ouverte révèle la présence d'un bel homme aux cheveux ondulés.

– J'ai réussi à me procurer tout l'alcool du monde, annonce Edward.

Le plus jeune des princes s'est déjà révélé être un véritable ami et, ce soir, c'en est la confirmation.

– Littéralement. Il n'y a plus d'alcool sur terre. Tout est à nous.

Il attrape ma main pour déposer un pain de glace dessus, puis me tend une bouteille avant d'ajouter :

– Ça, c'était pour ton crochet du droit. La vodka, c'est pour le reste de ta personne.

Je jette un dernier regard à la ville en contrebas et me tourne vers mes amis avant de leur répondre :

– On attend quoi ? C'est parti pour une cuite.

CHAPITRE PREMIER

Il faut que je sois à l'heure à mon rendez-vous, et Londres n'en a rien à faire. Les hordes de touristes qui déferlent sur Kensington me confirment cette évidence. Le feuillage des quelques arbres disséminés sur l'artère grouillante est passé du vert aux sublimes teintes d'or ou d'ocre, et visiblement tous les touristes en ville veulent le prendre en photo. Je contourne un groupe imposant de gens lancés dans un véritable shooting devant Top Shop. Marmonnant des excuses de circonstance en passant devant les objectifs au mauvais moment, je me précipite vers une rue moins peuplée. De l'autre côté de la rue, j'aperçois une porte laquée de rouge avec une plaque où l'on peut lire un laconique « Me Smith Price » au moment où l'alarme de mon téléphone me rappelle que j'ai un entretien dans cinq minutes. Je cours aussi vite que me le permettent mes chaussures peu pratiques, puis je m'arrête devant la porte, le temps de prendre une grande inspiration.

Je passe une main sur mes cheveux, ravie de constater qu'ils sont toujours impeccablement coiffés, même après la course effrénée dans laquelle je me suis lancée depuis chez moi. J'ai récemment décidé de me débarrasser des longues mèches bouclées que je laissais pousser pour mon mariage. Nouvelle vie. Nouveau look. Le carré mi-long que j'ai choisi de porter avec une épaisse frange sur le front est plus facile à entretenir et visiblement immunisé contre la frénésie des rues londoniennes. L'espace d'un instant, je pense à vérifier que mon rouge à lèvres n'a pas besoin d'une petite retouche, mais je me ravise. Je n'en ai plus le temps. Il m'attend dans son bureau dans une minute. Je lisse ma jupe crayon noire en espérant ne pas avoir filé mes bas et je tâte le col de ma blouse ivoire ajustée pour m'assurer que le bouton n'est pas défait. J'ai la tête de l'emploi. Maintenant, il n'y a plus qu'à décrocher le job. Un boulot stable est la dernière chose qui me manque pour reprendre ma vie complètement en main. En plus, ça pourrait bien me permettre de trouver les fonds pour me lancer dans mon projet de start-up.

À l'intérieur, tout est différent. De l'une des rues les plus racées et modernes de Londres, je plonge dans un décor tout droit sorti du passé. Tout n'est que cuir et bois d'acajou. De grandes étagères bordent les murs de la petite salle d'attente et, derrière un bureau en chêne, est assise une femme tirée à quatre épingles qui garde la porte d'un bureau. Elle pince les lèvres et me toise des pieds à la tête. Je n'ai peut-être pas le look de l'emploi finalement. Elle doit avoir la quarantaine bien tassée, mais bon, c'est probablement l'énorme balai qu'elle semble avoir dans le cul qui la vieillit. Tout sourires, je m'approche d'elle.

– J'ai rendez-vous avec Maître Price.

Même lorsqu'elle hoche la tête, son air désapprobateur ne la quitte pas.

– Juste à l'heure, Mademoiselle… ?

– Stuart.

Je réponds, mais je me doute qu'elle le sait déjà. C'est une femme qui a confirmé l'horaire de mon entretien et il n'y a qu'elle ici. Inutile de le lui faire remarquer, étant donné que j'ai passé les six derniers mois à jongler entre les entretiens et les petits boulots. Je me contente de ravaler ma fierté et d'attendre. Je suis devenue assez douée pour cet exercice depuis que j'ai surpris mon fiancé en train de me tromper. Quand j'y pense, je devrais peut-être ajouter cette compétence sur mon CV.

– Maître Price vous attend, dit-elle en se levant, tout en me faisant signe de la suivre de l'autre côté de la porte qu'elle garde.

J'entre dans son bureau et m'arrête net. J'ai fait une recherche Google sur Smith Price hier, mais je n'ai pas du tout pensé à regarder les photos. Au vu de la longue liste de ses succès et de l'envergure des clients de son cabinet, je me serais attendue à quelqu'un de plus âgé. Bien plus âgé. Mais l'homme devant moi, assis à son bureau, a l'air d'être l'envoyé de Dieu pour honorer l'invention du costume trois-pièces. Impossible de lui donner plus de trente ans. Ses cheveux châtains sont soigneusement peignés, mais sans pouvoir dissimuler cette légère ondulation qui semble exiger qu'on passe une main dedans. De longs cils bruns encadrent un regard d'un vert vif des plus étonnants, même de loin. Mais c'est la ligne de sa mâchoire, impeccable et déterminée, ainsi que ses larges épaules qui révèlent sa masculinité primale. Il est installé confortablement dans un fauteuil de cuir, l'air songeur, la main posée sur ses lèvres charnues. Quelque chose s'éveille en moi, des coups réguliers contre le mur que j'ai érigé pour me protéger des hommes, particulièrement des hommes comme lui. Je redresse les épaules, puis m'oblige à un sourire professionnel et désintéressé.

Price ne se lève pas lorsque sa secrétaire me fait entrer dans le bureau. Il observe simplement la scène, son regard remonte le long de mon corps en partant des pieds jusqu'à la tête. L'intensité qu'il met à me scruter me brûle, mes joues en rougissent. L'espace d'un instant, j'ai l'impression que mes genoux vont céder, et je dois faire appel à tout mon sang-froid pour rester droite dans mes Louboutin. Merci, mon Dieu, de m'avoir fait opter pour les talons les plus raisonnables, sinon je me serais retrouvée cul par-dessus tête et les seins sur le parquet. Ses yeux s'arrêtent au niveau de ma bouche et, soudain, je regrette d'avoir choisi de porter une teinte de rouge aussi suggestive. Mais je ne pouvais pas m'attendre à ce que Smith Price ait l'air d'un… eh bien, d'un dieu du sexe. Ses lèvres tressautent, comme s'il devinait le cours de mes pensées, mais son visage redevient alors aussi rigide qu'un masque de pierre. Impossible de voir ce qu'il pense. C'est complètement désarmant.

Et le pire dans tout ça, c'est que c'est complètement sexy.

Pas bien !

Ça, c'est la petite voix suraiguë dans ma tête qui me crie un avertissement.

Tu as besoin de ce boulot et tu ne l'obtiendras jamais si tu n'arrives pas à montrer que tu as plus de deux neurones. Parle !

J'ouvre la bouche pour prendre une grande inspiration. S'il n'entame pas la conversation, c'est à moi de le faire. Et, plus que tout, je dois éviter d'avoir l'air désespérée. Aucun point faible. Je n'ai passé qu'une minute en la présence de Price et je sais déjà ce qui se passerait si je faisais preuve de la moindre vulnérabilité. Je me retrouverais dans son lit et au chômage.

D'une voix douce – bien trop douce et vraiment trop séductrice –, je me lance :

– Maître Price, très heureuse de vous rencontrer.

On garde sa culotte sur les fesses, on ne la jette pas par terre, me dis-je silencieusement. Ses doigts descendent sur son menton, révélant ces lèvres pulpeuses que mon regard a du mal à quitter. Cet entretien n'est pas près de servir à quoi que ce soit si nous n'arrivons pas à décoller de nos bouches respectives.

– Smith.

Cette simple rectification suffit à me faire redescendre sur terre et je lève brusquement les yeux pour enfin le regarder en face. Longuement et durement. Ce type d'échange silencieux qu'on peut avoir avec quelqu'un qu'on connaît depuis longtemps, qu'on connaît intimement. Son regard n'est pas mesuré comme le reste de sa personne et, sans l'ombre d'un doute, je sais qu'il le fait exprès. Il veut que je lise en lui. Je pourrais me noyer dans ses iris d'un vert si profond, me perdre dans les tourments que j'y décèle. Ils reflètent les miens. Mon ventre se contracte, comme si un désir pur s'emparait de mes entrailles. Il suffirait d'un rien pour que je me laisse emporter.

– Asseyez-vous, Mademoiselle Stuart, ordonne-t-il baissant le regard sur son bureau.

Je saisis cette opportunité pour détourner les yeux et reprendre contenance en prenant place sur le fauteuil face au sien. Quand nos regards se croisent à nouveau, ses pensées sont maintenant dissimulées derrière un rideau protecteur. Il reprend :

– J'imagine que vous avez des questions à poser sur le poste.

En fait, non. Je m'attendais à venir ici pour me faire interroger. J'ai du mal à retrouver mes cordes vocales. Mais j'arrive à me forcer et à poser la première question qui me passe par la tête :

– Quelles sont vos attentes… pour ce poste ?

La dernière partie de ma phrase semble stupide, mais Smith me semble être le type d'homme qui a besoin de limites claires et précises.

– Mon assistante personnelle.

Rien d'autre. Apparemment, il veut me faire ramer pour obtenir la moindre information. Désignant le bureau qui nous entoure, je poursuis :

– Ici ? Dois-je vous assister aussi dans les dossiers ?

Je ne sais pas si je peux vraiment l'aider sur le plan juridique, mais je suis certaine de pouvoir donner le change le temps de comprendre ce qu'il faut faire.

– Vous avez des compétences juridiques dont j'ignore l'existence ?

Il parle d'un ton froid et distant.

Je résiste à l'envie de me recroqueviller sur mon fauteuil. Au contraire, je me redresse. Au moins, s'il se comporte comme une raclure, ça m'aidera à me débarrasser de mon attirance pour lui. Il penche la tête sur le côté pour attendre ma réponse et caresse la légère barbe naissante qui souligne la ligne déterminée de sa mâchoire. Qu'est-ce que ça ferait de sentir cette main sur moi ? Qu'est-ce que je ressentirais si cette légère barbe égratignait la peau de mes cuisses ?

Peut-être que ça ne m'aide pas.

– Absolument pas, dis-je en adoptant une attitude tout aussi froide.

– Ce n'est pas plus mal, puisque mon assistante personnelle n'a pas à se préoccuper des dossiers que je défends.

Il me répond en souriant d'un air suffisant. C'est ça, un putain de petit sourire irritant au possible.

Quel genre d'adulte a ce type de comportement pendant un entretien d'embauche ?

Le genre qui sait exactement ce qu'on veut faire avec lui.

J'ignore la petite voix, perdant patience non seulement avec moi-même mais aussi avec lui.

– Alors, quelles seront mes missions ?

Le petit sourire satisfait migre vers le coin de sa bouche avant de disparaître en quelques secondes.

– Vous m'assisterez sur le plan personnel. Évidemment, ma secrétaire se charge de mon carnet de rendez-vous professionnels et des audiences à la cour. Vous vous occuperez de mon emploi du temps personnel ainsi que de mes relations privées avec mes clients. Je suis un homme très occupé, Mademoiselle Stuart…

– Belle, dis-je en l'interrompant.

Je savoure cette opportunité de le corriger.

– Mademoiselle Stuart, répète-t-il. Je suis un homme très occupé. Je ne me souviens pas des anniversaire. Je n'achète pas de cadeaux de mariage. Et je ne dîne jamais seul.

– Je suis censée dîner avec vous ?

Je m'étouffe à moitié là-dessus. Sa description de poste ressemble de plus en plus à un mariage, sans les bénéfices : ni accès à son compte en banque ni orgasmes.

– Pas tout le temps, poursuit-il. Mes soirées sont souvent chargées. Quand ce n'est pas le cas – et quand je dois être escorté – dans ces cas-là, vous serez présente.

– Je ne me doutais pas que je m'engageais pour un nouveau style de vie.

Cette remarque désinvolte est sortie de ma bouche avant même que j'y réfléchisse.

Smith serre les dents mais ne relève pas, ce qui ne fait qu'alourdir un peu plus l'atmosphère. Ce boulot sera tendu. La question, en fait, est de savoir ce qui serait le plus stressant : prendre ce poste ou trouver une autre opportunité. Malgré mon pedigree et mes études, on ne m'a encore jamais rappelée après un entretien. Mais je ne vais pas laisser ce complexe d'infériorité, né de tous ces refus, me faire commettre une erreur.

Il est temps de jouer carte sur table, avant que je n'aie envie de m'allonger dessus :

– Puis-je poser une question ?

– Vous venez de le faire, fait-il remarquer. Et je ne vous ai pas mordue.

Sa réponse dirige mon regard sur ses lèvres et je me mets à fantasmer sur d'éventuelles morsures. C'est déprimant, mais j'ai l'impression que ça ne me dérangerait pas trop qu'il le fasse.

Ce serait le bon moment pour partir en courant. Immédiatement.

Mais je n'en ai pas envie. J'ai l'impression d'être rivée à ma chaise, enfermée dans cette pièce, piégée par cet homme. Je me dis que c'est à cause des possibilités que m'ouvre le poste, mais honnêtement, je sais très bien qu'il n'y a pas que ça. Il s'est déjà infiltré sous ma carapace. Je le sens, il peut me donner quelque chose dont j'ai désespérément envie. Rester, ça veut dire résister à cette tentation, mais partir est impossible.

– Imaginons que vous me reteniez pour ce poste…

Je marque un temps d'arrêt en me demandant s'il va mettre brusquement un terme à mes conjectures… Mais non, alors je poursuis :

– … Pourquoi moi ?

– Vous feriez une excellente recrue pour de nombreuses raisons.

Il se rencogne dans son fauteuil, lève ses bras pour poser les mains derrière la tête dans un geste nonchalant, en m'observant avant de préciser :

– Votre cursus universitaire pour commencer.

Je hoche la tête, même si un diplôme d'Oxford ne semble pas des plus appropriés pour faire des courses ou tenir compagnie à quelqu'un pour dîner.

– Vous n'avez pas l'air d'être d'accord avec moi, à ce que je vois.

– Non, je…

– Laissez-moi terminer.

Ses paroles sont bienveillantes, mais le ton ne souffre pas d'être contredit. Il s'attend à ce que je me taise. Il s'attend à ne pas être interrompu. Et j'ai l'impression qu'il s'attend à ce que je dise oui à tout ce qu'il va me dire.

– Votre formation universitaire me servirait. Je préfère avoir à mes côtés une personne qui puisse tenir une conversation. Je préfère également être escorté d'une femme bien éduquée lors de mes rendez-vous professionnels. Mes associés ne partagent pas tous mes prédilections.

J'arque un sourcil.

– Prédilections est un bien grand mot.

– Toutes les prostituées ne font pas le trottoir, Mademoiselle Stuart. La plupart d'entre elles trouvent simplement un homme acceptant d'acheter leurs faveurs en échange d'un accès à leur cul. Même si je suis certain qu'il est confortable d'avoir, à la maison, quelque chose où planter sa bite, de telles relations sont risquées et se terminent souvent dans l'embarras le plus complet ou le chantage, termine-t-il.

C'est sûr, il n'a pas tort, même si sa petite sortie le fait monter de quelques crans sur mon baromètre à connard.

– Mais comme vous le soulignez, j'ai reçu une excellente éducation. Cela me permet de juger plus facilement ce qui vaut la peine de se lancer dans le chantage ou non.

– Vous devrez signer un accord de confidentialité, m'informe-t-il en se tournant, de sorte que son visage disparaisse dans l'ombre. Et je vous promets que vous serez pieds et poings liés à ce contrat, mais à moi aussi.

La boule dans ma gorge glisse de façon inquiétante lorsque j'ingurgite l'information. Attachée. Ai-je envie d'être liée à lui ? Légalement du moins. Difficile à envisager, surtout si je pense aux mots qu'il a choisis. Je ne vais pas avoir besoin d'un verre après cet entretien, il va me falloir toute la foutue bouteille.

– Il y a d'autres raisons, continue-t-il. Je n'ai découvert que vous étiez la meilleure amie de notre future reine qu'après avoir fait une enquête sur vous. Vous avez réussi à rester loin de la presse, je suis impressionné. Vous avez un certain talent pour passer inaperçue.

– Ou je suis très ennuyeuse.

– J'en doute sincèrement, dit-il d'une voix grave qui m'envoie une volée de frissons dans le dos. Mon travail requiert une grande discrétion. J'ai besoin de m'entourer de personnes qui le comprennent. Vous connaissez intimement les tenants et les aboutissants de cette obligation.

– J'étais amie avec Clara longtemps avant qu'elle ne rencontre Alexander.

– C'est un compliment de ma part.

Smith marque une pause pour me mettre au défi de remettre en question son interprétation. Comme je ne réagis pas, il reprend :

– Et bien sûr, physiquement parlant, vous avez tout ce qu'il faut.

– Je suis physiquement adaptée au poste ?

Je reformule la question, parce que je ne suis pas trop sûre d'avoir bien compris ce qu'il entend par là.

– Vous êtes une très belle femme. Pas besoin de prétendre le contraire.

J'essaie de garder mon calme, mais c'est un échec sur toute la ligne.

– Le harcèlement, vous connaissez ? On en est très près, là.

Smith Price est un mystère. Ou peut-être pas. Tout ce qu'il veut, c'est une jolie fille pas trop bête pour satisfaire toutes ses lubies. En y réfléchissant bien, c'est ce que veulent vraiment tous les hommes. Seulement lui veut bien payer pour ça, sans s'attendre à des faveurs sexuelles en retour. Ça n'aurait dû ni me choquer ni me décevoir, mais quand même.

– Des entreprises recrutent des personnes attirantes tous les jours. Ce n'est pas vraiment illégal quand c'est un prérequis pour un poste.

Smith hausse les épaules et se penche en avant pour poser ses mains sur son bureau. Il les garde immobiles. Ses doigts ne martèlent pas le bois dans un geste d'impatience. Il contrôle totalement la situation et sa personne. C'est ce qui me fait peur.

C'est aussi ce qui m'excite.

– Du moment qu'il existe une nette différence entre le statut d'assistante et celui de petite amie.

L'insinuation est claire. Peut-être qu'il me regarde comme ça depuis que je suis entrée dans cette pièce pour me jauger professionnellement, mais j'ai l'impression qu'il me baise du regard. J'en ai l'habitude, de ces hommes qui fantasment sur moi ouvertement. C'est juste que je ne suis pas intéressée, je n'ai pas envie d'être baisée. Je n'ai pas besoin qu'on me tente et aucune envie de changer d'avis, mais si j'en juge par la réaction de mon corps devant son regard scrutateur, j'ai besoin d'établir cette vérité de façon claire et nette.

– Je vous assure que je n'ai aucune inclination romantique. Un autre homme pourrait se servir de sa position dominante sur vous, vous acheter à coups de cadeau ou vous faire des propositions indécentes, mais pas moi. Notre relation sera strictement professionnelle.

Sa voix ne descend pas, comme s'il laissait quelque chose en suspens – quelque chose qu'il souhaite ajouter après coup –, mais il n'ajoute rien.

– Vous avez d'autres questions ?

Je devrais en poser bien d'autres, mais non. Il m'est de plus en plus difficile de réfléchir en sa présence. Je ne peux que secouer la tête pour dire non.

– Alors, je pense que nous en avons terminé.

C'est abrupt comme fin d'entretien, mais celle-là, je l'ai sentie venir.

Ce n'est pas plus mal. De ça, je suis sûre. Mais malgré les signaux d'alerte et les petits panneaux marqués « attention », impossible de dépasser cette sensation de ratage. C'est un boulot rémunéré. Bon, je ne m'en sors pas trop mal financièrement parlant, surtout si je pense à tous les événements qui ont bouleversé ma vie ces derniers mois, mais c'est en grande partie grâce à Tante Jane qui refuse de se faire payer un loyer et à mes meilleurs amis qui prennent toujours l'addition.

Je rassemble le peu de dignité qui me reste et me force à sourire.

– J'attends de vos nouvelles avec impatience.

– Ce ne sera pas nécessaire, répond-il d'un ton dédaigneux en faisant descendre mon cœur de quelques étages. Je vous attends ici demain à treize heures pour discuter de mon agenda et voir comment vous pourrez combler mes besoins.

J'essaie de passer outre le côté suggestif de ses paroles et de me concentrer sur le fait que je viens de décrocher ce job.

– Je serai là.

– Soyez ponctuelle, Mademoiselle Stuart. Je ne suis pas homme à attendre.

Ma lèvre inférieure est brusquement douloureuse et je me rends compte que je suis en train de la mordre. Le regard de Smith s'attarde dessus. Il a remarqué mon geste avant moi et, malgré ses déclarations sur notre relation, je vois bien que la faim qui dévore son regard est tout sauf professionnelle.

Je dois partir d'ici et faire le ménage dans ma tête. C'est la seule solution, sinon impossible de décider si je serai à l'heure demain ou si je vais lâchement envoyer un mail. Je me lève d'un bond, soulagée d'avoir pris la position dominante dans cette pièce, du haut de mes talons de dix centimètres. Je m'arrête devant son bureau.

– Soyons clairs. Je vous accompagnerai lors de ces soirées. Je travaillerai chez vous, dans votre maison. Mais je ne coucherai pas avec vous.

– C'est noté.

C'est ce qu'il dit, mais sa réponse n'est pas particulièrement rassurante. Je ne sais pas trop s'il me voit comme un challenge ou s'il pense que l'affaire est dans la couette. Quoi qu'il en soit, une chose est sûre : il va m'être difficile de garder les cuisses serrées en présence de Smith Price. Voire impossible.

Mais c'est un défi que je suis ravie d'accepter.

CHAPITRE DEUX

Le temps que j'arrive à Notting Hill depuis Kensington, CoCo est complètement blindé. Ce qui était jadis un charmant bistro est devenu le paradis des paparazzis et des touristes curieux, tous n'ayant d'autre ambition que de prendre une photo du ventre royal depuis que les tabloïds ont fait paraître un article sur mes dîners hebdomadaires dans ce restaurant avec Clara et Edward. En me frayant un chemin dans la foule, je croise le regard de Clyde, le patron. Il scrute l'attroupement en s'épongeant le front avec une serviette en papier. Je ne peux m'empêcher de remarquer que les rides de son front sont de plus en plus marquées et que ses cheveux sont beaucoup plus clairsemés depuis qu'il doit essayer de contrôler la foule. Je me suis attachée à lui et je fais exprès de passer par la porte principale toutes les semaines pour être sûre de le croiser.

– Clyde!

Je l'interpelle en agitant le bras au-dessus de ma tête. Pas très digne comme entrée en matière, mais ça ne l'est pas non plus de se faire marcher dessus par de malodorants photographes en herbe.

Clyde pousse un long soupir et se lance dans la manœuvre, faisant signe à des serveurs pour qu'ils viennent l'aider à m'ouvrir un passage. Dès que j'arrive à son niveau, il me fait promptement disparaître dans les cuisines pour rejoindre par l'arrière le salon privé qui nous est réservé.

– Ils sont de pire en pire, dis-je en remontant la bride de mon sac à main sur l'épaule, avant de ralentir pour caler mon pas sur celui du restaurateur épuisé.

– J'ai l'impression que la foule grandit à la même vitesse que le ventre de Clara, commente-t-il avec son fort accent irlandais. Je ne sais pas combien de personnes on peut encore faire entrer ici. C'est tellement plein que ça va exploser un jour ou l'autre.

– Comme Clara, dis-je sur le ton de la taquinerie. Quand le bébé sera né, on ne vous embêtera plus. Vous n'aurez plus à vous faire des cheveux blancs.

D'un seul coup, je regrette de ne pas pouvoir faire disparaître mon commentaire capillaire, mais Clyde se contente de hocher la tête tristement.

– Aucun problème de vous accueillir ici, dit-il en retenant la porte pour me laisser passer.

– Nous savons tous les deux que ce n'est pas vrai.

J'entre dans la pièce et m'arrête quelques secondes avant de lui faire un petit bisou sur la joue. C'est peut-être la dernière fois que je le vois avant un bon bout de temps.

– Merci pour tout.

– Aucun problème, répète-t-il sur un ton bourru avant de prendre congé.

– Alors, on cherche à affoler Clyde ? me taquine Edward en se levant pour me saluer. Un bisou de la part d'une jolie fille ? Je ne suis pas sûr que son cœur soit capable de supporter un stress supplémentaire.

– Je ne faisais que le remercier.

Je lui tape gentiment l'épaule, mais Edward émet juste un petit rire et tire ma chaise.

– Elle n'est pas encore là ?

Edward boit une longue gorgée de vin avant de reposer son verre sur la table.

– Alexander est passé en mode mâle dominant à l'extrême.

– Ça lui arrive d'abandonner ce rôle ?

Je pose la question d'un ton pince-sans-rire tout en me servant un verre à la bouteille de vin ouverte.

– Elle doit accoucher d'ici deux semaines. Il a le droit d'être un peu protecteur.

Il dit ça avec légèreté. Edward, comme la plupart des gens, a tendance à pardonner facilement le besoin de tout contrôler de son frère.

J'aurais pu contrer son argument si Clara n'avait pas attiré les problèmes comme un aimant depuis un an et demi. En fait, ça me rassure de voir qu'Alexander garde un œil sur tous ses faits et gestes – la plupart du temps. Mais bon, j'aimerais la voir plus souvent. Je doute que ce soit entièrement la faute d'Alexander et de son côté surprotecteur, je mettrais plutôt ça sur le dos de la quasi-obsession dont ils font preuve l'un pour l'autre.

– J'imagine qu'on devrait tous avoir cette chance.

Je hausse les épaules en m'installant confortablement sur ma chaise.

– Peut-être.

La bouche d'Edward se tord pour laisser apparaître un sourire en coin :

– Ce n'est pas trop le genre de David.

Je lui fais un clin d'œil en répondant :

– C'est peut-être plus ton rayon.

– C'est quoi, son rayon ? demande une voix fatiguée derrière moi.

Un instant plus tard, Clara est à nos côtés et se baisse lentement pour s'asseoir sur la chaise libre, une main protectrice posée sur son ventre toujours plus rond. Elle parle peut-être comme quelqu'un d'épuisé, mais elle a un teint radieux et ses cheveux châtains sont encore plus naturellement bouclés que d'habitude. Si je ne l'aimais pas autant, j'aurais pu la détester.

– On essaie de déterminer qui a le rôle d'Alexander dans ma biographie amoureuse.

Clara grimace avant de répondre :

– Avec un peu de chance, aucun d'entre vous.

– Des problèmes sous le soleil ?

Le front d'Edward se plisse tant il s'inquiète.

– C'est juste qu'il est un peu trop autoritaire. Vous avez de la chance, j'ai réussi à le convaincre de me laisser venir ce soir. Norris est en bas avec la moitié des forces armées britanniques. À quoi ça sert d'avoir une entrée de service à l'arrière du bâtiment si on arrive avec tout un régiment ? demande-t-elle en se caressant le ventre, un sourire réticent sur les lèvres. J'imagine que ce sera encore pire quand elle se décidera à venir parmi nous.

– On viendra à toi, je lui promets. D'ailleurs, ce n'est pas si horrible que ça d'avoir quelqu'un qui prenne soin de toi.

Clara plonge son regard dans le mien, hoche la tête et je suis immédiatement assaillie par une grosse vague de culpabilité. Je ne voulais pas avoir l'air amer, mais c'est raté. Je ne me sens pas du tout mal de la voir mariée et si heureuse. Je le lui ai dit une centaine de fois, mais elle ne l'a pas encore tout à fait accepté.

Je saisis mes couverts pour changer vite fait de sujet de conversation.

– Bon, j'ai du nouveau.

– Dis-moi que tu t'es envoyée en l'air ! s'exclame Edward en levant les bras au ciel dans un geste de prière.

– Très drôle, je lui réponds en lui jetant ma serviette à la figure. J'ai renoncé aux hommes, tu te rappelles ?

– Alors, promets-moi que tu as investi dans un bon vibro, Chérie, rétorque-t-il.

– Elle en avait déjà un, bien longtemps avant de rompre avec Philip, intervient Clara, pince-sans-rire.

J'agite mon index sous son nez avant de lui répondre.

– C'est vrai. Mais malheureusement, on va laisser de côté les nouvelles orgasmiques. J'ai juste trouvé du boulot.

– C'est génial.

Edward se fend d'un sourire, comme si ce que je venais d'annoncer était moitié moins excitant que de savoir que je m'étais envoyé quelqu'un.

– Et ton idée de start-up autour de la mode ? s'enquiert Clara.

– Oh, je n'arriverai jamais à aller jusqu'au bout de ce projet, je lui mens.

Je n'ai mentionné cette idée à ma meilleure amie qu'une seule fois, mais Clara n'oublie jamais rien. Inutile de les impliquer dans ce qui ne sera très probablement qu'un beau rêve utopique. D'autant plus que je suis certaine qu'ils seraient tous les deux bien trop heureux d'investir dans mon projet, ce qui est la dernière chose que je souhaite.

– Notre destinée, à nous simples mortels, se réalise derrière un ennuyeux bureau, jour après jour.

– Non, non ! rétorque Clara en imitant mon geste du doigt. Tu appartiens à l'aristocratie depuis bien plus longtemps que moi.

– Oui, bon, ça n'a pas trop réussi à ma famille.

Petit rappel. Je n'ajoute pas que le domaine de ma mère, toujours en danger de ruine complète, est l'une des nombreuses raisons pour laquelle j'ai besoin dudit boulot. Alors, j'ajoute :

– Il faut bien que j'aie de quoi me nourrir.

– Et c'est ce que nous allons faire, conclut Edward alors qu'un serveur nous apporte notre commande habituelle.

Je m'avance pour attraper la cuillère de service, mais Edward chasse ma main et intervient :

– Non, nous autres immortels, nous nous gargariserons des histoires de ton quotidien de petite paysanne. C'est quoi ce job, alors ?

Pendant sa tirade, Clara s'est saisie de la cuillère à son tour et s'est mise à remplir mon assiette de pâtes.

– Mange, mais parle.

– Un poste d'assistante particulière.

J'enroule une bonne dose de linguine autour de ma fourchette, mon estomac gronde de bonheur devant la riche sauce Alfredo qui les nappe.

– D'une personne célèbre ? demande Edward.

– D'un avocat, dis-je avant d'avaler précautionneusement les délicieuses pâtes.

– Incontestablement moins glamour.

– Tu n'as pas vu l'avocat en question.

C'est sorti de ma bouche avant même d'avoir vraiment réfléchi que je leur tendais un sacré bâton pour me faire battre.

La voix de Clara se teinte d'une pointe d'excitation :

– Ah vraiment ?

– Elle va coucher avec lui, souligne Edward comme si c'était déjà un fait établi.

– On arrête de délirer, je les avertis. Il a tout d'un enculé de première classe.

Clara et Edward échangent un regard lourd de sous-entendus.

– Elle va définitivement coucher avec lui, prédit Edward. Elle pense déjà à son cul.

***

Lorsque je rentre chez moi, les lumières sont tamisées. Une lente et sensuelle mélodie avec de légers craquements flotte dans la pièce principale. Je jette un coup d'œil avant d'entrer, ne voulant pas déranger ma tante, et observe son élégante silhouette onduler doucement au milieu des voiles de son caftan dans un arc-en-ciel de couleurs douces. J'ai toujours idolâtré ma tante avec ses cheveux platine un peu fous et ses vêtements encore plus déments. Le fait qu'elle ait encore plus de personnalité que son apparence le laisse deviner est un bonus supplémentaire.

Elle m'interpelle sans même se retourner :

– Parle-moi de ta journée.

– Rien ne presse.

Je pose mon sac à main sur le bar de la cuisine et m'y attarde en résistant à l'envie de tapoter mes ongles en rythme sur le granit du plan de travail.

– Ne dis pas de bêtise, rétorque Jane en empoignant la bouteille de vin dans le placard. Attrape les verres.

Je suis comme envahie d'un sentiment de paix quand j'attrape deux longs verres à pied sur l'étagère avant de les poser sur le comptoir. La plupart des gens de mon âge n'apprécieraient pas de vivre avec quelqu'un de leur famille, mais je n'ai pas ce genre de scrupule. Jane est une tornade. Elle est constamment en mouvement, allant d'un endroit à un autre, d'un homme à l'autre aussi. Lorsque Clara s'est mariée, je n'étais pas prête à vivre toute seule, surtout après avoir mis un terme à mes fiançailles. Le choix d'emménager chez ma tante a été facile à faire et vu le mal que j'ai eu à trouver un emploi stable ces derniers mois, sa proposition de vivre avec elle m'a plus que réjouie.

– Comment s'est passé l'entretien ? demande-t-elle en me faisant passer un verre de vin bien rempli.

– C'était intéressant.

Je tapote le pied délicat en regardant le liquide cramoisi remonter le long des parois du verre, les caresser avant de retourner sagement au fond. Jane hausse un sourcil maquillé avant de demander :

– Comment ça ?

– Eh bien, j'ai eu le poste.

Je m'arrête là, cherchant les mots justes.

– Mais ça te fait peur, devine Jane.

– Mon boss me fait peur, j'admets.

– C'est un enfoiré ? Ou a-t-il juste un balai dans le cul comme la plupart des avocats ?

– Impossible à dire. Il est très direct.

Je continue de choisir mes mots avec soin. Non pas que j'aie envie de cacher quoi que ce soit à Jane, mais j'essaie de comprendre les émotions qui me sont tombées dessus. Rien que de penser à l'entretien, des petites flammes d'anxiété me lèchent le ventre.

– C'est quelqu'un de puissant ?

Je hoche la tête. Ça, c'est sûr. Je sais très peu de choses sur Smith Price, mais j'en suis certaine. Pouvoir. Autorité. Ces qualités irradient de lui comme les rayons du soleil, et je pressens que si je ne fais pas attention et que je ne me protège pas, je finirai par être brûlée.

– Et il est séduisant, termine Jane à ma place.

– Oui, je murmure, et mon estomac fait un petit saut. J'ai peur de m'attirer des ennuis si je travaille avec lui.

Jane tend sa main vers la mienne pour l'attraper en secouant la tête alors qu'un petit rire cristallin lui échappe.

– Ça ne pourrait pas te faire de mal d'avoir quelques ennuis.

– J'en ai eu assez comme ça.

Après Philip, c'est bien la dernière chose que je cherche. Mais Jane a toujours eu tendance à bondir d'une liaison à une autre. Elle, ça la rend heureuse, mais ce n'est pas ce que je recherche dans la vie.

– Je veux me concentrer sur moi et travailler sur mon projet d'entreprise, aucune envie d'être distraite par un homme.

– Le truc avec les distractions, c'est qu'elles sont nécessaires. On ne peut pas travailler en permanence. Ce n'est pas une vie. Toutes les femmes ont besoin d'une bonne dose de romance. Tu n'as pas à choisir entre ta carrière et l'amour, dit-elle doucement.

– Peut-être que je ne sais pas ce qui est équilibré, je fais remarquer, le regard rivé à la table. J'allais épouser un homme qui en aime une autre.

Le ton de la voix de Jane se fait très doux lorsqu'elle prononce mon nom :

– Belle. Tu étais amoureuse de l'amour. Tu aimais l'idée de votre relation. De ce mariage. De ce style de vie. Tu voulais quelque chose de stable et, après l'enfance que tu as vécue, personne ne pourrait y trouver à redire.

– Maintenant, je veux être aux commandes et maître de ma propre stabilité.

Je lève la tête et la regarde droit dans les yeux.

– Alors, fais en sorte que ça arrive, mais n'arrête pas de vivre pour autant. Refuser de tenter sa chance n'est pas la stabilité, c'est une mort lente.

– Alors, je devrais prendre ce boulot ?

– Est-ce que tu en as besoin ?

– Ça dépend, je réponds en souriant malgré moi. Je peux rester combien de temps si je continue à payer le loyer en bouteilles de vin pas cher ?

– Accepte ce travail et paie-moi en bonnes bouteilles, rétorque Jane en me faisant un clin d'œil. Je ne veux pas que tu me paies de loyer, mais j'ai envie que tu montes ce projet d'entreprise. Alors, à moins que tu aies changé d'avis sur la question des investisseurs…

J'écarte son idée d'un mouvement de main.

– J'ai besoin de faire ça toute seule.

Je ne sais absolument pas s'il y a de la place sur le marché pour mon entreprise. Tout a tellement changé depuis que je suis sortie de l'université et il est hors de question que je prenne l'argent de Jane ou de qui que ce soit d'autre avant d'être sûre de mon projet.

– Tu sais que je ne te mettrai pas de pression, mais mon offre tient toujours.

– Je sais.

Je bois une grande gorgée de vin avant d'abandonner mon verre et d'ajouter :

– Il faut que j'aille me coucher. On dirait bien que j'ai du pain sur la planche demain.

– Belle, est-ce que tu as parlé à ta mère… de ce travail ?

Je me crispe. Mon corps réagit instinctivement à la simple idée de l'appeler.

– Pas encore.

– Ne le fais pas, me recommande Jane.

– Elle le découvrira bien toute seule.

– Et ça arrivera bien assez tôt comme ça.

Jane se lève et me serre dans ses bras.

– Si tu veux te concentrer sur toi, c'est peut-être un bon point de départ.

– Tu pourrais bien avoir raison là-dessus.

Mais même si je sais que c'est le cas, un poids s'est déjà posé sur ma poitrine. Je secoue la tête en essayant d'écarter la vague de culpabilité qui m'assaille.

Jane me fait un petit sourire et resserre son étreinte jusqu'à ce que toute trace de culpabilité disparaisse.

– Je suis fière de toi.

– Est-ce que tu seras toujours fière de moi si je craque et que je me jette sur mon boss ?

– Chérie, rien ne me rendrait plus fière.

CHAPITRE TROIS

Il est treize heures cinq, un fâcheux départ pour la carrière de ma nouvelle assistante. Mes ongles tapotent sur le rebord de la fenêtre à un rythme soutenu. Je n'aime pas attendre. Ça fait plus de trois ans que je n'ai pas attendu une femme. Bon Dieu, si Belle Stuart ne m'avait pas autant intrigué, j'aurais déjà demandé à ma secrétaire de lui montrer la porte à la seconde où elle daignerait faire une apparition. Doris, la vieille mégère que j'emploie depuis cinq ans, n'aurait pas éprouvé la moindre difficulté à remplir cette mission.

C'était une erreur de ne pas l'envoyer se faire voir. J'arrive à peine à cette conclusion qu'un léger bruit à la porte m'annonce qu'elle est arrivée, ce n'est certainement pas Doris qui frappe comme ça.

Je me redresse, serre mes mains dans le dos et attends un instant avant de répondre :

– Entrez.

La porte s'ouvre, mais je continue de lui tourner le dos, le regard toujours rivé sur la rue. Elle doit vite apprendre que ce n'est pas son rôle de commander où je dois diriger mon regard. C'est important. C'est moi qui choisis le moment où je souhaite lui accorder mon attention.

Mais bon, ça ne veut pas dire que je suis immunisé contre sa présence. Sa légère respiration résonne dans la pièce silencieuse et mes doigts se crispent autour de mon poignet.

Erreur.

Comme j'ai croisé les bras dans le dos, et que je suis face à la fenêtre, le mouvement est dans sa ligne de mire. Peu importe qu'elle l'ait vu. Je viens de commettre une nouvelle erreur en présence de Belle Stuart. La première a été de l'engager. Je ne peux pas me permettre d'être touché par elle. Elle ne doit voir que ce que j'autorise. Plus de petits écarts. Le fait que je sois parfaitement conscient du problème devrait m'aider à le maîtriser à l'avenir, en principe.

– Maître Price.

Son approche est timide. Pas comme la femme que j'ai reçue hier. Elle se révélera peut-être plus nuancée que prévu. Forte mais vulnérable. Froide, mais pourtant engageante. Habillée, une lady, une femme dangereusement sauvage dès qu'elle est nue.

Le temps me le dira.

Bien entendu, elle pourrait simplement être gênée de son retard. Je me tourne vers elle avant de commettre une nouvelle erreur. Mon poing se serre, étouffant la légère démangeaison qui parcourt la paume de ma main. Ça va être un vrai challenge de garder le contrôle à ses côtés, surtout si elle fait exprès d'ignorer mes instructions aussi ouvertement. Pour le moment, une simple correction fera l'affaire, mais je suis certain qu'un jour ou l'autre j'aurai le plaisir de lui asséner une réprimande bien plus marquée.

– Smith.

– Smith.

J'aime l'entendre essayer de prononcer mon nom pour voir ce que ça fait. Sur ses lèvres, il est familier, intime même. Belle croise une jambe derrière l'autre et se frotte nerveusement le mollet. Encore des chaussures à la semelle rouge. Une marque de luxe, certainement. En temps normal, je pourrais demander à mon assistante d'en envoyer une paire à la jolie femme devant moi. Une faveur qui faciliterait l'opération que j'envisage réellement. Le cadeau adéquat évite toutes les merdes inutiles – dîner, conversation, romance – et permet d'aller droit au but : ma bite dans une chatte brûlante. Si j'en veux plus, certaines civilités sont nécessaires, au moins le dîner et la conversation. D'après mon expérience, avec la bonne dose d'attention, une femme se plie au moindre de mes désirs.

Je n'ai pas encore décidé de ce que j'ai envie de faire avec Belle Stuart.

– Je ne suis pas homme à attendre. Vous feriez mieux de vous en souvenir.

– Bien sûr.

Elle incline la tête, mais j'aperçois ses yeux étinceler.

Belle Stuart n'aime pas être réprimandée. Dommage. Moi, j'adore ça.

En tendant le bras, je lui fais signe de se diriger vers le canapé en cuir de couleur tabac.

– Joignez-vous à moi. Nous avons des détails administratifs à discuter.

Je trouve la pochette contenant les différents documents et contrats que je dois lui faire signer sans la quitter du regard. Elle se baisse en passant ses mains sous elle pour s'asseoir. Sa jupe grise est légèrement trop serrée, ou elle a été modifiée pour mouler son cul à la perfection. C'est tellement bien fait que j'aimerais donner une prime à sa couturière. Elle croise les jambes lorsque je m'installe à côté d'elle, ses mains posées sur ses genoux.

Ambigu.

Laissant tomber les papiers sur la table basse en chêne, je m'installe confortablement dans le canapé en posant un bras sur le dossier. Elle se raidit. Je ne la touche pas. Pas tout à fait. Mais sa réaction est la même.

Intéressant.

– Comme vous allez devoir m'accompagner lors de nombreux rendez-vous professionnels, vous devez signer un accord de confidentialité de même qu'une convention d'arbitrage.

– Une convention d'arbitrage ?

Un de ses sourcils se hausse d'un cran.

– En gros, ce document stipule que vous ne m'attaquerez pas en justice sans avoir tenté une conciliation au préalable.

C'est standard de faire signer ces documents à une nouvelle recrue, mais ils sont absolument hermétiques. Je me protège, moi et mon cabinet.

– En fait, je crois que je me contenterai de vous faire chanter.

Ses lèvres d'un rouge carmin s'incurvent pour laisser place à un sourire, et je comprends qu'elle blague.

– Je ne vous le recommande pas, je lui réponds d'une voix sourde.

Toute trace d'humour disparaît de son regard et elle se penche en avant pour rassembler les contrats, m'offrant au passage une vue plongeante sur son décolleté. Elle a de petits seins, un bonnet B peut-être. Assez gros pour n'en faire qu'une bouchée.

Je sors un stylo de la poche de mon costume et le laisse tomber sur la table. J'aurais pu le lui donner, mais du coup elle doit se pencher de nouveau en avant.

– Vous avez mentionné des dîners, dit-elle en parcourant le document. Seront-ils tous professionnels ou certains seront-ils simplement pour le plaisir ? (Ses joues rougissent et elle s'étouffe légèrement.) Je veux dire, devrai-je dîner avec vos amis ou seulement vos clients ?

– Certains hommes préfèrent séparer les affaires du plaisir.

– Et vous ? demande-t-elle à bout de souffle, en levant ses yeux vers les miens.

– J'ai toujours aimé les mélanger.

Elle rompt le contact en premier, essayant de couvrir ses mouvements incontrôlés en passant au contrat suivant.

– Alors, vous aurez souvent besoin de moi le soir ?

– Et les week-ends. Est-ce un problème ?

– Il faut savoir vivre, aussi.

Elle hausse les épaules, mais je vois que ses joues sont toujours roses.

– Il faut envisager ce poste comme un style de vie. Je pense que si vous allez directement à la dernière page et que vous regardez le salaire et les compensations, vous comprendrez que votre temps de travail sera amplement récompensé.

J'attends pendant qu'elle cherche les informations que j'ai volontairement placées à la fin de toute cette paperasse.

Une fille désespérée aurait déjà demandé le montant du salaire.

Une idiote aurait signé les contrats avant que je ne lui en parle.

Belle n'est ni désespérée ni stupide, mais ce n'est pas comme si elle accordait facilement sa confiance. C'est d'abord pour ça que je l'ai engagée, malgré les dangers de l'attirance que j'ai ressentie à l'instant où je l'ai rencontrée.

Elle étudie la page en silence, ne dit rien tant que son regard n'est pas allé jusqu'au bout de la démarche.

– C'est trop.

– La plupart des gens seraient déjà en train de signer le document et d'attendre leur première fiche de paie, dis-je sèchement.

Le salaire que je lui propose est un message en soi : j'attends de la loyauté. Six chiffres au montant, un chauffeur, des notes de frais : c'est le prix que je suis prêt à payer.

– Je ne suis pas une prostituée, Maître Price. Je ne peux pas être achetée. Ce salaire n'est pas de ceux qu'on paie à une assistante.

– Peut-être pas.

C'est à mon tour de hausser les épaules avant de poursuivre :

– C'est la deuxième fois que vous me faites part de votre répugnance à l'idée de coucher avec moi dans le cadre de cet emploi. Laissez-moi être clair, Belle, je n'ai aucun intérêt à baiser mes employées. Je n'ai pas besoin de payer une femme pour qu'elle écarte les cuisses.

Son regard se dirige vers le sol. Je me penche en avant, posant mes coudes sur mes genoux pour voir son visage baissé.

– Est-ce bien clair ?

– Oui.

Sa mâchoire se crispe, puis tout son corps suit le mouvement.

– À mon tour d'être encore plus claire. Je ne suis pas du genre à écarter les cuisses, Smith.

Impossible de m'empêcher de sourire. Certains hommes n'aiment pas les femmes qui ont de la repartie. Pour ma part, j'apprécie quand elles mordent.

– Je serais déçu si c'était le cas, dis-je simplement en me surprenant moi-même. Quoi qu'il en soit, ce point est un détail.

Le point est loin de l'être. Elle n'essaie pas de me repousser, elle essaie de se convaincre elle-même. La teinte rouge de ses joues a gagné son cou et commence à s'étendre à sa poitrine. Elle se mord la lèvre inférieure, comme si elle aussi imaginait ma bouche effleurer sa clavicule et s'attarder dans son cou jusqu'à ce que mes dents puissent à leur tour s'enfoncer dans sa lèvre charnue.

Belle s'éclaircit la gorge, nous ramenant tous les deux à la réalité.

Je m'installe confortablement dans un coin du canapé, prenant mes aises avec mes jambes, jusqu'à cogner son genou. Elle reclasse les feuilles du document et prend une grande inspiration, mais ne bouge pas. Nos jambes restent collées l'une à l'autre, séparées seulement par la soie de son bas et la laine de mon pantalon, et pourtant je sens son corps irradier de chaleur.

Le problème, c'est que Belle Stuart ne veut pas coucher avec moi. Elle veut être prise. Elle veut être baisée. Sans ménagement. Son corps entier le réclame, mais je serais bien content de continuer ce petit jeu préliminaire jusqu'à ce que sa tête se mette au diapason. De plus, je l'ai engagée pour être mon assistante. Ce que le sexe va compliquer. J'en viendrai à briser ma seule règle avec les femmes : aucune attache. Je préfère un coup d'une nuit, rapide et sain, ou encore une escort sélectionnée avec soin. Cette femme est en train de signer un contrat qui nous liera légalement tous les deux. C'est presque pire qu'un mariage. Mieux vaut garder mes distances.

Je me lève et remarque qu'il fait instantanément plus frais dans la pièce, mais je desserre tout de même ma cravate. Pas besoin d'être complètement formel avec elle. Ça créerait un précédent pour le moins étrange. Ma dernière assistante m'apportait mon café au lit tous les matins. Penser à l'arrogante Mademoiselle Stuart forcée de m'apporter mon petit déjeuner me fait doucement rire.

Elle va apprécier que je dorme nu et je vais adorer la voir essayer de cacher son excitation.

– Quelque chose de drôle ? demande-t-elle en se retournant pour suivre ma traversée du bureau.

– Juste une idée, dis-je en chassant l'idée d'un mouvement de main. Rien d'important.

– J'apprécie les bonnes blagues.

Elle me met au pied du mur et penche la tête de côté pour m'observer.

J'ouvre le tiroir de mon bureau pour en extraire une petite boîte blanche.

– J'essaie encore d'en déterminer la chute.

– Vous avez le rire facile, alors.

– Pas vraiment.

Je reviens à ses côtés et lui tends la boîte avant de reprendre :

– Le sujet me fascine, tout simplement.

– Peut-être partageons-nous un intérêt commun.

Sa main effleure la mienne en saisissant la boîte. Fraîche et douce, la touche veloutée d'une peau de femme.

Ma bite fait un bond, imaginant ses délicates mains la saisissant.

– J'en suis certain.

– Mais vous ne voulez tout de même pas partager.

Chaque mot a un sens, brodé de sous-entendus que je saisis instinctivement. Quoi qu'il se passe entre nous, c'est primitif. Une indéniable force de la nature nous attire l'un vers l'autre. J'ai besoin de fourrer ma bite dans son corps et de la baiser jusqu'à l'assouvissement le plus complet. Et elle doit être prise, maintenue en place, possédée.

Mais au lieu de ça, je l'attends tandis qu'elle soulève le couvercle de la boîte pour révéler un nouveau téléphone.

– J'ai déjà un téléphone, dit-elle en caressant la coque couleur champagne doré.

J'ai bien choisi. Même si elle va prétendre s'entêter sur la question, c'est évident, elle l'apprécie. Quelque chose me dit que Belle apprécie le luxe, mais par petites touches, en soupçons. C'est une femme de goût.

– L'usage de ce téléphone m'est réservé. Je serai le seul à en avoir le numéro et vous le garderez auprès de vous à chaque instant.

– Et quoi ensuite ? Vous allez me traîner chez vous et m'enchaîner au mur ? demande-t-elle d'une voix atone en le repoussant dans mes mains.

Le cou gracile de Belle enserré dans un collier et tenu par une chaîne. Je vais avoir du mal à cacher mon érection si elle continue à me mettre des idées pareilles en tête. Je fais un pas derrière le canapé pour la forcer à pivoter sur elle-même. Le dossier n'est vraiment pas assez haut pour dissimuler ma queue complètement raide.

Elle garde sa main en l'air, mais je secoue la tête.

– Puis-je vous poser une question ?

– À l'évidence, oui.

Bon Dieu, elle est sexy même quand elle fait la moue.

– Pourquoi accepter ce poste si vous m'exécrez à ce point ?

Sa jolie petite bouche s'ouvre en grand.

– Je ne… Je ne sais pas trop pourquoi… Je ne vous connais même pas.

– Et pourtant, vous vous perdez en conjectures. Vous supposez que je veux coucher avec vous. Vous pensez que je vous prends pour une prostituée.

– Je n'ai jamais rien dit de tel…

– En fait, si.

– Corrigez-moi si je me trompe, mais vous souhaitez avoir une jolie femme pour parader à vos côtés, dit-elle en croisant les bras sur sa poitrine.

– C'est charmant de voir une femme qui a confiance en elle. Les hommes sont fatigués de toutes ces jolies filles qui font comme si elles ignoraient leur beauté. Je ne dis pas le contraire, mais je vous ai aussi engagée parce que vous avez étudié à Oxford, vous avez une bonne éducation et que vous êtes plus que capable de suivre mon rythme exigeant. Ai-je tort ?

Je savoure cette opportunité de la rabrouer.

– C'est effectivement le cas, répond-elle en se levant avant de me reprendre brusquement le téléphone des mains. Et bien plus encore. Je ne souhaite simplement pas être un accessoire hors de prix.

– Je vous assure que je ne vous ménagerai pas, dis-je sans prendre la peine de dissimuler mon insinuation. Plus encore que tout ce que vous avez connu.

– J'ai hâte de relever le challenge, répond-elle dans un souffle.

Bon Dieu, elle n'a aucun instinct d'autodéfense ? Elle a passé la dernière demi-heure à s'agiter devant moi comme un bout de viande devant l'enclos des lions et à taper là où ça fait mal dès qu'ils approchent. Elle a de la chance de ne pas avoir été dévorée toute crue. Je fais tout ce que je peux pour ne pas me jeter sur elle.

– Un chauffeur passera vous prendre le matin.

J'ai envie de m'approcher d'elle – de voir ce qu'elle ferait si je l'agaçais un peu –, mais le canapé est une barrière très efficace. Je n'ai jamais été aussi reconnaissant envers un meuble.

– À ce propos. Je peux prendre le métro ou sauter dans un taxi. Je ne suis pas sûre qu'un chauffeur soit nécessaire.

– Je décide de ce qui l'est.

J'ignore ses protestations. Elle saura bien assez tôt que je ne suis pas du genre à proposer.

Ses yeux se plissent, mais elle ferme la bouche. C'est dommage d'ailleurs. J'aime bien la voir ouverte.

– Rien d'autre ? demande-t-elle sèchement en contournant le canapé.

Elle met la lanière de son sac à main sur son épaule dans un geste rageur et me toise des pieds à la tête.

– Si. Votre téléphone doit être allumé en permanence.

Elle m'assène un rapide sourire faux-cul et tourne les talons pour sortir du bureau à grandes enjambées.

Je pousse un soupir que j'ignorais retenir et m'avance pesamment vers mon bureau. Je m'effondre sur mon fauteuil et porte un regard lourd vers la porte qu'elle vient de franchir. Son parfum flotte toujours dans l'air. C'était une erreur de l'engager. Je le sais maintenant. En fait, c'est moins un jeu qu'un véritable test. Un test auquel je suis certain d'échouer. J'ai vu son dossier. Je sais très bien pourquoi elle érige une barrière entre nous. Je suis capable de faire de même. J'ai déjà engagé d'autres femmes séduisantes pour ce poste. À un moment ou un autre, toutes se sont offertes à moi et je me suis toujours refusé à elles.

Mais je ne doute pas un seul instant qu'au moindre signe de Belle, elle se retrouverait plaquée contre le mur en moins de cinq secondes. Tant que mes pensées seront axées sur l'idée de la briser, il me sera impossible de garder cette relation strictement professionnelle. J'ai envie de faire tomber les murs qu'elle a bâtis jusqu'à libérer la créature sauvage qu'elle a enfermée à double tour. Je ne serai satisfait que lorsque je l'aurai faite mienne.

Et c'est pour cette raison que je ne le ferai jamais.

J'ouvre le tiroir de mon bureau et j'en extrais une photo encadrée. Passant un bout de tissu doux sur le verre, je plonge mon regard dans ces yeux qui m'observent. Ils sont tellement vivants, si brillants.

– Pourquoi ne l'ai-je pas virée ?

J'ai posé la question à la photo, mais personne ne me répond.

Personne ne l'a jamais fait.

CHAPITRE QUATRE

J'écarte ses cuisses et elle gémit, ses dents se plantent dans sa lèvre inférieure si charnue. Lentement et doucement – elle a ce qu'elle mérite. Mais quand je m'enfonce en elle, de plus en plus profondément, j'accélère le rythme comme un fou. Bon Dieu, elle est incroyable. J'ai envie de le lui dire, mais elle ne peut pas m'entendre par-dessus ses cris. C'est là qu'est ma place. Maintenant, je le sais.

Je glisse mon bras autour de sa taille et la retourne d'un geste rapide, j'ai tellement envie de la voir de derrière. Mais voilà, je me réveille d'un coup, couvert de sueur et le visage enfoui dans mes draps. Seul. Ce n'était qu'un rêve. Ce retour à la réalité est aussi désagréable que mon lit désert. Je serre de mes poings mon oreiller de plume sur ma tête, prêt à le déchirer de frustration. Immédiatement, une douleur me perce la paume de la main. Je cherche à tâtons la télécommande posée sur ma table de chevet et appuie sur le bouton pour ouvrir les rideaux. La lumière s'infiltre entre les panneaux de tissu occultant que j'utilise pour plonger la pièce dans le noir absolu. La pointe creuse d'une plume a transpercé la taie de l'oreiller. Je la saisis et observe un instant son côté duveteux. De la douceur et une pointe de douleur. Il y a une certaine poésie là-dedans. Je souffle dessus pour qu'elle s'envole. Puis j'attrape mon portable.

SMITH : Café. Noir. Garrison sera au pied de votre immeuble dans cinq minutes.

Hier, nous n'avons évoqué aucun des sujets importants de son emploi, comme mon café du matin ou l'heure à laquelle je l'attends chez moi tous les jours. Personnellement, j'ai été trop distrait par l'envie de la baiser. Et maintenant, je n'ai pas de café et j'ai toujours envie de la baiser. Je pousse un grognement et me rallonge sur le dos, libérant l'érection en béton avec laquelle je me suis réveillé. Encore une fois, c'est vraiment une honte de ne pouvoir m'en servir à bon escient.

BELLE : Avez-vous seulement idée de l'heure qu'il est ?

SMITH : L'heure de boire un café.

Ma main libre caresse mon pénis en lui répondant. Impossible de m'en débarrasser aussi facilement. Le seul remède contre la poutre matinale, c'est une chatte brûlante. Quoi que son petit cul serré ferait tout aussi bien l'affaire.

BELLE : Dites à ce Garrison que je serai prête dans vingt minutes.

SMITH : Vous en avez cinq.

BELLE : Retournez vous coucher et levez-vous du bon pied.

J'arrive à entendre son irritation dans son message. Elle a définitivement un truc coincé dans le cul et ce n'est pas le bon. J'ai autre chose en tête. Ma bite fait un petit bond pour me dire qu'elle est d'accord.

SMITH : Debout. Faites votre boulot.

BELLE : Occupez-vous tout seul pour la prochaine demi-heure.

Je me dis que je pourrais lui envoyer une photo de ma queue dans ma main pour lui montrer exactement comment je pourrais m'en occuper pendant les trente prochaines minutes. En fait, ça pourrait la faire rappliquer plus rapidement. Mais bon, elle pourrait aussi ne jamais venir. Il m'est encore difficile de lire en elle. D'habitude, je n'ai pas ce genre de problème avec les gens, surtout avec les femmes. C'est pour ça que je suis un bon avocat. Je sais qu'elle a envie de baiser avec moi. Son corps le crie haut et fort. Bien sûr, ça ne me surprendrait pas qu'elle traverse une phase de haine des hommes, vu ce que son dossier m'a révélé. Ce n'est pas comme si j'allais être l'homme qui va la guérir, mais ça ne veut pas dire que je ne pourrais pas l'aider à rebondir, si j'en ai l'occasion.

Si je continue à penser ça, je vais me mettre dans la merde.

En fait, je ne devrais pas du tout penser à ça. C'est ma nouvelle assistante, et je n'ai jamais baisé mes assistantes dans le passé. Mais là, c'est différent. Les liens de notre relation professionnelle devraient me brider, mais je sais que ça ne suffira pas. Si seulement je n'avais pas vu à quel point son corps était réactif lors de l'entretien ! Je m'imagine déjà l'attacher, la contrôler. Belle Stuart ne sera pas une simple passade. Pas avec tout ce que j'ai envie de lui faire.

Et c'est exactement pour ça qu'il te faut une douche froide.

Je tire l'oreiller sous ma tête d'un coup sec et le jette à l'autre bout de la chambre. Apparemment, j'ai une demi-heure pour reprendre le contrôle de ma tête et de ma bite.

Elle n'est qu'un moyen d'arriver à une fin, me dis-je en faisant couler l'eau de la douche quelques instants plus tard. Tant que je m'en souviendrai, je peux m'empêcher de la toucher. C'est aussi simple que ça.

– Sérieux ? Qui essaies-tu de berner ? C'est aussi compliqué que ça, dis-je à la salle de bains vide.

Puis je baisse le volume de l'eau chaude et me glisse sous le jet.

CHAPITRE CINQ

Il faut que je démissionne. C'est sûr et certain. Smith Price prend peut-être son pied à me donner des ordres, mais il n'est pas question que je le laisse faire. Le problème, c'est que j'ai besoin de ce boulot et du salaire complètement délirant qui va avec.

La page du contrat que j'ai vu hier, où était mentionné son montant, flotte dans ma tête. Tellement de zéros derrière ce deux.

Ok, bon, je ne peux pas poser ma démission. Pas tout de suite. Je vais supporter ses conneries quelques mois et j'aurai le capital nécessaire pour financer mon projet d'entreprise. En attendant, je vais poser des limites très précises, genre me prévenir plus de cinq minutes à l'avance pour être prête le matin.

Jane sort de sa chambre en se frottant la nuque.

– Tu commences aussi tôt que ça ? On n'aurait pas dû autant picoler hier soir.

– Apparemment, je suis d'astreinte vingt-quatre heures sur vingt-quatre, je marmonne tout en plantant des épingles dans mon chignon.

Pas le temps de me laver les cheveux. Je n'ai pas l'intention de rencontrer mon nouveau chauffeur sur le trottoir dans cinq minutes, mais pas envie non plus de prendre plus de dix minutes de retard. Tout est une question d'équilibre.

– Désolée de t'avoir réveillée. Maître Price a besoin que je lui apporte son café du matin au lit.

– Un homme exigeant qui t'attend dans son lit, commente Jane en ravalant un sourire. Si tu as envie de poser ta dem', je suis disponible.

Je lève mon index pour l'avertir :

– Ne commence pas. Je ne couche pas avec lui.

– Dommage, rétorque-t-elle en bâillant. Parce que tu as besoin de t'envoyer en l'air.

– Je ne vais même pas daigner répondre.

Un petit bisou sur sa joue, et je la contourne en coup de vent.

– Passe une bonne journée, m'interpelle-t-elle, à moitié hilare.

Je suis sûre qu'il y a beaucoup de femmes qui sauteraient sur l'occasion de servir un café à Smith Price au lit. Elles proposeraient certainement de lui servir bien plus. Je n'ai juste pas envie d'être l'une d'elles. Belle Stuart et le sexe ne vont plus du tout ensemble. J'ai un vibro dont je n'ai pas peur de me servir et un projet. M'envoyer Smith n'en fait pas partie.

Mais la vision qui m'accueille quand je sors m'arrête en plein élan. Une sublime Mercedes AMG argent tourne au ralenti devant l'immeuble. Putain de merde, ça me rend toute chose. Je fais une petite prière silencieuse de remerciement, bien contente que Smith n'ait pas été témoin de ma réaction. Il n'a pas besoin de savoir que j'ai un gros faible pour les voitures de luxe.

La porte s'ouvre côté conducteur, et je me prépare. Je m'attends à moitié à voir Smith lui-même en jaillir et me traîner jusque chez lui pour que je lui fasse son café. Mais cette chevelure rousse flamboyante n'est pas la sienne. C'est un visage inconnu qui me sourit. Luttant pour reprendre un tant soit peu le contrôle sur moi-même, je pose la sangle de mon sac à main sur mon épaule et demande :

– Garrison ?

– Mademoiselle.

Il m'accueille d'un signe de tête et ouvre la porte arrière.

Je me glisse sur la banquette, m'autorisant à caresser le cuir jaune très pâle du siège avant de m'installer. Cette voiture est synonyme de puissance. Et de sexe. Ça fait peut-être de moi une femme vénale, mais je l'aime déjà.

– C'est… plutôt cool, dis-je pour entamer la conversation, bien consciente que Garrison doit se demander si je ne suis pas en train d'avoir un AVC à l'arrière. C'est une AMG, n'est-ce pas ?

– Une AMG S-65. Maître Price a d'excellents goûts en matière de voiture.

Garrison fait doucement demi-tour et s'insère dans les bouchons du matin des quartiers Est de Londres.

– Effectivement.

Je murmure la réponse pour moi-même. Des goûts d'esthète, une beauté inhumaine et un gros enfoiré pour couronner le tout : c'est le tiercé gagnant de la sexytude. Et un trio d'énormes panneaux rouges clignotant « Attention ». Smith Price est dangereux.

– Aurez-vous besoin de mes services pour le reste de la journée ? demande Garrison alors que nous sommes en route pour Knightsbridge.

Je note dans un coin de ma tête de lui demander dans quel domaine juridique il exerce en remarquant que les maisons se font de plus en plus grandes.

– Je ne sais pas, je réponds, et je le pense vraiment. Vous conduisez Maître Price aussi ?

Je ne pense pas que Son Excellence souhaite se séparer de son serviteur toute la journée.

– Maître Price conduit sa propre voiture, m'informe Garrison en tournant devant une allée fermée par une grille. Je suis son chauffeur lorsqu'il doit se rendre à certains événements et il choisit quelle voiture je dois prendre. Aujourd'hui, il m'a demandé de venir vous chercher avec celle-ci.

Mes pensées disjonctent un peu lorsque je me rends compte de la taille de la maison qui nous surplombe. Il y a peut-être plus d'une personne qui y habite. Forcément, elle est divisée en plusieurs appartements. Une fois que j'en suis sûre, je suis enfin capable de m'attaquer à la dernière phrase de Garrison et, surprise, je lui demande :

– Cette voiture n'est pas la sienne ?

Garrison secoue la tête alors que la grille s'ouvre pour nous laisser entrer.

– Désolée. Je pensais que c'était le cas.

C'est parfaitement logique que Smith ait recours aux services d'une entreprise pour venir me chercher. Je ne peux qu'espérer que quoi que conduise Smith, ce soit un modèle un peu moins extravagant. Je ne veux pas m'imaginer assise à l'avant d'une voiture avec Smith pendant qu'il manœuvre le levier de vitesse comme un expert. Je pourrais en jouir sur place.

– C'est pour ça que je vous ai demandé si vous aurez besoin de moi pour le restant de la journée, réitère Garrison en me regardant dans le rétroviseur. Maître Price préférerait que votre voiture soit garée à l'abri la nuit.

– Ma voiture ? Je n'ai pas de voiture.

– C'est votre voiture. Maître Price l'a achetée hier, continue Garrison comme s'il ne venait pas de lâcher une grosse bombe. Je viendrai vous chercher et vous raccompagner chez vous tous les jours. C'est à vous de voir si vous préférez que je vous conduise la journée. Il me paie pour rester d'astreinte en permanence, je serai donc disponible à votre convenance.

– Je ne manquerai pas de vous le faire savoir.

C'est tout ce que j'arrive à couiner comme réponse. Ma voiture ? Il va peut-être me falloir quelques minutes de solitude dans le garage. Je secoue la tête en reprenant un peu contenance alors que Garrison se gare à côté d'une Bugatti Veyron noire. Une des quatre cents qui ont été produites. Je lorgne dessus lorsque le chauffeur ouvre la portière pour moi. Smith et moi avons clairement une chose en commun.

– L'ascenseur est sur votre droite, m'annonce-t-il en le désignant.

– Merci.

L'esprit déjà bien embrouillé, j'arrive devant et me rends compte que je n'ai aucune idée de l'endroit où je dois me rendre.

– Dans quel appartement habite Maître Price ?

Les sourcils de Garisson se rejoignent.

– C'est sa maison, Mademoiselle. La cuisine est au sous-sol. Sa chambre au premier étage.

– Bien entendu. C'est ce que je voulais dire.

Je lui fais un grand sourire en me demandant à quel point il me prend pour une conne.

Une Mercedes pour son assistante. Une Bugatti pour lui-même. Et une maison de la taille de chez Harrods. J'ai connu quelques avocats dans ma vie. Ils n'ont pas ce type de revenus. Je devrais peut-être abandonner mon projet et retourner à la fac m'inscrire en droit, me dis-je en descendant de l'ascenseur pour déboucher sur l'entrée. J'ai déjà fréquenté quelques palais, bon sang, mais cette maison est impressionnante. L'architecture traditionnelle du XVIIIe siècle assortie à un décor moderne net et impeccable. Le marbre gris s'allie parfaitement au mobilier contemporain. Je dépose les clés que Garrison m'a données sur une console vide qui court tout le long du vestibule. C'est l'exact opposé de son bureau. Combien de facettes Smith Price a-t-il et laquelle est la vraie ?

Bon, maintenant, si je pouvais juste localiser la cuisine.

En l'occurence, la cafetière est ce qu'il y a de plus facile à trouver, une fois la cuisine repérée. C'est le seul appareil posé sur le plan de travail en granit. Je la fixe un bon moment en me demandant comment fonctionne un percolateur Impressa.

– Utilisez le mode automatique. Je vous montrerai comment vous en servir correctement un autre jour, m'informe une voix rocailleuse.

Je fais demi-tour en faisant quasiment tomber le mug que je tenais. Je m'inquiétais justement de savoir si j'allais être capable de ne pas mettre mes mains partout sur lui en lui apportant son café au lit. Eh bien, je donnerais tout ce que j'ai pour qu'il soit sous sa couette, ça semblerait définitivement… plus sage.

Apparemment, Smith a trouvé de quoi s'occuper sous la douche et, maintenant, le voilà debout devant moi, une serviette tombant dangereusement bas sur ses hanches. Ses cheveux mouillés sont éparpillés sur son front et ruissellent sur son visage. Smith les repousse d'une main, l'autre resserre sa prise sur le bout de tissu autour de sa taille. Des gouttes d'eau brillent sur ses larges épaules et son torse. Des muscles abdominaux ciselés se rassemblent au niveau de son bassin étroit. J'avais deviné une carrure puissante sous son costume, mais j'ignorais à quel point. Il m'observe, son regard brûlant me déstabilise. Il est la tentation même dans cette serviette, un piège masculin qui me submerge de pensées lubriques.

Je dois appuyer quatre fois sur le bouton du mode automatique avant d'être capable de l'actionner. Je suis à peu près sûre d'avoir l'air bourrée. Mon premier jour au travail va donc être fait de confusion et d'incompétence. Merveilleux !

Smith accepte le café sans faire de commentaires lorsque je le lui tends une minute plus tard. Il prend le mug entre ses deux mains, laissant la serviette tomber de façon encore plus suggestive sur ses hanches.

Ne pas regarder ses abdos. C'est l'ordre que je me donne lorsque mes yeux commencent à dériver vers la musculature parfaite qui s'offre à mon regard.

– Votre voiture est-elle acceptable ? demande-t-il après avoir bu lentement une longue gorgée.

– Ou… oui, je réponds en bégayant. Euh, d'ailleurs, je suis un peu perplexe.

Il arque l'un de ses sourcils en continuant à boire.

– Quand vous dites que c'est ma voiture…

Ma phrase reste en suspens tant je suis embarrassée. J'ai reçu une éducation tout ce qu'il y a de plus britannique, c'est-à-dire qu'on m'a enseigné qu'il ne fallait jamais parler d'argent. Ni poser de questions, d'ailleurs. Jusqu'ici, je n'avais jamais éprouvé la moindre difficulté à suivre ces règles de conduite. Maintenant, je me retrouve à me tordre les mains en espérant qu'il ne me fasse pas continuer ma phrase.

– La voiture est l'un de vos avantages salariaux, explique Smith en haussant les épaules.

La nonchalance avec laquelle il répond booste ma confiance en moi.

– Le transport quotidien fait partie de mes avantages salariaux ?

Il me répond en souriant, d'un air suffisant :

– Vous ne conduirez pas ma voiture.

Je repense immédiatement à la petite sportive dans le garage.

– La Bugatti ?

– Oui.

Je vois un air de surprise se peindre sur son visage. Il est impressionné et poursuit :

– Dois-je vous dire les raisons pour lesquelles vous n'avez aucune chance de la piloter ?

Visiblement, ça n'a pas suffi.

– Peut-être qu'un jour vous me ferez assez confiance pour changer d'avis.

– Je ne fais confiance à personne pour ça, répond-il en approchant son corps quasi nu si près de moi que j'en suis mal à l'aise. Mais je vous emmènerai faire un tour.

Il est temps que Smith Price apprenne que j'ai des standards, pour les voitures, comme pour lui.

– Tant que vous savez conduire manuellement, je veux bien y songer. Je ne suis pas de celles qui acceptent les automatismes.

Les sourcils de Smith s'arquent en accent circonflexe pour marquer sa surprise devant mes flagrants sous-entendus.

Oh bon Dieu, je suis en train de flirter avec lui. De flirter avec lui sans vergogne. Même pas honte. Quand je pense que je voulais garder mes chevaux sous le capot, bien joué. J'aurais tout aussi bien pu me mettre à poil et m'installer sur sa banquette arrière en cadeau.

Smith caresse sa barbe naissante avant de répondre.

– Laissez-moi le temps de m'habiller, et je vous fais faire le tour du propriétaire. Vous devrez connaître la maison sur le bout des doigts quand nous aurons des invités.

Et voilà que ce « nous » revient en force. Je n'arrive pas à savoir si c'était la même chose avec toutes ses assistantes ou si j'ai été engagée pour jouer au papa et à la maman avec lui.

– Vous savez, une épouse serait certainement une solution bien moins onéreuse pour vous.

Un éclair traverse ses yeux verts, une fugace tempête de colère vite remplacée par une impression de calme.

– Jusqu'à ce qu'elle divorce et embarque la moitié de mes biens.

– Je crois savoir que c'est pour ça qu'on a inventé le contrat de mariage. Mais je ne suis pas avocate.

Je croise les bras sur ma poitrine et recule d'un pas. Ce n'est pas la première fois que Smith fait preuve de sautes d'humeur. Au moins, celle-ci est passée rapidement.

– Vous semblez réellement déterminée à me prouver que vous n'êtes pas nécessaire, Belle, dit-il en ignorant ma pique.

Ce n'était pas du tout mon intention. Enfin peut-être pas, non ? Pourquoi tout est si confus lorsque je suis en présence de Smith Price ?

– Vous ne m'avez pas encore virée.

– Pas encore, répète-t-il avec insistance.

Apparemment, il a remarqué que j'avais un peu de caractère. Eh bien, dans ce cas, il a dû aussi remarquer qu'il flirte souvent avec moi, ou plus précisément qu'il pratique allègrement le harcèlement sexuel. Mieux vaut y penser comme ça. Le flirt est un concept trop agréable.

– Suivez-moi.

Il se dirige vers l'ascenseur.

Je le dévisage en essayant de comprendre. Je ne suis pas capable de suivre la visite guidée alors qu'il ne porte que cette serviette.

– Je croyais que vous alliez vous habiller.

– C'est le cas, mais nous avons des choses à discuter. Vous allez rapidement vous rendre compte que les temps morts sont rares chez moi. J'ai déjà perdu une demi-heure à attendre mon café.

– Peut-être que la prochaine fois, vous pourriez vous lever et le faire vous-même. Vous semblez savoir comment vous y prendre.

Je hausse les épaules, mais je force le sourire narquois et pédant que j'affiche à se transformer en gentil sourire faux-cul.

– Ne faites pas ça, ordonne-t-il d'une voix sévère en attrapant mon coude pour tirer dessus et ainsi décroiser mes bras.

Je déglutis la boule dans ma gorge et me force à être honnête.

– J'ai tendance à être un peu désobligeante quand je suis stressée.

– Non, je ne vous parle pas de la remarque. Ne vous forcez pas à sourire. Je ne vous ai pas engagée pour être une marionnette. Même si je vais vous demander de baisser un peu le ton en présence des clients.

Ses paroles se font plus douces et mon cœur fait un étrange petit bond.

– Je suis certaine que je ne serai pas stressée du tout, je réponds d'un ton sec.

– Est-ce que vous buvez du vin ? demande-t-il alors que nous montons dans l'ascenseur.

– Euh, oui.

Il semble que nous changions d'étage et de sujet de conversation.

– Je vous en ferai monter de ma cave personnelle. Vous devriez boire un verre ou deux avant les dîners d'affaires pour vous aider à vous détendre.

Smith s'adosse nonchalamment au miroir de la cage d'ascenseur. Boire en sa présence me semble une très mauvaise idée, mais je la garde pour moi et je hoche la tête, déterminée à bien tenir ma langue. Ce qu'il m'est impossible d'ignorer en revanche, c'est l'ouverture des pans de sa serviette qui révèle un peu trop de sa cuisse musclée. Encore quelques petits centimètres et ce bout de tissu deviendra absolument inutile. Smith croise les jambes en rompant le charme, et mon regard revient honteusement sur son visage. Un petit sourire en coin suffisant s'est dessiné sur sa bouche.

Soudain, l'ascenseur me semble trop petit, comme si les parois se refermaient sur moi, me poussaient pour que je me rapproche de plus en plus de lui. Je bloque mes jambes pour les garder immobiles, espérant qu'un miracle se produise, un miracle impliquant que je ne termine pas plaquée contre le panneau de commande de la cabine. Il penche la tête de côté pour m'étudier et lèche doucement sa lèvre inférieure.

À cet instant, je n'ai aucun doute sur ce qu'il pourrait faire avec cette bouche et, plus que jamais, j'ai envie de découvrir la vérité. J'ai besoin de savoir quel goût aurait cette langue sur la mienne et ce que ça ferait de la sentir sur ma peau, quelle sensation j'éprouverais si elle se posait entre mes jambes. J'approche d'un pas alors que la sonnerie de l'ascenseur retentit et que les portes s'ouvrent.

– Après vous.

Il tend son bras pour éviter qu'elles ne se referment. Le geste ne fait rien pour alléger la pulsation régulière qui s'est installée dans mon intimité. Il y a une promesse dans ses paroles, une certitude faisant référence à des moments secrets que nous n'avons pas encore partagés mais qui se produiront, inévitablement.

Je fais de mon mieux pour l'ignorer en avançant dans un couloir luxueux.

Smith me fait franchir une double porte qui ouvre sur la chambre principale.

– Veuillez m'excuser.

Il se dirige d'un pas nonchalant vers une deuxième porte à l'autre bout de la pièce. Du regard, je suis sa démarche arrogante exprimée par le balancement de ses hanches. La serviette est encore plus basse, elle met en valeur son dos musclé et l'amorce d'un fessier magnifiquement sculpté. Je suis à deux doigts de le suivre dans son dressing.

Toutefois, je me contente de rester sur place jusqu'à ce qu'il en ressorte, un costume gris et une chemise impeccablement pliée à la main. Il pose ses affaires sur le lit et jette deux cravates dessus.

– Choisissez-en une, m'ordonne-t-il avant de disparaître dans la salle de bains attenante.

Même si la porte est grande ouverte, je ne peux plus le voir. Me forçant à reprendre le contrôle de mon cortex, j'attrape les deux cravates en soie. Les différences sont subtiles. Les deux sont bleues. L'une est ornée d'un léger motif en damier, l'autre est artistiquement brodée de fines rayures rouges. Je les enroule autour de mes mains, savourant la douceur du tissu. Il me vient une étrange envie de les presser contre mes lèvres, mais j'en jette une sur le costume et recule d'un pas avant de céder à la tentation.

Une sorte de vibration sourde provient des toilettes, et Smith m'interpelle.

– Vous avez votre téléphone ?

Je m'approche de la porte pour l'entendre malgré le bruit de son rasoir électrique. Du coin de l'œil, j'aperçois un mouvement et je comprends qu'il est visible dans la porte entrebâillée. Lorsque je découvre la serviette en tas à ses pieds, j'ai envie de détourner le regard. Au lieu de quoi, je me plonge dans l'observation de la courbe marquée de son cul et de l'arc musculeux de sa cuisse. Il pivote sur lui-même, révélant un peu plus de son entrejambe, le V sculpté dont la pointe se perd dans les poils sombres de son pubis, à la limite de son sexe.

Je trébuche en arrière et presse une main contre ma poitrine avant qu'il remarque que je l'observe.

Il m'interpelle à nouveau.

– Oui.

Je lui réponds en me reprochant en silence d'avoir maté mon boss en douce. Mais bon, il faut dire que c'est lui qui m'a invitée à entrer dans sa chambre.

Ce n'est pas une raison ! La voix qui me fait constamment la morale dans ma tête me crie dessus.

– Nous avons un dîner prévu demain à sept heures.

Taper sur un clavier alors que je suis en chaleur est en fait plus difficile que je ne l'aurais cru. Mes doigts appuient sur les mauvaises cases, mais j'arrive finalement à conjurer le calendrier sur l'écran de mon portable.

– Nous sommes encore plus en retard que je ne le pensais, poursuit-il. Je vous ferai faire le tour du propriétaire demain matin. Pourriez-vous arriver à sept heures et demie avec mon café ?

Il vient vraiment de me le demander sans l'exiger ?

– Oui.

– Cet après-midi, je vais vous faire parvenir une copie de mon agenda. Doris se chargera de vous inscrire sur mes comptes les plus importants.

Un instant plus tard, il franchit la porte de la salle de bains d'un pas nonchalant.

Tout ce que je remarque, c'est le manque de serviette.

Waouh.

Il entre dans son dressing et en ressort en enfilant un boxer noir, semblant parfaitement inconscient du fait qu'il se balade à poil sous mes yeux. Il faut que je détourne le regard. Je ne peux pas en être sûre, mais je suis quasiment certaine que contempler la bite de son boss – sa magnifique et parfaite bite – le premier jour de boulot, ça n'envoie pas le bon message. Mais bon, ce serait une injustice faite à la cause des femmes de ne pas admirer. Elle pend sur plusieurs centimètres en effleurant sa cuisse.

Bon Dieu, si elle fait cette taille-là au repos…

Une sirène d'alarme résonne dans ma tête pour m'empêcher d'aller au bout de cette réflexion. Rien de bon ne peut en sortir, même si on peut jouir de se la rentrer bien profond.

Je laisse échapper la première question qui me traverse l'esprit.

– Qu'est-ce que je dois mettre ?

– Mettre quoi ? demande Smith alors que son boxer glisse sur ses hanches.

Bien joué, Belle. Parler de vêtements alors qu'il est nu. Pas du tout flagrant.

– Demain. Que dois-je porter pour le dîner ? Est-ce une soirée formelle ? Un cocktail ?

– Ne vous en inquiétez pas.

Il s'approche de quelques pas, et mon souffle se coupe. Il m'a vue l'observer et il n'est pas question que je supporte une prise de bec. Les seules idées qui me traversent l'esprit visent à savoir si on commence sur le lit ou par terre. Mais il passe à côté de moi en me frôlant et va attraper sa chemise. Il la déboutonne avec agilité et la passe sur ses larges épaules.

– J'ai besoin de savoir ce que je dois porter. Si j'arrive en santiags, je doute que même une grosse bouteille de vin puisse me libérer du stress.

Je pose mes poings sur mes hanches en le regardant de haut.

– Nous avons rendez-vous chez Harrods demain à dix heures précises. Je vous sélectionnerai ce qu'il faut.

Il ne va pas recommencer.

– Il se trouve que j'ai une garde-robe des plus appropriées.

Smith se tourne vers moi et, avant que j'aie compris son intention, sa main se pose sur l'une des miennes sur ma hanche. Il tire légèrement dessus et je trébuche, un peu à court de souffle. J'attends qu'il me relâche. Il tire sur la seconde cravate que je retrouve en boule dans mon poing.

– Je pense que je vais porter celle-ci, dit-il d'une voix sourde qui tremble sur ma peau. Vous avez un goût exquis, Belle. Mais vu votre situation financière, j'imagine que vous n'avez pas de pièces très récentes. Nous avons besoin que vous projetiez une image d'aisance à tout instant.

Cette fois-ci, j'ignore ce « nous » et j'en viens directement au fait.

– Ma situation financière ? Vous êtes allé fouiner dans mon compte en banque ?

– Et j'y ai vu vos dettes. C'est une procédure standard. J'ai besoin de savoir avec qui je me couche, au sens métaphorique du terme.

Alors, il sait que je suis insolvable. Est-ce pour ça qu'il m'a choisie ? Parce qu'il sait que je suis assez désespérée pour faire tout ce qu'il me demandera ? Pire encore, est-ce qu'il pense que je suis tellement au bord du gouffre que j'accepterai de coucher avec lui ?

– Vous n'avez pas baissé dans mon estime, ajoute-t-il comme s'il pouvait lire dans mes pensées. La plupart des jeunes diplômés sont endettés.

Je n'ai pas envie de m'attarder sur le sujet. Je ne sais pas trop jusqu'où il a poussé l'enquête sur mes déboires personnels. À l'évidence, il sait que je n'ai jamais eu de véritable poste en entreprise. Il doit être au courant pour mes fiançailles rompues avec Philip. Il a déjà admis savoir que j'entretiens des relations amicales avec Clara et Edward. C'est parfaitement normal qu'un employeur potentiel fasse des recherches sur un candidat, mais ça n'empêche pas mon estomac de se retourner.

Mais il y a bien un sujet sur lequel j'aimerais qu'on soit au clair :

– Je ne veux pas qu'on me fasse la charité.

– Je ne vous le propose pas, répond-il en passant sa cravate autour de son cou avant d'en croiser les pans. Je vous ai déjà dit que je vous ferai tellement bosser que vous en serez sur les rotules.

Quelque part, je le soupçonne de maintenir une conversation à double sens, mais je me contente de répondre :

– Très bien.

– J'ai bien choisi ?

Il me faut un moment pour comprendre qu'il parle de la cravate. Sans réfléchir, je tends la main pour la lisser. Même à travers les vêtements, je peux sentir son corps si dur.

– C'est mon choix.

– Ah oui. Le privilège de la beauté.

Ses yeux se font brillants lorsqu'il me parle et je sens qu'il essaie de voir au-delà des mots que nous venons d'échanger, et des quelques moments partagés, ce que j'ai enfermé à double tour.

Je me détourne. J'ai peur de le laisser le trouver.

CHAPITRE SIX

Belle se tient debout devant la fenêtre de ma chambre, enveloppée dans les premiers rayons de l'aube dont la chaleur fait légèrement rosir son teint de porcelaine. Un simple fourreau ivoire épouse sa silhouette, révélant ses légères courbes. Cette tenue est relativement chaste, si on fait abstraction des talons à imprimé léopard qu'elle a choisi de mettre avec, encore un signe de cette nature sauvage qu'elle essaie de dissimuler. Elle a le regard perdu, et l'expression de son visage passe de la fascination à la tristesse. Je ne peux toujours pas lire en elle. Elle me fait penser à une énigme, mais d'un certain côté, je ne peux qu'avoir de l'empathie pour les soudains accès de mélancolie qui semblent teinter son existence.

Je me racle la gorge poliment, ne voulant pas l'effrayer.

– Bonjour.

Elle fait demi-tour pour me saluer, visiblement soulagée, et me répond :

– Oh, vous êtes habillé !

Espérait-elle que ce ne soit pas le cas ? Est-elle aussi préoccupée que moi par ce qu'il y a sous nos vêtements ? Elle apprécie mon aspect d'un air satisfait. Elle aime les costumes, et j'en ai tout un putain de dressing rempli.

– Nous avons du pain sur la planche aujourd'hui, dis-je pour commencer, avant de désigner un mug de café sur ma table de chevet. C'est pour moi ?

– Non, c'est le mien. Je me suis dit que je pourrais traverser toute la ville pour me faire un café.

Elle lève les yeux au ciel en se baissant pour attraper la tasse et me l'apporter.

– Vous n'êtes pas une fan de café ?

Un léger sourire joue sur ses lèvres, mais elle le retient.

– Je suis anglaise, je bois du thé.

– Je suppose que nous autres, Écossais, sommes un peu moins sectaires, dis-je avant d'avaler une petite gorgée test.

Je n'ai pas supervisé son utilisation du percolateur.

– Je ne l'ai pas empoisonné.

Elle se tord les mains en répondant, ce qui ruine son attitude hostile.

Elle veut me faire plaisir, même si elle prétend le contraire. Tout ça devient très intéressant.

– Il est bon, dis-je pour la rassurer. Exactement comme je l'aime.

– Ce n'est pas dur de faire un café noir, répond-elle en poussant un soupir désapprobateur.

– Je suppose que vous prenez votre thé avec du lait et du sucre ?

– Vous supposez bien. Trouvez-vous la pratique abjecte ?

– Non. Je pourrais bien vous apporter votre thé un matin.

Je note dans un coin de ma tête de demander à ma gouvernante d'acheter du thé.

Elle me lance un regard sceptique, mais se tait.

– Faisons ce tour du propriétaire, dis-je d'un ton sec.

Puisque la gentillesse ne mène à rien avec elle, pas la peine de faire semblant. Visiblement, nous préférons tous les deux que je me comporte comme un connard.

– On commence par-derrière ? suggère-t-elle.

Génial, elle parle de derrière, me dis-je intérieurement. Je lui réponds d'un signe de tête en désignant l'ascenseur avant de m'y diriger, content de voir qu'elle doit courir pour garder la distance. Tu n'imagines pas comme ça va t'être difficile de garder le rythme avec moi.

Dès que les portes se ferment, l'espace se réduit et je dois prendre une grande inspiration.

Soucieuse, elle lève les yeux vers moi.

– Tout va bien ?

– Oui, je lui réponds d'un ton sec.

Je garde les yeux et mes pensées rivés sur sa poitrine jusqu'à ce que les portes s'ouvrent.

Belle sort d'un bond et se dirige vers le garage, le seul endroit de la maison qu'elle connaisse vraiment. Je ne prends pas la peine de la corriger. Je me contente de tourner à gauche et d'avancer dans un couloir. Elle n'aime pas qu'on lui dise ce qu'elle doit faire. J'aime ça chez une femme, mais elle doit apprendre que c'est moi qui dirige.

– Où allons-nous ? demande-t-elle lorsqu'elle me rattrape enfin.

Je lui souris d'un air suffisant, mais je ne m'arrête pas.

– Faire le tour du propriétaire.

– Je pensais que vous alliez peut-être m'emmener faire un tour dans la Veyron.

Elle s'approche d'un pas et croise les bras dans son dos, attirant l'attention sur sa poitrine.

Une demande toute en minauderie. Bien joué. J'ai été impressionné hier de constater qu'elle connaissait la marque et le modèle de ma voiture personnelle. Son initiative ce matin me confirme ce que je suspectais déjà.

Je me tourne vers elle.

– Vous aimez les voitures.

– Peut-être, répond-elle évasivement.

Mais c'est criant, je le vois partout écrit sur son corps : ses joues rouges, ses petites respirations superficielles. Son désir est à peine contenu. Se passant la langue sur la lèvre inférieure, elle fait luire son rouge à lèvres d'un carmin diabolique, confirmant ce que j'avance. Une image de sa bouche se refermant sur mon membre me traverse l'esprit.

– C'est sûr.

Je m'approche d'un pas, remarquant que son corps se tourne vers le mien, avant de poursuivre :

– Je vous ai dit que je vous emmènerai faire un tour. Maintenant, il s'agit de le mériter.

Je m'écarte, la laissant haleter sur place. Avant d'ouvrir la porte au bout du couloir, je rajuste en douce mon érection dans mon pantalon. Je pourrais la baiser ici et maintenant. Ou la ramener dans le garage et me la faire sur le capot de la Bugatti. Elle aimerait ça. Pas de dispute en vue. Cette voiture me garantit cent pour cent d'écartement de cuisses. Mais il n'y aurait pas de challenge, et j'aime prendre les femmes en chasse.

Je décide de débuter la visite par la pièce que j'aime le moins dans la maison. Une légère odeur de chlore filtre à travers la porte lorsque je l'ouvre pour lui montrer ma piscine privée. Mon estomac s'en soulève, mais j'ai appris à ignorer le phénomène.

– Vous avez une piscine ? s'égosille-t-elle.

Son enthousiasme me fait sourire, à mon corps défendant.

– Elle a été ajoutée dans les années soixante-dix. Vous pouvez l'utiliser à votre convenance.

Nous continuons notre tour de la maison qui me paraît curieusement bien plus extravagante encore avec Belle, muette d'admiration à mes côtés. Je n'ai jamais pensé à cette propriété comme à autre chose qu'un étalage de richesse, une relique censée projeter une image de grandeur familiale qui n'a jamais existé. À présent, je suis incapable de la voir autrement qu'à travers ses yeux.

– Il faut qu'on achète de l'art, dit Belle en remarquant les murs nus à quasiment tous les étages.

Je me permets un petit sourire. Je l'encourage peut-être un peu trop dans son enthousiasme.

– Je viens de faire repeindre les murs. Je préfère les espaces épurés.

– Quel dommage ! Cette maison a tout d'une galerie d'art.

Elle parle avec mélancolie tandis que ses yeux continuent leur exploration de mes espaces nus.

– Peut-être…

– Le jardin est ici, dis-je pour l'interrompre. Attention au trou dans lequel je suis en train de m'enfoncer.

Elle saisit mon allusion et redevient silencieuse. En poursuivant notre visite, je lui jette un coup d'œil de temps en temps. Le premier choc de la découverte de la maison est passé. J'imagine qu'elle a dû se retrouver dans des demeures bien plus imposantes, vu ses fréquentations. Sa stupéfaction était plus due à ma personne qu'au reste. Elle va certainement se mettre bientôt à poser des questions auxquelles je n'ai pas envie de répondre.

Au deuxième étage, je lui fais rapidement visiter toute une série de chambres d'amis.

– Sont-elles utilisées ?

– Ma gouvernante les entretient régulièrement pour qu'elles puissent servir à tout instant.

Ce n'est pas vraiment un mensonge. Madame Andrews fait les poussières et change les draps par pure compulsion. Ça fait des années que personne n'a dormi dans la plupart de ces pièces.

– Vous hébergez souvent vos invités ?

Une fois encore, Belle semble être psychiquement alignée sur mes pensées intimes. Je ne peux pas nier que sa mystérieuse perspicacité la rende encore plus attirante. C'est peut-être pour ça que je la garde près de moi. J'espère découvrir son truc et comprendre d'où vient sa magie.

– Très rarement, dis-je en ouvrant une porte au fond du couloir. Voici votre chambre.

– Ma chambre ?

Impossible de résister.

– À moins que vous ne préfériez coucher dans une autre pièce.

– J'ai un appartement, répond-elle en ignorant mon insinuation.

– Croyez-moi, je ne vous demande pas de venir vous y installer.

Impossible de trouver quoi que ce soit que je désire moins au monde. Madame Andrews me rend la vie assez difficile comme ça lorsque nous sommes là tous les deux en même temps. Deux maîtresses de maison, et le foyer deviendrait intenable.

– Un jour ou l'autre, vous devrez travailler très tard ou alors j'aurai besoin de vous très tôt le matin. Vous pouvez utiliser cette chambre à l'occasion si vous le souhaitez.

Belle entre dans la suite et pivote sur elle-même pour tout observer. La chambre est décorée dans des teintes champagne, des rideaux de soie de couleur crème à l'énorme lit king size recouvert d'un couvre-lit mordoré. Un rayon de soleil fait scintiller le papier peint damassé couleur vieil or. La pièce est élégante, discrète et pourtant somptueuse. Elle a toute sa place ici.

– Cette chambre a sa propre salle de bains, dis-je en avançant vers une porte dans un coin. Vous pouvez laisser toutes les affaires que vous voulez ici.

– Je vais réfléchir à votre proposition, répond-elle en sortant.

Dans le couloir, elle marque un temps d'arrêt. Elle est fascinée par ce qu'elle voit en face d'elle, la seule porte fermée du corridor.

– Une autre chambre d'amis ?

– Non.

J'ai répondu sans regarder la pièce. Elle passe devant moi pour actionner la poignée.

– C'est fermé à clé ?

– Je préfère qu'on n'entre pas dans cette pièce.

Je lui montre le couloir pour indiquer ma volonté de repartir, essayant d'ignorer les souvenirs lointains qui tentent de remonter à la surface.

– Qu'y a-t-il derrière cette porte ? insiste-t-elle.

– Rien qui vous concerne, je réponds en grognant.

– Pourtant, vous avez été très clair. Vous avez dit que je dois tout savoir de votre vie, alors je ne peux qu'en déduire que vous cachez votre panoplie d'assassin derrière cette porte !

Elle finit sa tirade en soufflant, puis attend que je réponde.

Riant sans humour à sa suggestion, je reprends mon chemin dans le couloir.

– Nous en avons fini avec le tour du propriétaire, dis-je par-dessus mon épaule en parcourant vite fait un document sur mon portable. Je vous envoie une liste de tâches à accomplir. Faites tout ça et retrouvez-moi chez Harrods à dix heures précises.

– Oui, Maître, crache-t-elle.

Maître. J'ai réussi à la faire sortir de ses gonds.

– Garrison vous conduira…

– Je peux conduire toute seule, rétorque-t-elle en criant.

Je sais qu'elle en est capable parce qu'elle me conduit droit à la folie depuis que je l'ai rencontrée.

– Je me fous de savoir qui conduit. Partez.

– Avec plaisir.

Son ton est inexpressif. Elle passe devant moi pour appuyer violemment sur le bouton de l'ascenseur.

Puis elle entre dans la cabine et se retourne pour m'assassiner du regard. Aucun de nous ne fait le moindre geste pour empêcher les portes de se fermer. Je reste sur place, le regard rivé droit devant moi. Je suis figé dans les limbes. Je n'ai qu'à faire un pas pour avancer et laisser derrière moi tous ces fantômes qui traînent au bout du couloir. Je ne peux pas me retourner pour leur faire face et je suis incapable de les quitter. Belle l'a vu, mais elle n'a pas compris. Elle ne le pourra jamais.

Et je l'en empêcherai.

CHAPITRE SEPT

Après avoir franchi les portes vitrées de chez Harrods, je prends une grande inspiration pour m'imprégner de cette odeur si familière. Certaines personnes ne peuvent pas croire que les chaussures et les robes de créateur ont une odeur, mais en fait si. C'est le riche arôme du cuir finement tanné et du tissu mêlé aux notes florales de la section de thés précieux du magasin, ainsi que celui des îlots réservés aux parfumeurs. Avec un peu de chance, il me reste des sous sur mon compte ici et je pourrai me faire un petit plaisir pour célébrer mon nouveau boulot. Ça fait des mois que je n'ai rien acheté dans ce magasin, en tout cas pas depuis que je me suis soudain retrouvée célibataire. Mais avoir survécu à mon premier jour de travail aux côtés de Smith Price mérite bien une récompense.

Avant que la porte ne se referme derrière moi, une femme me tombe dessus. Elle assume sans aucune honte un tailleur couleur prune ainsi qu'un rouge à lèvres assorti. Un gros badge « Harrods » est accroché au revers de sa veste et on peut y lire qu'elle s'appelle Harriet. Elle me fait un petit sourire hésitant :

– Mademoiselle Stuart ?

Je me fige sur place avant de hocher la tête.

– Je vous attendais.

Toute hésitation sur son visage a été remplacée par un sourire plus chaleureux, mais légèrement moins authentique.

– Je dois avoir des impayés sur mon compte bien plus importants que je ne le croyais pour que vous m'attendiez derrière la porte.

– Quoi ?

Visiblement, ma blague est passée au-dessus de ses cheveux noirs bien lisses. Elle lève le menton, comme pour me jauger.

– Je n'ai pas l'habitude d'être accueillie en personne en entrant quelque part, sauf si j'ai fait une bêtise.

J'essaie de parler d'un ton léger, mais intérieurement, mon estomac se retourne. Il fut un temps où j'étais accueillie dans les restaurants et les soirées par des gens qui souhaitaient me rencontrer… Enfin, plutôt des gens qui souhaitaient rencontrer la fiancée de Philip. Mais cette ère est révolue.

– Oh ! Non, rien de tel !

Son rire poli tinte comme de petits grelots, c'est trop aigu et artificiel. À l'évidence, elle travaille ici depuis longtemps.

– Maître Price nous a informés de votre arrivée.

– Il vous a envoyé une photo d'identité judiciaire ?

– Vous êtes tellement drôle !

Elle me tape le bras en s'esclaffant comme si nous étions de vieilles connaissances.

Je la hais déjà.

– Maître Price vous a décrite dans le détail et à la perfection, dois-je dire.

Avec un clin d'œil, elle me fait signe de la suivre vers l'ascenseur avant d'ajouter :

– Vous avez de la chance. Votre homme est très attentionné.

– C'est mon patron.

J'ai répondu d'un ton inexpressif, même si quelques papillons se sont envolés dans mon estomac à ses paroles.

La révélation la fait taire, et nous profitons d'un instant de silence plus que bienvenu pendant notre ascension vers le cinquième étage. L'ouverture de la porte rompt le charme, et elle se remet à bavarder. Elle parle de commencer avec les basiques afin de construire des ensembles cohérents. J'ai arrêté de l'écouter. J'ai des choses bien plus importantes en tête.

Smith Price m'a décrite dans le moindre détail. Qu'est-ce qu'elle a voulu dire par là ? Taille et mensurations ? N'importe qui pourrait le faire. Mais ce n'est pas comme si j'avais été la première blonde menue à franchir les portes de chez Harrods ce matin. Il a dû lui en dire plus.

– Excusez-moi, dis-je en interrompant son monologue sur l'importance évidente d'avoir les bons bas, comment Maître Price m'a-t-il décrite ?

Elle prend une seconde de réflexion, comme pour essayer de s'en souvenir.

– Je crois qu'il vous a décrite comme une femme blonde et sophistiquée. Environ cinquante kilos et quatre-vingt-cinq B. Il a aussi deviné que vous porteriez des Louboutin.

Ce petit numéro de cirque l'impressionne peut-être, mais moi ça ne fait que me surprendre. Il a parfaitement deviné quelles étaient mes mensurations, jusqu'à la marque de mes chaussures.

– Bien sûr, il ignorait que c'étaient des Louboutin. Il a mentionné la semelle rouge. D'ailleurs, il nous a demandé d'en mettre une sélection de côté. J'étais véritablement désolée de lui annoncer que nous ne représentions pas ce chausseur.

– Moi de même.

Je ne sais pas quoi dire d'autre. Pas avec ma tête pleine d'interrogations quant au fait que Smith ait été aussi attentif. Mais bon, après son petit spectacle dans sa chambre hier, je pourrais aussi deviner sa taille de chemise… et pas seulement ça.

Harriet m'escorte de l'autre côté du bureau d'accueil, au dernier étage, là où seules vont les personnes qui ont rendez-vous avec un *personal shoper*, là où sont les salons d'essayage privatisés. Des fauteuils de cuir aux lignes épurées sont disposés autour d'un grand canapé turquoise, et contre le mur, ce n'est pas un portant à vêtements garni qui m'attend, mais trois. Ils ont dû sortir tous les articles à ma taille du magasin. Ce n'est vraiment pas ma première visite dans ce magasin, en revanche, je n'y avais jamais été traitée comme une reine, et pourtant j'y suis déjà venue avec Clara.

– Maître Price a souvent recours à vos services ?

Tout ce spectacle empeste le genre de privilège réservé aux hommes riches prêts à dégainer un gros portefeuille.

– Je n'ai jamais travaillé avec lui auparavant, mais ma direction a été très claire sur les attentes de Maître Price. Il m'a aussi été signifié que je devais répondre à toutes sans exception.

Elle en a assez dit. Mais bon, hier, j'ai mis un peu n'importe quoi sur un coup de tête pour venir l'assister. Smith Price est peut-être simplement un homme qui obtient tout ce qu'il veut.

Sauf moi.

Je déambule devant les portants en caressant du bout des doigts les tissus soyeux. Le shopping est un luxe que je ne peux plus me permettre ces derniers mois, depuis que j'ai rompu avec les cartes de crédit de Philip. Même s'il m'a laissée avec une garde-robe bien garnie, en plus d'un cœur brisé, j'en ai assez de ne plus pouvoir toucher qu'avec les yeux. Ce qui m'a donné une idée d'entreprise. Une société qui répondrait aux besoins de femmes dont les goûts dépassent leur découvert autorisé. Des femmes comme moi.

Je me plante une étiquette dans la main et, instinctivement, je retourne le petit carton pour le regarder. Lorsque je vois le prix indiqué dessus, j'en reste bouche bée. Il y a les goûts comme les miens et il y a ceux de Smith Price. Je ne devrais pas être choquée vu ce que j'ai eu sous le nez pendant la visite de sa maison, mais même moi je n'ai jamais dépensé une somme aussi extravagante pour un article de mode.

– Est-ce qu'il vous a donné des indications précises ?

Je range cette étiquette complètement obscène dans le col de son vêtement tant je suis incapable de le regarder.

– Les articles les plus chers de nos meilleures marques, répond Harriet en me rejoignant.

Elle écarte les robes sur leurs cintres pour révéler celle sur laquelle j'étais tombée. Au moment où je lui jette un coup d'œil pour lui dire de la retirer de la sélection, je le repère. Harriet continue son monologue sur les spécificités de la commande, mais je ne l'écoute plus.

Smith est dans l'embrasure de la porte et il m'observe avec intensité. Il m'a regardée comme ça chaque fois que nous nous sommes croisés, comme si j'étais une énigme qu'il essayait de résoudre. Ou peut-être espère-t-il résoudre un problème de vacance sous sa couette. Je pivote pour me tourner vers les portants, les joues empourprées. C'est assez embarrassant qu'un homme que je connais à peine pense que j'ai besoin d'une nouvelle garde-robe. Mais ce n'est pas pour ça. La chaleur sur mon visage n'a rien à voir avec mes émotions. Non, elle vient d'un endroit plus profond, un endroit que j'ai fermé à double tour avec ma ceinture de chasteté psychologique.

Je le sens derrière moi avant même de l'entendre parler, sa présence me donne une envie irrépressible de reculer d'un pas pour anéantir tout espace entre nous. Il me faut faire appel à un degré de force de caractère inégalé pour ne pas céder à la tentation.

– Belle.

Il prononce doucement mon nom, comme s'il le goûtait.

Je ferme les yeux et prends une grande inspiration pour reprendre contenance avant de me tourner pour le saluer.

– Je croyais que vous aviez dit à dix heures précises.

– Un client a eu besoin de temps.

La réponse est donnée sur un ton définitif, pour ne pas dire méprisant.

Déterminée à me débarrasser de cette tension entre nous, je passe en mode business :

– Ce qui me rappelle… Dans quel domaine juridique exercez-vous au fait ?

– Le trouble, répond-il d'un ton sec.

Je sens comme des picotements dans ma nuque. Soudain, la maison, les voitures, toute cette extravagance devient un peu plus logique. Les pires personnes ont besoin d'avocats payés pour regarder de l'autre côté. Avant que je ne le juge de façon hâtive, je me rends compte que je ne suis pas mieux que lui. Pas tant que je travaille pour lui.

– Aurez-vous besoin d'un mannequin, ou souhaitez-vous essayer les articles personnellement ? intervient Harriet.

Cette fois-ci, son inconscience me soulage grandement. Smith décide à ma place.

– Elle fera les essayages.

Ça m'énerve qu'il prenne la décision sans me consulter, même si je le pense aussi.

– Je n'aurais pas mieux dit.

– Vous devez avoir de fantastiques rapports professionnels tous les deux, s'épanche Harriet.

J'attrape le premier cintre venu et me précipite vers le salon d'essayage avant d'éclater de rire. Tendus ? Oui. Gênants ? Oui. Sexuellement chargés ? Oh putain oui. Mais fantastiques ? Non. Je pends la robe à un crochet et m'adosse au mur pour l'observer. Elle est simple, noire, mais assez bien coupée pour en faire plus qu'une petite robe noire de base. Non, cette robe est une déclaration. C'est exactement le genre de vêtement que j'aurais choisi moi-même.

Harriet passe la tête par le rideau :

– Puis-je ?

Je lui fais signe d'entrer. Elle s'active en faisant tout un remue-ménage, les bras chargés d'autres options, et commence à les disposer sur un portant dans un coin de la pièce tandis que je me déshabille.

– Avez-vous besoin de sous-vêtements particuliers ?

– Je pense que j'ai ce qu'il faut, je réponds, laissant pointer un sarcasme.

Je la surprends à jeter un coup d'œil dans le miroir pour vérifier ce que j'avance. Quand elle aperçoit mon ensemble porte-jarretelles de chez Lucile, elle en reste bouche bée. De la lingerie aussi particulière fait toujours son petit effet, quelles que soient les préférences sexuelles de la personne en face. Je la défie d'un petit sourire, et elle détourne rapidement le regard en s'affairant à retirer la robe noire de son cintre.

Le compte en banque de Philip a peut-être financé ma compulsion de shopping, mais il s'occupait personnellement de mon tiroir de lingerie. Il m'achetait un nouvel ensemble par semaine et m'habillait comme une poupée. À ce souvenir, mon ventre se contracte et je suis prise d'une soudaine nausée. J'ai été son jouet alors qu'il attendait son heure pour s'amuser avec Pepper Lockwood. Et maintenant, on attend que je fasse la même chose pour Smith. Le temps qu'Harriet m'aide à enfiler la robe et remonte la fermeture Éclair m'a suffi pour me mettre à écumer de rage. J'ai à peine la présence d'esprit d'enfiler mes chaussures avant de sortir au pas de charge.

Si Smith Price veut que je me donne en spectacle, il ne paie rien pour attendre.

Il lève les yeux des pages économiques du *Globe* lorsque je m'approche. L'expression de son visage jusque-là distraite se fait très intéressée.

Plantant mes mains sur les hanches, je pivote sur moi-même devant lui, puis je fais de grands gestes avec les bras. Sur le cintre, la robe était un simple fourreau noir un peu étroit, mais avec son grand décolleté devant, elle révèle le sillon entre mes seins. Elle est discrète, mais très sexy.

– Est-ce que ça vous convient, Maître ?

Smith fronce les sourcils et me fait signe de continuer à tourner.

Alors, il veut se la jouer comme ça. Je reste immobile et le toise d'un air sévère.

– La plupart des femmes apprécient le shopping, dit-il d'un ton si glacial que j'en frissonne.

– J'aime le shopping, je lui crache, je n'aime pas être un jouet.

– Il faut que je sois présent pour m'assurer que nous sommes sur la même longueur d'ondes en ce qui concerne votre apparence, puisque vous allez souvent m'accompagner, voire parfois me représenter.

Smith marque un temps d'arrêt pour laisser ses paroles faire leur effet.

– Vous m'avez déjà fait ce speech.

– Vous aimez cette robe ?

– Oui, mais…

– Ça suffit.

Il se lève en jetant son journal, puis fait un signe du menton vers le coin de la pièce, ce qui fait rappliquer Harriet à toutes jambes.

– Mademoiselle Stuart désire avoir une séance de shopping privée. Veuillez placer ses achats sur mon compte.

– Bien entendu, répond Harriet avec un peu trop d'enthousiasme.

Mais ses yeux se tournent rapidement vers moi, comme si on l'avait laissée face à un animal enragé.

Est-ce vraiment si étrange qu'une femme veuille essayer des choses seule et réfléchir à leur achat sans l'aide de personne ?

Smith tend la main vers sa veste de costume déposée sur le dossier du fauteuil. Il l'enfile et la boutonne par-dessus le gilet anthracite assorti. C'est lorsqu'il rajuste ses boutons de manchette que je comprends qu'il va vraiment partir. Mes joues rougissent, puis mon décolleté. Ça doit bien faire dix fois que je rougis devant lui. Si j'avais deux sous de jugeote, j'irais me mettre dehors jusqu'à en attraper un coup de soleil qui pourrait me donner une bonne excuse pour l'avenir.

– Attendez !

Il s'arrête à quelques pas de la porte.

– Oui ?

– Restez.

J'arrive à sortir cette demande malgré les battements violents de mon cœur, puis à poursuivre :

– Je suis un peu sur la défensive lorsque j'ai l'impression d'être un cas social.

– Et lorsque vous avez l'impression d'être un jouet aussi, ajoute-t-il, une lueur pensive dans ses yeux verts.

J'ai occupé l'un ou l'autre de ces deux rôles toute ma vie. Si je veux réussir par moi-même, il me faut tenter une nouvelle voie.

– Pouvez-vous gronder une femme ?

Sa mâchoire se crispe. Il me faut un instant pour comprendre qu'il n'est pas en colère mais qu'il essaie de réprimer un sourire.

Prenant une grande inspiration, je traverse la pièce et lui tends la main.

– Allez, on recommence tout.

– Pourquoi faire une chose pareille ?

– Parce que depuis que nous nous sommes rencontrés, je m'ingénie à vous provoquer.

Après cette confession, Smith prend ma main tendue, mais ne la serre pas. En fait, il m'attire lentement vers lui, assez près pour que je sente la chaleur irradier de son corps. Je n'ai jamais été aussi près de lui. Je sens une légère odeur de cuir et de bergamote et je dois me forcer à ne pas céder à la tentation de fondre sur lui pour respirer son odeur si chaude et puissante. Smith se penche pour s'approcher, jusqu'à ce que je sente son souffle frémir contre mon oreille et qu'il murmure :

– Continuez à me provoquer, ma belle, j'aime ça. Mais vous avez tort sur un sujet : je ne vous considère pas comme un jouet. Même si j'aimerais avoir la chance de pouvoir jouer avec vous.

Mes yeux se ferment contre ma volonté, c'est mon corps qui prend la direction des opérations, mais il ne m'attire pas plus près de lui. Autant le désirer me procure une douleur physique, je suis complètement attirée par lui.

– Vous luttez contre moi. Contre ça. Nous le combattons tous les deux, et il ne saurait en être autrement. Notre relation est professionnelle, continue-t-il calmement. Je ne sais pas si vous m'appréciez, Belle, mais vous ne devriez pas.

– Et vous, vous m'appréciez ?

La question s'échappe de ma bouche sans le moindre effort. Je n'ai pas envie qu'elle ait de l'importance. Enfin j'aimerais bien.

– Beaucoup. Beaucoup trop, admet-il alors que son pouce dessine de petits cercles sur la paume de ma main. Vous avez raison de me maintenir à distance, c'est intelligent. N'essayez pas de rendre notre relation harmonieuse. Faites votre travail et continuez à me détester. Protégez-vous.

– Ou sinon ?

Je recule d'un pas pour me dégager de sa présence en libérant d'un coup sec ma main de sa caresse hypnotique.

– Je pourrais mordre, répond-il en claquant des dents sur le dernier mot. Prenez ça pour un avertissement.

Il me salue d'un signe de tête et disparaît derrière la porte en me laissant en pleine réflexion : dois-je suivre son conseil ou essaie-t-il de m'énerver ? Depuis notre rencontre, mon instinct me dit de rester loin de lui, mais je ne peux pas nier que mon corps n'est pas d'accord avec lui.

***

Une heure plus tard, je décide d'arrêter les frais. Impossible de choisir entre tous ces vêtements merveilleux, d'autant plus que j'ai encore la cervelle pleine des avertissements de Smith. Me laissant tomber dans l'un des confortables fauteuils, j'attends qu'Harriet revienne. Elle a insisté pour me présenter une sélection d'accessoires. La sonnerie de mon portable rompt la bulle de silence temporaire que son absence m'a accordée. Je fouille dans mon sac et pousse un grognement en voyant une photo de ma mère s'afficher sur l'écran.

Sachant qu'il m'est impossible de continuer à esquiver ses appels, je décroche.

– Hello, Maman.

Éviter ma mère, c'est un peu comme essayer de rester sec quand on nage sous l'eau : parfaitement impossible.

Suspicieuse, elle demande :

– Qu'est-ce que tu trafiques ? J'entends de la musique.

– Je suis dans un club de strip-tease. J'ai un nouveau boulot.

– Ne sois pas vulgaire. Ce n'est pas ce type de musique.

Sa voix est le reflet des années de déception qu'elle a vécues, j'en soupire.

– Je suis chez Harrods, Mère.

– Est-ce dans notre budget ?

Budget est devenu le mot préféré de ma mère depuis le décès de mon père.

– C'est dans le mien.

– Ne me parle pas sur ce ton.

Sa réprimande me renvoie soudain à mes dix ans. Elle poursuit :

– Je t'appelle parce que j'ai entendu que tu avais un nouvel emploi. Tu ne m'en as pas parlé.

Voilà ce qu'on appelle un secret bien gardé. Je songe à lui demander qui m'a dénoncée, mais elle a toujours bien protégé ses sources. Je ne peux qu'imaginer qu'elle a tout un réseau d'espions dans Londres, tous concentrés sur une tâche bien précise : suivre et lui relater mes moindres faits et gestes.

– Je viens juste de commencer et, honnêtement, je ne suis pas sûre de garder cet emploi longtemps.

– Pas avec une pareille attitude.

Harriet déboule dans le salon avec plusieurs ceintures sur les bras. Je n'ai jamais été aussi heureuse de la voir.

– Maman, je dois te laisser. La vendeuse vient d'arriver.

– Viens au domaine ce week-end. Nous devrions discuter de l'impact de tout ça sur Stuart Hall.

Son ordre me révèle pourquoi elle a pris la peine de m'appeler, la vraie raison de son appel.

– Je pense que je vais devoir travailler.

Ce n'est probablement pas un mensonge. Ces derniers jours, j'ai eu l'impression que Smith s'attend à ce que je sois aux petits soins pour lui nuit et jour.

– Quel genre d'emploi est-ce là ?

Elle n'essaie même pas de dissimuler le dégoût dans sa voix. Quand je pense qu'elle n'a jamais rien fait d'autre que d'être une épouse et de gérer le domaine, sa réflexion ne me surprend pas. Même si ça fait un peu mal.

– Je te l'ai déjà dit : strip-teaseuse.

– Belle !

Encore ce ton de réprimande.

– Désolée, Maman, il faut que j'y aille.

J'appuie sur l'écran de mon téléphone pour mettre fin à l'appel et supprime la sonnerie, bien contente qu'elle n'ait pas le numéro du smartphone que Smith m'a donné.

Enfin, pas encore. Sans l'ombre d'un doute, elle l'aura obtenu d'ici la fin du mois. Je fais un petit sourire à Harriet.

– Je ne suis pas strip-teaseuse en vrai.

– Je savais que vous blaguiez.

Mais quelque chose dans le ton de sa voix me dit qu'elle me suspecte d'un métier répugnant. Peut-être qu'elle a mal interprété notre séance de shopping aujourd'hui.

– J'ai programmé la livraison de vos achats chez vous cet après-midi. Serez-vous présente pour la réceptionner et signer le reçu ?

– Non, mais ma tante peut signer pour moi.

– Très bien. Avez-vous fait votre choix ?

– Harriet, je n'ai jamais vécu de journée plus fatigante de toute ma vie et il n'est même pas encore treize heures. Choisissez pour moi. Tout est absolument magnifique. Je suis certaine que ça ira très bien.

Quelque chose me dit que je ne prendrai plus de décision aussi facile avant longtemps.

CHAPITRE HUIT

Cette soirée est un test – un test de grande ampleur. Non seulement pour mes associés, mais pour moi aussi. Peu importe que j'apprécie énormément Belle, si elle n'arrive pas à être docile l'espace de quelques heures, je ne pourrai pas la garder. Je lui ai donné assez de mou comme ça. Elle va continuer à poser des questions et à repousser mes limites, c'est évident. Le problème, c'est que j'aime ça.

Elle apparaît à la porte de l'immeuble dès que j'y gare la Veyron. Bien déterminé à donner le ton pour la soirée, je sors de la voiture et j'en fais le tour pour lui ouvrir la portière passager. Les doigts sur la poignée, je me fige sur place.

Je n'ai pas validé cette robe. Je n'approuverais jamais une telle tenue pour toute sortie en dehors de ma chambre à coucher.

Un tissu soyeux blanc moule son corps exquis, il s'évase au niveau des jambes et forme un drapé profond au décolleté. Malgré ses manches dégageant les épaules, il n'y a rien de réservé dans cette robe. Loin de là. Elle nappe, comme du lait crémeux, mettant en valeur les courbes de ses seins et de ses hanches. Au travers du tissu si fin, je vois poindre d'espiègles tétons et je suis absolument certain qu'elle ne porte pas la moindre once de sous-vêtement. Ses cheveux sont sagement rangés dans un petit chignon à la base de la nuque. Elle ne porte pas d'autre maquillage qu'une trace de mascara et de rouge à lèvres. Elle n'a besoin de rien de plus. Elle est l'incarnation même d'un fantasme bien vivant.

Belle accepte ma main lorsque je l'aide à monter dans la voiture et elle cille légèrement lorsque je ferme la portière un peu trop brusquement sur elle.

Sur toute la route jusqu'au Carlton, je n'arrive pas à trouver de mot pour exprimer ma colère. Je change les vitesses sans douceur, poussant les palettes derrière le volant furieusement, en zigzaguant dans les embouteillages. Belle tient sa langue, mais j'ai comme l'impression qu'elle savoure sa victoire de m'avoir poussé encore plus loin qu'auparavant. Bon Dieu, pourquoi lui ai-je dit de continuer ?

Parce que tu veux avoir une raison de la punir. Pas besoin de chercher midi à quatorze heures. C'est la pure vérité, et je la sens au fond de mes couilles. Elles font des bonds dans mon pantalon. J'ai envie de la passer sur mes genoux, la peau d'albâtre de son cul offerte à la paume de ma main. Mais je dois garder ce désir sous contrôle. Nos modes de vie sont incompatibles à plus d'un titre.

Ma bite ne s'est toujours pas rangée à cet avis lorsque nous arrivons devant le voiturier de l'hôtel. Sortant de la voiture, je boutonne la veste de mon costume. Je sais très bien qu'elle ne couvrira pas toute mon érection si l'on y regarde de plus près.

– Dans mon message, je vous ai demandé de porter quelque chose de modeste, je lui siffle à l'oreille lorsqu'elle s'extirpe de son siège.

– Vous auriez dû voir l'autre robe à laquelle je pensais.

Elle sourit paisiblement au voiturier en m'ignorant.

Je lui passe le trousseau de clés et je le saisis par la manche avant qu'il n'ait le temps de se tourner.

– Je sais, je sais, dit-il en poussant un grognement complètement blasé. Votre voiture a plus de valeur que mon salaire.

– Cette voiture a plus de valeur que votre vie.

Je ne prends pas la peine d'écouter sa réponse. Je m'en fous, du moment qu'il sait où est sa place dans le monde.

– Quelqu'un a des problèmes avec la taille de son pénis ce soir, marmonne Belle lorsque je lui ouvre la porte.

Plaçant une main dans le bas de son dos, je la guide à l'intérieur avant de me pencher sur son oreille pour lui dire à voix basse :

– S'il y a un sujet à propos duquel je ne m'inquiète jamais, ma belle, c'est bien celui-là.

Et bon Dieu, ce soir, elle est aussi belle que son nom l'annonce. La robe est osée – bien trop osée vu les convives autour de la table –, mais elle effleure langoureusement son corps, ondulant sur ses cuisses dorées à chaque pas. Lorsqu'elle est debout, le décolleté est un peu moins audacieux. Il va juste falloir que je m'assure qu'aucun homme ne soit debout à côté d'elle ce soir, ce qui signifie que je vais devoir marquer mon territoire. Le fait qu'elle soit mon assistante aurait pu la mettre à l'abri des attentions, si elle ne s'était pas pointée déguisée en fruit défendu.

J'ai l'impression que le tissu soyeux n'a aucune substance sous la paume de ma main. Elle est chaude et, pourtant, Belle se raidit à l'instant où nos corps se touchent avant de se détendre. Sa réaction me fait un peu trop plaisir.

– Rien d'autre ? demande-t-elle dans un souffle. Dois-je seulement parler lorsqu'on s'adresse à moi ?

– Si vous comptez vous comporter comme une enfant, j'imagine que oui.

Le maître d'hôtel s'incline derrière sa chaise, mais je lui passe devant pour m'en saisir avant lui. Belle ne dit pas un mot lorsque je salue les autres convives déjà présents. Elle incline légèrement la tête et leur serre la main lorsque je la présente à la demi-douzaine de personnes autour de la table. Quand je prends enfin place à côté d'elle, je veux attraper ma serviette, mais ma main ne la trouve pas. Belle la secoue en l'air entre nous. Je me tourne pour m'en saisir, temporairement hypnotisé par son sourire radieux. Personne ne pourrait deviner que nous avons passé ces vingt dernières minutes à nous disputer ou que nous avons échangé des paroles déplaisantes toute la matinée. Comme je m'en doutais, elle sait exactement comment se comporter dans ce type de situation.

Pendant la demi-heure suivante, je fais la conversation avec le reste de la table tandis que Belle échange poliment des frivolités avec les femmes. Le silence s'installe lorsque les derniers participants au dîner arrivent. Belle me cherche du regard, car certains se lèvent pour les accueillir, mais je lui indique de rester assise d'un signe de tête. Pour nous, ce n'est pas nécessaire.

Randolph Hammond marque une pause devant mon siège en progressant vers le bout de la table. Il me serre la main en m'apostrophant :

– Smith.

Je lève un sourcil interrogateur devant son air jovial. Je l'ai vu il y a à peine quatre jours. D'ordinaire, nous nous rencontrons plus souvent que ça, mais ce n'est pas un record. Puis je me rends compte que ce n'est pas sur moi que se porte son attention. Le sourire d'Hammond est concentré sur la personne derrière mon épaule.

Je me lève en reculant ma chaise pour l'empêcher d'avoir une vue trop plongeante. Mais Hammond se contente de passer son bras autour de mes épaules et de m'attirer vers lui.

– Bon Dieu, c'est un sacré morceau que tu nous as ramené ce soir, murmure-t-il.

– Hammond, c'est ma nouvelle assistante, je réponds d'un ton sec.

D'un geste d'une féminité intemporelle, Belle tend la main, exhibant des ongles parfaitement polis. Hammond s'en saisit mais, plutôt que de la serrer, il se baisse pour la baiser. Le regard de cet enfoiré suit le mouvement de sa tête. À en juger par le regard fasciné qu'il me laisse deviner, il a dû se rincer l'œil comme il faut.

Eh merde!

Je m'éclaircis la gorge et il relâche sa prise. M'asseyant rapidement, je repose ma serviette sur mes genoux, puis coule mon bras sur le dossier de la chaise de Belle. Son regard se tourne vers moi, mais elle ne pose aucune question.

Hammond ayant un certain penchant pour les cérémonies, plusieurs plats sont servis. Au moment où ils servent la salade, la main de Belle heurte la mienne incidemment en se saisissant de sa fourchette. Elle a un mouvement de recul immédiat, mais nous sentons tous les deux une petite décharge électrique. Nous passons le reste du dîner à discuter avec les autres convives, mais surtout pas entre nous. Lorsque ma conversation s'épuise, je tends l'oreille pour savoir de quoi elle parle.

– Je suis certaine que nous nous sommes déjà rencontrées, dit-elle à la femme assise en face d'elle. Si seulement je pouvais me rappeler où.

Georgia Kincaid hausse les épaules, avec un sourire timide.

– Je me souviendrais de vous.

La timidité et Georgia sont deux concepts qui s'excluent mutuellement. Elle sait très bien où elle a rencontré Belle et elle ne va certainement pas le lui rappeler. Ce qui veut dire qu'elles ont été concernées par une affaire commune, et tout ce qui implique le bras droit d'Hammond est forcément ignoble. Le regard de Georgia se pose brusquement sur moi et ses yeux se fendent comme ceux d'un chat tandis que Belle désigne son verre au serveur. Je change de position sur ma chaise pour que mon épaule effleure la sienne. Elle se fige, la main en l'air avant de retrouver contenance.

Chaque fois que nous nous sommes touchés ce soir, c'était innocent, pourtant, aucune ne l'était. Chaque frottement de sa peau contre la mienne était accidentel. Imprévu. Simple.

Enfin, ils auraient dû l'être.

Je me maîtrise pour ne pas m'approcher d'elle et ainsi amplifier notre contact. Je l'ai invitée dans la tanière du lion et elle s'y est présentée en arborant l'apparence d'une pièce de viande. C'est mon devoir.

Mais c'est un problème que je n'ai jamais rencontré. Je ne doute pas un instant qu'Hammond se soit envoyé mes assistantes par le passé. Bordel, même Georgia a dû se servir. Ce n'était pas un problème, tant que leur loyauté envers moi n'était pas compromise. Mais l'idée que l'un d'eux pose ne serait-ce qu'un doigt sur elle me pousse à me rapprocher jusqu'à ce qu'il nous soit impossible d'éviter le contact de nos jambes ou de nos mains. À l'abri des regards, je glisse mon genou le long de sa cuisse et mon regard se rive sur son épaule dénudée : la chair de poule que j'y décèle m'enchante au plus haut point.

Je garde cette position, ma jambe pressée contre la sienne, en entamant une nouvelle conversation avec

Hammond à propos d'une enquête sur les livres de comptes de la bijouterie. Nous dissimulons notre conversation en utilisant le code que nous avons mis au point depuis très longtemps. Je suis tellement absorbé par notre échange que j'en sursaute presque lorsque je sens une main serrer mon genou.

Je lève les yeux sur Belle qui m'adresse un regard déterminé.

Dernier avertissement.

Décollant ma jambe de la sienne, je remarque qu'Hammond nous observe avec attention. Toutes mes manœuvres pour marquer mon territoire n'ont fait qu'attirer un regain d'attention sur elle.

– Belle, quel âge avez-vous ? demande-t-il.

– Vingt-quatre ans.

Son sourire est éblouissant.

– À peu près l'âge de ma fille.

Il tend le bras pour se saisir de la main de Georgia, mais plutôt que de la serrer affectueusement comme un père, il l'emprisonne. Georgia pose sa main libre sur la sienne et la maintient en place.

– Je ne savais pas que vous étiez de la même famille.

Belle réussit la performance de rester polie, même si son regard brille de consternation.

– Nous ne nous ressemblons pas trop, répond-il sérieusement.

Je soupire en secouant la tête avant d'intervenir :

– Georgia a été adoptée.

– Oh !

Belle semble un peu soulagée, mais pas complètement.

– J'ai une grande famille adoptante, explique Hammond. On m'a inculqué dès l'enfance qu'aider les personnes dans le besoin est une responsabilité civique qu'il faut savoir endosser.

– Et Georgia était dans le besoin ?

La question de Belle est pleine de sous-entendus acérés. Son air innocent en cache la portée, mais j'espère que personne d'autre ne sait aussi bien lire en elle que moi.

– Georgia est venue à moi lorsqu'elle avait quinze ans. Un mauvais foyer. Elle travaille pour moi depuis lors.

Hammond salue l'adorable petite brune en levant son verre de vin vers elle.

– Elle travaille pour vous ? Mais c'est votre fille.

Inquiet du terrain dangereux sur lequel les questions de Belle nous entraînent, j'interviens dans la conversation :

– Hammond pense qu'on s'en sort toujours seul. Il a simplement mis le pied à l'étrier à beaucoup d'entre nous.

– Nous ? répète Belle, le regard partagé entre Georgia et moi.

– À un moment donné, même Smith a eu besoin d'aide, annonce Hammond avec bonhomie. Même si on ne pourrait jamais le deviner maintenant. Est-il aussi têtu avec vous qu'il l'est avec moi ?

– Encore plus, même, j'imagine, répond-elle sur un ton sec.

– Certaines choses ne changent jamais, ajoute Georgia.

Ses lèvres dessinent une moue parfaite. Enfin, plutôt une moue coquine. Belle se crispe, mais garde le sourire.

– Il vous faudra les excuser. Ces deux-là ont grandi ensemble.

Les mots d'Hammond auraient dû résonner comme l'équivalent d'une main ébouriffant affectueusement des cheveux. Mais à l'image d'Hammond lui-même, il s'en dégage une sorte de malaise. Quelque chose de malsain. Une version pervertie de ce qu'un homme normal aurait pu dire.

Je ne peux pas expliquer à Belle que c'est exactement ce qu'il est. Hammond est la perversion incarnée. Il m'est impossible de la garder loin de lui. Certains liens sont trop solidement noués. Le genre de lien qui attache, bâillonne et étouffe encore plus lorsqu'on essaie de se débattre.

– Attendez ! s'exclame Georgia la main sur le cœur. Mais oui, je vous connais !

Je serre les dents, me préparant à la collision prévue à sa prochaine intervention.

– Nous avons des amis en commun, poursuit-elle.

– Ah oui ? rétorque Belle, désormais incapable de masquer son incrédulité.

– Alexander et Clara.

Les noms jaillissent de la bouche de Georgia. C'est évident, elle a attendu toute la soirée le moment idéal pour les prononcer.

– Alexander et Clara ? Euh, comment les connaissez-vous ?

Chaque syllabe est choisie avec soin. Belle commence à voir qu'il lui faut marcher sur des œufs. J'interviens dans leur conversation :

– Hammond est joaillier.

Cette fois-ci, lorsque je rapproche ma chaise de la sienne, elle n'a aucun mouvement de recul.

– J'ai fait la bague de Clara, dit Hammond.

– C'est l'alliance de la mère d'Alexander.

Belle le teste et il en fait de même.

– Je l'ai faite pour sa mère. De même que l'alliance d'Alexander et celle pour le jeune ami d'Edward.

– Son fiancé, le corrige Belle d'un ton glacial.

– Bien entendu. Ma relation avec Alexander remonte à presque aussi longtemps que celle avec Smith.

Georgia pose son menton sur sa main. Jusqu'à présent, elle ne s'était pas montrée sous son vrai jour à Belle. Elle a été amicale et bienveillante, mais sous ce vernis, elle n'est que venin malfaisant.

Si j'en crois ses mouvements sur la chaise, ma nouvelle assistante a vu clair dans son jeu, tout comme moi.

Georgia l'a bien vu aussi. Elle n'a plus besoin de cacher ses crocs maintenant, elle les sort donc pour le coup de grâce :

– Vous étiez fiancée à Philip Abernathy. Quel dommage ! Quel goujat ! Il a déjà officialisé sa relation avec cette abominable Pepper Lockwood.

Je l'entends prendre une grande inspiration. La main de Belle va se poser sur son ventre.

– Je ne le savais pas.

– C'est une rumeur, bien sûr, avance Georgia en mimant des guillemets. Mais Père a dessiné la bague. J'imagine qu'ils l'annonceront dans les journaux d'un jour à l'autre.

Un silence venimeux s'abat sur notre bout de table avant que Belle ne repousse sa chaise en arrière si rapidement qu'elle la fait quasiment tomber.

– Merci pour cette délicieuse soirée, bredouille-t-elle. Veuillez m'excuser, j'ai bien peur que la fatigue ne m'ait gagnée.

– Je vous en prie, réplique Hammond en dévoilant bien trop ses dents de travers. Passez nous voir à la bijouterie quand vous le souhaitez. J'aimerais faire plus ample connaissance.

Le teint de Belle tire sur le vert et je m'attends presque à ce qu'elle vomisse sur lui. Avant que je n'aie le temps de me lever, elle s'est déjà échappée de notre salon privé.

– Tu peux rentrer les griffes, Georgia, lui dis-je froidement.

– Comment l'as-tu trouvée, Smith ? demande-t-elle en mordillant une dent de sa fourchette. Quelle charmante créature, si simple !

– Laisse-la tranquille, petite sœur.

J'incline sèchement la tête en regardant Hammond, ne me faisant pas suffisamment confiance pour dire quoi que ce soit d'autre.

Belle m'attend sur le trottoir devant le Carlton, un bras tendu pour héler un taxi.

Je file mon ticket au voiturier en passant devant lui.

– Allez immédiatement chercher ma voiture.

Des murmures s'élèvent dans la petite file d'attente, mais quelqu'un se met à courir pour aller chercher la Veyron.

– Je rentre chez moi, dit Belle lorsque je m'approche. Seule.

– Très bien. (J'attrape le haut de son bras et la tire en arrière.) Mais c'est moi qui vous raccompagne.

– Et votre famille ?

Elle ne prend plus la peine de dissimuler son dégoût.

– On ne choisit pas sa famille, Belle.

– On dirait bien que vous, si.

– Non, ce n'est pas le cas.

Je la regarde méchamment, la mettant au défi de continuer à me questionner.

La Veyron vrombit devant nous et le voiturier en sort d'un bond. Je lui tends un billet de cent livres avant d'ouvrir la porte à Belle. Elle entre dans la voiture sans plus d'opposition, mais dès que je ferme la mienne, elle me dit d'un ton sourd :

– Comment puis-je déjà mieux vous connaître que je ne le connaissais, lui ?

Cette question me pèse sur le cœur. Elle ne me connaît pas. Pas vraiment. Elle ne sait rien de mon passé. Très peu de chose sur mon travail. Elle sait comment je prends mon café et elle m'a vu nu. Elle ne devrait pas avoir cette impression avec si peu d'éléments.

Et pourtant, en démarrant, j'éprouve une étrange sensation, comme si elle avait raison. Nous ne connaissons pas tous les détails de nos passés respectifs, mais nous savons déjà où appuyer pour que ça fasse mal. Elle peut déjà anticiper mes réactions. Elle peut me renvoyer en pleine figure tout ce que je lui balance. Je ne peux pas dire ça de beaucoup de femmes.

Je ne peux pas lui dire qu'elle n'en saura jamais plus, pas possible, et de toute façon, elle ne voudra pas.

– Je dois quitter la ville quelques jours. Je serai de retour ce week-end.

J'actionne les palettes de la boîte de vitesses, la Veyron rétrograde en troisième vitesse et nous entrons facilement sur l'autoroute.

Belle continue de regarder par la vitre, mais sa gorge fait un mouvement de déglutition en avalant la nouvelle. Sans réfléchir, je passe la voiture en mode automatique et j'attrape sa main, espérant chasser son esprit du passé dans lequel elle s'est engluée. Sa tête pivote, révélant de grands yeux bordés de cils humides. Elle regarde nos mains, serrées mollement l'une contre l'autre, puis revient sur mon visage. Nos regards se croisent et, à travers les larmes, je vois la confusion prendre le pas sur la tristesse.

Le même tourment me saisit. Appréhension. Colère. Déni. Mais plus que tout : un besoin. Bon Dieu, qu'est-ce que j'ai envie d'elle, envie de la mettre dans mon lit pour lui montrer ce que c'est que de se sentir possédée. Chasser les larmes qui roulent sur son visage avec mes baisers et remplacer sa peur par une extase étourdissante.

Elle retire sa main de quelques centimètres, me montrant clairement le choix qu'elle a fait.

Elle refuse.

C'est le choix le plus sûr. Mais c'est aussi le moins viable. Moi aussi, j'ai mon propre choix à faire.

Je resserre mon étreinte, écrasant inéluctablement ses doigts délicats. Elle a joué son tour. J'en ai fait de même. Cette fois-ci, elle ne recule plus. Je la conduis chez elle en silence, ma main agrippant la sienne avec possessivité. Plus question de revenir en arrière maintenant.

Je me gare devant chez elle, attendant pour éteindre le moteur et la raccompagner à sa porte. Mon corps convoite déjà sa nouvelle possession. J'ai envie de la déshabiller, d'arracher son string et de lui montrer ce que m'appartenir veut dire.

Mais ce n'est pas le moment.

D'une voix sourde, je lui annonce :

– Je serai de retour vendredi.

– Vendredi.

Abandonnant le volant, je prends sa tête entre mes mains et tourne son visage vers le mien. Les larmes se sont évaporées, elles sont remplacées par une faim qui brûle avec tant de force qu'elle en gémit lorsque son regard croise le mien. Je caresse sa joue de ma main ouverte, puis je capture son menton pour l'immobiliser.

Ces yeux. Cette bouche. Cette façon qu'elle a de tourner son corps vers le mien. Chaque parcelle de son corps a besoin d'être baisée. Mon pouce effleure sa lèvre inférieure et, instinctivement, sa bouche s'ouvre. Elle est si réactive.

– Est-ce que tu pourras bien te tenir en mon absence ?

Je pose la question sur un ton sévère. Rien qu'à l'idée qu'elle fasse une bêtise, mes couilles se serrent.

– Oui, Maître, dit-elle dans son souffle.

Sa façon irritante de m'appeler par mon titre prend un tout autre sens qui n'est pas pour me déplaire.

J'étale son rouge à lèvres avec le plat de mon pouce, savourant le petit cri étranglé qu'elle émet avant de retenir son souffle, comme si sa vie en dépendait.

– Je dois aller prendre mon vol, le jet m'attend. Rentre. Ce soir, je veux que tu rêves de moi et de ce que je vais te faire à mon retour.

Elle me mord le bout du doigt et je lui appuie doucement sur la joue, jusqu'à ce qu'elle me relâche.

– Vendredi, murmure-t-elle comme si elle prononçait une incantation.

– Personne ne te touche avant moi. Pas même toi.

Ce n'est pas une promesse ni un rendez-vous. C'est un ordre.

Belle gigote sur son siège, mais pour une fois, elle ne cherche pas à me défier. Je la relâche, reculant mon corps en entier et rompant tout contact. Elle ouvre la bouche, comme pour parler, mais se ravise et finit par actionner la poignée de la porte. Elle sort de la voiture avec grâce, ce qui n'est pas une mince affaire car le châssis est très proche du sol et ses talons vertigineux. Elle en a presque terminé quand j'attrape sa main brusquement. Pleine d'espoir, elle se tourne vers moi.

D'une voix douce, je lui annonce :

– Tout ce qui appartient au passé n'a plus aucune importance. Maintenant que je suis là, personne ne te blessera, Belle. Je ne le permettrai pas.

Et s'ils essaient, je les tuerai.

CHAPITRE NEUF

– Du nouveau ?

Je crie à moitié pour me faire entendre par-dessus les pulsations frénétiques de la musique du Brimstone. La boîte est pleine à craquer, il y fait aussi chaud qu'en enfer, comme suggéré sur les murs. J'essuie les gouttes de sueur qui perlent à mon front en me souvenant que c'est moi qui ai eu l'idée de rester à cet étage pour pouvoir facilement danser. Je plaide coupable.

David me répond en désignant le sol de son pouce alors qu'il continue de fendre la foule. Edward le suit de près, essuyant une salve de cris au-dessus de sa tête.

– J'ai juste envie d'être au courant avant la presse, ronchonne Lola à mes côtés.

Depuis le début de la semaine, Clara est officiellement alitée et nous avons passé ces derniers jours à vérifier nos téléphones pour voir s'il y avait des nouvelles du bébé. C'est une obsession. À mon grand soulagement, la crise, que les docteurs nous ont assuré être tout à fait normale, m'a permis de penser à autre chose qu'à l'absence de Smith.

Ou plutôt à autre chose que Smith en général.

En évoquant son souvenir, mon ventre se serre. Je pensais qu'il rentrait aujourd'hui, mais toujours pas de nouvelles. Je commence à avoir l'impression que ma vie se réduit à nos échanges de textos et de messages par répondeurs interposés. Je prends un verre à shot des mains d'Edward et avale son contenu d'un trait. Maintenant, je peux prétendre que la chaleur qui se répand dans mon corps est due à l'alcool et non au conflit d'émotions qui fait rage en moi.

– Clara m'a appelé pour exiger une photo de toi en train de danser et, je la cite : « avec un homme ». On ne tire pas sur le messager ! s'exclame Edward en levant les mains en l'air, mais avec un grand sourire qui sape ses efforts de sérieux.

– Pas question, merde ! s'écrie Lola en venant à ma rescousse. Il va falloir qu'elle accepte une photo de sa meilleure copine et de sa sœur.

Lola attrape un petit verre, boit son contenu et le repose brusquement sur la table, puis me traîne jusqu'à la piste de danse. La petite sœur de Clara s'est révélée très différente de ce à quoi je m'attendais. Chaque fois que j'ai passé du temps avec elle, ou Clara ou sa mère, Madeline, étaient présentes. Alors qu'elle commence à se frotter contre un mec en dansant, me faisant signe de la rejoindre, je me rends compte qu'il lui en faut beaucoup moins pour se détendre que les autres femmes de sa famille. Il y a encore cinq minutes, je lui tirais les vers du nez pour en savoir plus sur les origines d'une campagne de relations publiques. Elle était concentrée, déterminée, et ses idées étaient brillantes. Puis elle a actionné un bouton magique et s'est transformée en reine de la fête.

Je dois admettre que je l'apprécie beaucoup plus.

Elle tend le bras et agite ses doigts pour m'inciter à approcher. Les effets de la vodka opérant, je me mets à glousser et me presse contre elle. Le gars qui danse derrière glisse ses mains autour de sa taille, sur ses hanches, puis elles disparaissent. Lola me pousse doucement en avant et se débarrasse de lui en secouant la tête pour montrer son irritation. Il fait trop sombre pour qu'on distingue son visage, mais le gars tend les mains.

Lola éclate de rire, puis passe un bras autour de mon cou et nous fait avancer plus loin dans la foule. Je n'étais pas sûre que c'était une bonne idée de porter une robe si courte au beau milieu de l'automne à Londres, le temps y est tellement changeant. Mais maintenant, je suis bien contente d'avoir fait ce choix. Je perds toute notion du temps. Lola et moi dansons ensemble, permettant dans notre grandeur d'âme à différents hommes de se joindre à nous de temps en temps, enfin jusqu'à ce qu'ils se montrent un peu trop tactiles. Ma robe noire colle à ma peau devenue moite alors que le DJ passe d'un beat électro rapide à une pulsation réduite et envoûtante. La mélodie est plus lente, presque languissante, et les vibrations résonnent dans ma chair et mes os. Ma tête tombe en arrière et je me laisse onduler à son rythme.

Une paire de bras que je connais bien encercle ma taille, et je me laisse aller contre Edward. L'avantage d'avoir un meilleur ami gay, entre autres, c'est d'avoir toujours quelqu'un avec qui danser qui, en plus, n'essaie pas de mettre sa main sous ta jupe.

La musique se fond harmonieusement dans un remix de Lana Del Rey et je me baisse contre Edward en faisant des huit avec mon bassin. Ses bras musclés soutiennent mes mouvements circulaires, mais la proximité de son corps ne me donne qu'encore plus chaud. Je relève mes cheveux pour dégager ma nuque et je noue un chignon lâche alors que nous continuons à nous abandonner au rythme.

Une troisième main attrape mon épaule et j'ouvre brusquement les yeux pour tomber sur Smith qui me dévisage avec un air de possessivité. Dans son costume, il se détache vraiment des autres personnes autour de nous. Enfin bon, on le remarquerait partout. Mais son look d'homme d'affaires s'arrête au costume trois-pièces sur mesure. Ses cheveux emmêlés complètent très bien son regard sauvage et brillant malgré le faible éclairage du club.

– Désolé, mec, dit Edward en dégageant sa main de mon corps.

Je sors de ma transe juste à temps pour m'interposer entre eux alors que le poing de Smith commence à se serrer. Plaçant la paume de ma main contre chacun de leurs torses musclés, je me tourne vers Edward pour lui dire silencieusement que tout va bien.

Il plisse les yeux d'un air méfiant, mais recule d'un pas. Il salue Smith d'un mouvement de tête et me regarde brusquement comme pour me dire que je n'ai pas fini d'entendre parler de cet incident.

La main de Smith se referme autour de la mienne et il me sort de la masse des corps qui se trémoussent en me tirant vers la porte à l'arrière du club. Bloquant mes genoux, je le force à s'arrêter en chemin.

– Tu viens. Immédiatement.

Un frisson d'excitation serpente sur ma peau, mais je secoue la tête.

– Il faut que je prévienne mes amis que je pars.

J'avais envie de l'envoyer se faire foutre. J'allais le faire. Mais là, tout ce dont j'ai envie, c'est de le suivre partout où il ira.

– Ils comprendront tout seuls.

Il tire sur ma main, mais je l'extirpe d'un coup sec.

– Ils vont s'inquiéter.

Sans attendre qu'il me donne un nouvel ordre, je fais demi-tour et retourne à notre table avec Smith sur les talons. Il s'arrête à quelques pas pour laisser de l'espace entre lui et mes amis.

– J'imagine que c'est Smith, affirme Edward avec dégoût. (Il l'observe un instant, puis plisse le front.) Bon Dieu, la bite de ce mec doit être un missile à guidage thermique.

Lola sautille jusqu'à la table, trempée de sueur. Son regard va tour à tour d'Edward à moi et elle demande :

– Qu'est-ce qui se passe ?

– Tu as déjà entendu cette histoire qui commence par « Deux mâles alpha entrent dans un bar » ?

– Mon petit cul en frémit.

Elle agite son majeur de façon suggestive. Son regard se porte derrière moi, et elle ajoute :

– En parlant du loup…

– On te présente l'alpha du jour, sélection Belle, rétorque Edward en le désignant du menton.

Lola attrape mon bras et le secoue.

– Pourquoi est-ce que tu n'es pas en train de te l'envoyer en ce moment même ?

– Parce que je suis en public, dis-je en retirant doucement sa main de mon bras pour la caresser. Je me tire.

– Tu vas te faire tirer plutôt, oui, blague David en mimant un bisou aux côtés d'Edward qui lui tape l'épaule.

– N'encourage pas ce type de comportement, l'avertit-il.

– Ça fait des mois que tu pries pour qu'elle couche, et maintenant tu te la joues ceinture de chasteté ? s'exaspère David. Pas cool.

Edward regarde par-dessus mon épaule avant de répondre :

– J'ai envie qu'elle s'envoie en l'air. Pas qu'elle rattrape tout ce temps perdu en une nuit.

– Comment sais-tu que…

– Chérie, je suis peut-être gay, mais je n'en reste pas moins un homme.

– Alors, je devrais y aller. J'ai des trucs prévus pour le restant de la nuit.

J'achève ma réplique en lui tirant la langue alors que David me passe ma pochette.

Smith irradie de mécontentement lorsque je m'approche de lui. Je m'arrête à quelques pas et croise les bras sur ma poitrine. Je n'irai nulle part tant qu'il ne se sera pas calmé.

– Il faut que tu sortes d'ici, m'informe-t-il.

– C'est peut-être vous qui devriez partir, je réponds d'un ton hautain.

Il m'a dit qu'il aimait bien que je le provoque. Vu que ça m'énerve qu'il me donne des ordres, je n'ai aucun problème à faire exactement ce qu'il veut.

Un sourd grondement s'échappe de sa gorge. Il grogne. Sérieux. Je fais de mon mieux pour avoir l'air indifférent alors que je mouille ma culotte. Bien joué, le coup de la dignité. Smith plonge sur moi, attrape ma taille et me plaque contre lui.

– Viens. Avec. Moi.

Le club disparaît. Il n'y a plus que nous. Seulement cette chaleur qui irradie là où nos corps sont en contact. Il n'y a que l'air qu'il respire. Il n'y a que lui. Je cligne des yeux et je hoche la tête. Ça ne sert à rien d'essayer de rompre cet enchantement. Je n'ai pas envie qu'il me lâche pour me retrouver seule au milieu de cette foule grouillante. J'ai envie qu'il m'emporte et qu'il choisisse quel sera mon destin.

Smith relâche son emprise, attrape ma main en pivotant sur lui-même et me conduit vers la sortie arrière. Lorsque nous approchons de la porte, un videur fait un pas de côté.

– Maître Price.

Il le salue d'un mouvement de tête et ouvre la porte.

Un vent frais effleure ma peau trempée et me refroidit immédiatement. Je lève mon visage vers les étoiles et prends une grande inspiration, goulûment.

La Veyron est garée dans l'allée, gardée par un autre membre de l'équipe de sécurité du Brimstone qui s'en va sans dire un mot. En voyant l'homme disparaître dans le bâtiment, je lui demande.

– Vous venez souvent ?

– Le propriétaire est un client.

Il ouvre ma portière, ma main toujours enserrée dans la sienne.

C'est peut-être l'air frais, ou peut-être juste le fait de m'être éloignée de la piste de danse bondée dans une atmosphère assourdissante, mais je commence à replacer les événements dans l'ordre.

– Comment avez-vous deviné que j'étais ici ?

– Peu importe, dit-il sur un ton lourd d'avertissement. J'essaie de te joindre depuis des heures.

– Il n'y a pas de place pour un téléphone dans cette robe. Je l'ai laissé à la maison.

Je hausse les épaules.

J'obtiens exactement la réaction à laquelle je m'attendais.

Smith attrape mes hanches et me plaque contre le mur de briques derrière nous.

– Ton cul ne rentre pas dans cette robe.

– Vous ne l'aimez pas ?

– Ce n'est pas une robe, c'est une ceinture.

– En fait, c'est une robe ceinture, dis-je en ruant des hanches contre lui, frôlant au passage son imposante érection. Ça vous fait bander quand je vous réponds ?

En un éclair, il encercle mes poignets et les immobilise au-dessus de ma tête. Il incline sa tête vers la mienne, dangereusement proche, juste avant que sa bouche n'effleure le bas de mon visage.

– Je t'ai dit de rester sage.

Ses dents mordillent le lobe de mon oreille.

– C'est ce que j'ai fait, dis-je avant de gémir.

Sa bouche descend de quelques centimètres, et ses dents se plantent dans mon épaule. Durement.

– J'ai vu un autre homme te toucher, rugit-il. Il avait ses mains partout sur toi, dans ce bout de tissu pathétique que tu appelles une robe.

Je grogne, en partie parce qu'il a mal interprété la situation et en partie parce que ses lèvres sont posées sur ma clavicule.

– Edward ? Mais il est pédé comme un foc.

– Il touchait ce qui m'appartient ! explose Smith, écrasant mon corps contre le mur en se plaquant contre moi de tout son poids.

Aucune insinuation, aucune subtilité dans son geste. Il colle son corps contre le mien dans un mouvement obscène, plantant sa bite dans mes chairs tendres.

– Ce qui vous appartient ? Je n'appartiens à personne, dis-je à bout de souffle.

– C'est là que tu as tort, ma belle.

Il recule un peu et nous nous figeons tous les deux en nous observant. La ligne est devant nous. Nous l'avons contournée. Nous avons essayé de nous en approcher. Mais nous ne l'avons pas franchie. Pas encore.

Smith pousse un grognement, les yeux fermés pendant un bref moment, puis il saute par-dessus.

Sa bouche s'écrase contre la mienne, ses lèvres se mêlent aux miennes avec tant de force que je sens un goût de sang dans ma bouche. Je ne sais pas si c'est le mien ou le sien. Je n'en ai rien à faire. Je ne veux rien d'autre que continuer.

Continuer à le goûter. Continuer à jouer avec sa langue. Continuer.

Je suis passée complètement sous son contrôle. Mes lèvres suivent le mouvement des siennes. Ma bouche s'ouvre pour laisser passer sa langue vigoureuse. Il me prendra quand et comme il le voudra, mais il me prendra.

– C'est ça, ce que tu veux, ma belle ? demande-t-il en léchant le bout de mes dents. Tu me veux dans ta bouche ? Où veux-tu encore me sentir ?

Ici. Là. Partout. Mes neurones proposent tout un tas de solutions, complètement bouleversés par les sensations qui assiègent mon corps partout où nos corps se touchent. Je gémis et me trémousse pour m'approcher. Impossible de prononcer un mot. Je ne peux que lui montrer ce que je veux.

– Il va falloir être plus précise, murmure-t-il contre ma bouche. Quand je te mettrai dans mon lit, il n'y aura ni oui ni non. Tu m'appartiendras. Maintenant, dis-moi : es-tu prête à m'appartenir ?

Il recule d'un pas et attend.

Je lutte pour lui dire ce qu'il faut. En fin de compte, cinq petits mots suffisent.

– Ta gueule et baise-moi.

CHAPITRE DIX

Nous arrivons à nous contenir jusqu'à ce que nous atteignions le garage.

Smith gare la Veyron à la va-vite et, avant même que j'aie eu le temps de défaire ma ceinture, il s'extirpe de son siège pour atteindre ma portière. J'accepte sa main, mes jambes flageolent en sortant du véhicule. L'association de la vitesse excessive et du désir me fait trembler.

Il passe le bras autour de ma taille, me pousse contre la voiture, puis écrase ses lèvres contre les miennes. Elles ont un goût de bourbon et de sexe. Il est ma drogue, lui seul peut me donner ma dose. Je me suis refusée à lui si longtemps, me privant moi aussi au passage. Maintenant, je suis prête à me laisser aller et à abandonner mes inhibitions autant que mes vêtements. Ma main se perd dans ses cheveux pour le retenir contre moi. La vitre de la voiture est froide sur ma peau brûlante. De mon autre main, je me tiens à la carrosserie. Mes doigts glissent contre le métal poli et je gémis sur les lèvres de Smith.

Il s'empare de ma langue, l'aspire dans sa bouche jusqu'à ce que je sente la dureté de l'ivoire de ses dents.

Il m'a bien dit qu'il mordait.

Mon corps lutte pour se rapprocher du sien. Il y a trop de vêtements entre nous. Pas assez de peau. Smith recule légèrement et me fait pivoter d'un demi-tour, puis me pousse en avant jusqu'à ce que mon corps épouse la courbe de la voiture.

– Laisse-moi te montrer pourquoi je suis contre cette robe, murmure-t-il à mon oreille en poussant sa jambe entre mes cuisses pour les inciter à s'écarter. Tu vois à quel point c'est facile d'accéder à ta chatte ?

J'essaie de hocher la tête, mais ma joue est écrasée contre le capot de la voiture et mon souffle embue le métal.

Il attrape une pleine poignée de mes cheveux et tire ma tête en arrière.

– Je ne peux pas t'entendre, ma belle.

– Oui, je réponds dans un souffle.

– Oui, qui ?

Il tire un peu plus fort, forçant ma nuque à plier. C'est inconfortable.

Une vague brûlante d'excitation s'empare de mon sexe, et je murmure :

– Oui, Maître.

– C'est bien.

Il relâche doucement ma tête et caresse la partie exposée de mon visage. Puis il dépose toute une série de baisers le long de mon cou.

– Je vais m'occuper de ta chatte avec ma bouche maintenant, et j'ai envie que tu gardes cette position. Ne bouge pas.

Un sanglot désespéré s'échappe de mes lèvres et il pose sa bouche contre la mienne alors que ses mains retroussent le bas de ma robe autour de ma taille.

– Je sais que tu veux me donner ton corps. Personne ne t'a jamais protégée dans le passé, n'a fait de toi son trésor, c'est ça ?

Mes yeux se ferment alors que je secoue la tête.

– Mais c'est ce dont tu as besoin, non ?

Il prend une mèche de mes cheveux et la lisse derrière mon oreille en même temps qu'il frotte son genou contre mon pubis enflé.

J'humidifie mes lèvres, et mes yeux s'ouvrent pour trouver les siens. Je n'ai pas besoin de lui répondre. Il sait que c'est la vérité.

– Je vais m'occuper de toi, ma belle, promet-il. Je vais t'aider à te sentir tellement bien, putain.

Ses doigts glissent sous l'élastique de mon string et le tordent. Quand il l'arrache, il cède d'un coup, rebondissant sur ma hanche en claquant avec force. La dentelle frotte contre mes chairs intimes, et je dois me mordre la joue pour m'empêcher de me relever brusquement. Il jette ce qu'il reste de ma lingerie sur le sol du garage.

– Je rêve de te lécher depuis le moment où je t'ai vue. Écarte bien tes cuisses pour moi, laisse-toi faire.

Je m'agrippe à la voiture aussi fort que possible, chancelant sur mes talons et me trémoussant pour écarter les jambes. Les mains de Smith caressent mon corps sur toute sa longueur alors qu'il s'agenouille entre mes cuisses grandes ouvertes. Il passe le bout de son doigt le long de ma vulve, m'envoyant une décharge électrique au plus profond de mon sexe gonflé.

– Putain, tu mouilles tellement pour moi. Mûre à point. Prête à tout.

Sa voix sourde effleure la surface de ma peau. Il pousse un peu plus loin, m'étirant complètement, tandis que son pouce dessine des cercles sur mon clitoris palpitant. Mais plutôt que de s'avancer vers moi, son bras encercle mes hanches et tire en arrière, forçant mes genoux à plier. Je me retrouve alors accroupie sur lui. Encore un mouvement sec et rapide et je me retrouve contre sa bouche. Sa langue entre alors en mouvement et s'attaque à mes grandes lèvres déjà bien sensibilisées.

En fin de compte, je suis assise sur son visage et je m'agrippe à une Bugatti. Quand je prends conscience de cette réalité, un brasier enflamme mon système nerveux et s'étend à tout mon corps. Mes cuisses brûlent de l'effort que je dois produire pour rester ainsi, mais cette notion ne fait que renforcer la sensation. Le plaisir s'infiltre, ondule en moi, alors que Smith aspire voracement mon clitoris. Lorsqu'il passe sa langue dessus, je pousse un cri, perdant quasiment mon équilibre. Je me retiens à la voiture lorsque Smith attrape mes hanches pour me stabiliser.

– Je ne te laisserai pas tomber, m'assure-t-il la voix chargée de désir, mais tu vas te laisser aller et jouir sur ma langue.

Je grogne de plaisir en bougeant la tête, mais il n'y fait pas attention. Ou alors il s'en moque. Je ne vais pas pouvoir tenir plus longtemps, je ne peux plus dominer les sensations bouleversantes qui ont pris le contrôle de mon corps. Smith mordille mon clitoris et je me sens comme fracturée. L'effort fiévreux qui m'habitait se transforme en extase lorsqu'il l'aspire entre ses dents. Mes bras tombent et je m'effondre, le plaisir se répercute dans chaque extrémité de mes membres.

Mais ma chute ne me propulse pas par terre. Les bras vigoureux de Smith me retiennent. Je suis ancrée sur sa langue. Je suis affalée sur la voiture, paralysée, mais il continue à me ravager avec sa bouche. Mes cuisses essaient de repousser son assaut persévérant, mais je n'ai plus assez de force. Il ralentit le rythme, caressant mon intimité avec précaution jusqu'à ce que je sente mes muscles se contracter.

Impossible.

Je n'ai pas le temps de filtrer les informations qui assaillent mon cerveau suroxygéné que mes membres se remettent à trembler, en proie à un nouvel orgasme hallucinant.

Cette fois, lorsque le plaisir m'emporte, mes muscles me trahissent complètement. Mais Smith me prend dans ses bras et me maintient contre la voiture en se servant de tout son corps. Je n'ai pas de mot. Disparition de vocabulaire par orgasme spectaculaire.

De son pouce, il caresse ma lèvre inférieure la tirant vers le bas jusqu'à m'en faire ouvrir la bouche.

– Maintenant, j'ai envie de voir ta bouche si sexy en action.

Je tends la main pour tenter d'ouvrir sa braguette, mais Smith secoue la tête. Il garde son bras autour de moi en me soutenant pendant que nous faisons le tour de la voiture pour arriver côté conducteur.

– Je ne sais pas ce qui te fait mouiller le plus : moi ou ma voiture ?

Ma bouche s'ouvre comme pour protester, mais il la ferme de son index.

– Je m'en fous, du moment que c'est quelque chose qui m'appartient, ma belle, dit-il au moment où j'entends le cliquetis de la portière qui s'ouvre. Je veux que tu mettes tes genoux sur le fauteuil conducteur. Montre-moi ta jolie chatte nue et frémissante dans ma voiture.

Quelques pas chancelants et je m'agrippe à la carrosserie pour me contorsionner et prendre la position sur le siège baquet. Le frémissement constant entre mes jambes se fait de plus en plus exigeant à mesure que ma peau glisse sur le cuir si finement tanné.

– La plus inestimable de mes possessions et la plus onéreuse.

Ces mots sont prononcés d'une voix de plus en plus rauque, et il presse la paume de sa main contre mon sexe.

Je ne cherche pas à clarifier quelle possession correspond à quelle description. Je devrais mal prendre le fait qu'il me considère comme l'un de ses biens, mais je n'y arrive pas. Je n'ai envie que d'une chose : être revendiquée comme sienne. Je veux qu'il me possède encore et encore. Mon esprit a cessé de penser à quoi que ce soit qui ne soit pas lié à lui, ses caresses et mon désir de le satisfaire.

Derrière moi, j'entends le zip d'une braguette. En tournant le cou, je l'observe sortir sa queue. Je l'ai déjà vue avant, mais pas comme ça. Elle jaillit de son bas-ventre, majestueusement flanquée de testicules pleins. Je sais qu'il est bien monté, mais le voir maintenant, en pleine érection me ravit, et me terrifie aussi.

– Tu n'as pas à avoir peur, affirme Smith, semblant saisir le cours de mes pensées. Je ne te prendrai que quand tu seras prête.

Timidement, je presse mes lèvres contre mon épaule. Ce n'est pas comme s'il était mon premier amant. Loin de là. Mais une chose est sûre, il ne joue pas dans la même catégorie qu'eux. Je ne suis même pas sûre qu'il soit sur le même terrain.

– Ne cache pas ta bouche, ordonne-t-il. J'ai envie de la voir en action. Je t'ai déjà dit que je ne savais pas si c'était moi ou ma Bugatti que tu baisais. Montre-moi ce que cette jolie bouche peut faire à ma voiture.

Peut-être parce que je suis exposée. Peut-être parce que les deux orgasmes consécutifs qu'il m'a donnés m'ont fait péter les plombs. Peut-être que je me suis retenue si longtemps que je ne sais plus faire la différence entre ce que je veux et ce que lui veut. Mais mon instinct prend le dessus. Je m'avance à genoux sur le siège, m'approchant du volant jusqu'à ce que ma bouche touche le cuir si doux. Il a un goût de luxe, de richesse et de péché. Je fais traîner ma langue sur toute sa circonférence. Le chaud parfum, naturellement musqué, du cuir se mêle aux légères traces de sel laissées par les mains de Smith. En inclinant ma tête, j'arrive à atteindre la couture sur l'intérieur du volant, savourant chacune des petites bosses.

Du coin de l'œil, j'aperçois la main de Smith se fermer avec vigueur sur son membre. Je gémis et il commence à se caresser. Je suis déchirée entre l'envie de mettre ma main à la place de la sienne et celle de continuer ma performance pour lui.

Remontant le long du volant, j'avance mes lèvres sur le tableau de bord, prenant le temps d'embrasser chaque bouton.

– C'est ça, ma belle. Montre-moi à quel point tu aimes ça, petite cochonne.

La main sur mon intimité appuie fort et augmente encore la frénésie qui s'est emparée de mon clitoris dont les tremblements sont si rapides qu'on s'approche du solo de batterie. Sa réaction m'encourage, et je me baisse encore plus bas, levant mes fesses en l'air pour atteindre mon but, les lèvres pressées contre la console centrale. Les chromes rutilants laissent un goût métallique sur ma langue. La voiture – comme nous – est la parfaite union des contraires, à la fois luxueusement riche et indéniablement moderne. Ma langue s'étire sur le métal du levier de vitesse et s'attarde autour du pommeau avant que je ne le prenne en bouche pour l'avaler complètement.

Smith pousse un grognement derrière moi.

– Je ne peux plus attendre, mais je vais y aller doucement.

La chaude couronne de son membre appuie sur l'entrée de mon intimité et, dans l'attente, je mords le cuir du pommeau. Il attend un instant pour me permettre de m'adapter, ou du moins de me préparer. Puis il commence à me pénétrer. Les plis de mes chairs, encore engorgées de sang, sont douloureux lorsqu'il les étire pour accueillir son sexe imposant. Bon sang, sa bite est incroyablement grosse. J'ai un mouvement de recul, abandonnant ma performance vulgaire pour reprendre mon souffle lorsqu'il s'enfonce profondément en moi.

Voilà ce contre quoi je luttais. Le plaisir. Un plaisir indescriptible.

– Je vais y aller à fond, Belle, grogne-t-il.

Mon souffle est coupé. J'attends. Comme il ne se passe rien de plus, je tends mes hanches vers lui, essayant de l'accueillir plus profondément en moi.

– Pas encore.

Il caresse mon dos en continuant ses petits mouvements circulaires sans se presser. Il prend son temps avec moi, même si j'essaie d'aller plus vite que la musique. Lorsqu'il se retire soudain, il me laisse brûlante de désir et complètement vide.

– J'ai envie de te voir jouir.

Je me contorsionne pour passer sur le dos alors qu'il sort un préservatif de sa poche. Il ouvre l'emballage avec ses dents, puis se caresse pour le dérouler.

– Si tu n'as pas de moyen de contraception, la semaine prochaine, tu devras en avoir.

Encore un ordre.

– Je veux voir mon sperme couler de ta jolie chatte toute rose.

Je hoche la tête en mordant ma lèvre. J'essaie de résister à une envie dévorante de lui sauter dessus. Je me tâte pour lui dire que je prends déjà la pilule, mais je ne peux plus attendre, je veux le sentir revenir en moi. C'est Smith qui est aux commandes ce soir. Je ne peux qu'imaginer ce qui se passerait si j'essayais de contrôler la situation. Lorsqu'il termine d'enfiler le préservatif, il me tend la main. Je m'en saisis d'un geste hésitant, puis il m'attire vers lui pour m'aider à me relever. Mais dès que mes chaussures touchent le sol, il me prend dans ses bras et me pose contre la voiture, juste au-dessus de son membre.

– Dis-moi quand tu es prête, ma belle.

Mes hanches descendent immédiatement vers lui, l'accueillant en moi jusqu'au bout. Je vais peut-être avoir du mal à marcher demain matin, mais pour l'instant, je vais savourer chacun de ces vingt délicieux centimètres. Smith réagit au quart de tour. Passant ses bras autour de moi, il attrape mes fesses et me porte jusqu'à l'avant de la Veyron. Il m'allonge avec douceur sur le capot de la voiture pour ne pas rompre le contact entre nous et me fait un grand sourire.

– Je vis juste l'un de mes fantasmes d'adolescent.

– Moi aussi.

Je passe mes pouces dans les bretelles de ma robe et je tire brusquement dessus pour mettre ma poitrine à nu. L'air est frais et mes tétons durcissent.

– Voyons voir ce qu'on peut faire pour les autres fantasmes.

Sa bouche se referme autour de mon mamelon tendu avant même que je finisse ma phrase. Il serre mon sein d'une main puis s'arrête un instant et plonge rapidement sur l'autre. Bon Dieu, j'espère qu'il a une bonne assurance, parce que le capot va avoir besoin de l'intervention d'un bon carrossier à l'endroit où il me baise avec acharnement. Je soulève mon dos et il attrape mes hanches, utilisant mon corps comme levier pour me pénétrer toujours plus profondément. Plus fort.

Il ne me donne pas un orgasme, il le capture. Il s'approprie mon plaisir comme si c'était le sien et cette fois, alors que j'explose en mille morceaux autour de lui, je ne vois pas de lumière. Il n'y a pas de son. Pas de feu d'artifice. Il me détruit complètement, et je jouis en poussant un cri qui fend l'air autour de nous. Le visage de Smith se tend, sa mâchoire se crispe alors que son bras serpente dans mon dos pour maintenir ma nuque.

– Regarde-moi, m'ordonne-t-il sans perdre le rythme, en me prenant dans ses bras.

J'essaie d'ouvrir les yeux, mais ils ne semblent plus fonctionner. Mon cerveau est embué par trop d'oxygène, ma tête est lourde. Quand elle roule sur le côté, il me force à la redresser.

– Regarde-moi.

Cette fois-ci, un soupçon de colère perce dans son ordre. Ses doigts se referment autour de ma nuque et mes yeux s'ouvrent brusquement, sentant la pression augmenter.

– C'est ça, ma belle. Je vais jouir et quand ça arrivera, ta chatte m'appartiendra. Tu m'appartiendras. Tu peux encore dire non. Dis-moi d'aller me faire foutre si tu veux. C'est ta seule chance.

Sa bouche s'empare de la mienne pour un bref contact brûlant. Puis il reprend :

– Quand j'aurai joui, il n'y aura plus de retour en arrière possible pour nous deux, m'avertit-il, son regard vert ferme et sûr de lui, et sans ralentir le mouvement. Fais ton choix maintenant et ne reviens jamais dessus.

Même si je pouvais réfléchir, je n'aurais pas à le faire. J'ai pris ma décision au moment où il a tenu ma main dans cette même voiture. Je pourrais bien l'avoir prise la première fois que je l'ai vu.

J'enfonce mes doigts dans ses cheveux et attire sa bouche contre la mienne, scellant mon choix d'un baiser tandis qu'il prend ce qui lui appartient déjà.

CHAPITRE ONZE

C'est bon de l'avoir dans mes bras.

J'ai baisé plusieurs filles ces derniers temps, mais mettre sa bite dans un trou à disposition n'est pas compliqué. Là, c'est compliqué. Là, c'est différent.

J'ai eu envie d'elle à la seconde où je l'ai vue, mais je n'avais pas prévu ce qui se passerait, une fois la relation consommée. Ces derniers jours loin d'elle, j'étais dans le brouillard, coincé à Paris pour mener une déposition, avec une érection constante. J'imagine qu'il y a pire que la France comme endroit pour rester au garde-à-vous.

– Tu m'as rendu fou ce soir quand je n'ai pas pu te joindre.

Il lui faudrait une réprimande bien moins douce, mais pour cette fois, je vais laisser couler et me contenter d'une engueulade. Mes attentes, même si elles sont claires, sont nouvelles pour elle.

– Je ne savais pas quand tu avais prévu de rentrer.

Elle enfouit sa tête sous mon menton. Elle est assez proche pour que je puisse saisir de légers effluves de lilas dans ses mèches blondes.

– Tu n'avais pas ton téléphone sur toi.

Si j'en reste aux faits, je peux être sévère. Mieux vaut me mettre des barrières avant qu'on commence à discuter de ses limites personnelles.

– Pas de poche, marmonne-t-elle à moitié endormie en cherchant une position confortable sur mon torse alors que j'appelle l'ascenseur.

– Tu as prévu d'aller au lit ?

J'ai posé ma question sèchement. Elle réprime un bâillement en secouant la tête.

Je rentre dans la cabine en appuyant sur le bouton du premier étage avec mon coude. Levant son menton avec mon petit doigt, je poursuis :

– Si tu avais eu ton téléphone sur toi, j'aurais pu te joindre plus tôt. J'aurais pu te baiser pendant des heures. Mais tu ne l'avais pas, n'est-ce pas ?

– Non, murmure-t-elle.

– Tu n'étais pas à ma disposition. Maintenant, je vais être forcé de te garder éveillée toute la nuit.

Ses yeux bleus s'écarquillent un peu plus, et elle reprend conscience.

– Je n'ai pas encore eu assez de toi. Aucun de nous deux ne dormira tant que ça n'arrivera pas.

– Tu es en train de dire que je n'ai pas le droit de dormir tant que tu n'es pas satisfait ?

– Non ma belle, lui dis-je gentiment pour la corriger. Je dis qu'aucun de nous ne dormira tant que nous ne serons pas satisfaits. J'ai passé ces derniers jours à penser à ce que j'allais te faire. Ça ne fait que commencer.

Elle ne propose pas d'autre option. Je lui ai offert le choix dans le garage. Putain, je lui ai laissé des issues de secours depuis son entretien. Elle s'est donnée à moi. Cette décision sera la dernière qu'elle prendra ce soir.

– Je comprends.

Ses lèvres se fendent pour former un sourire timide. Ce qui me fait hausser les sourcils.

– Vraiment ?

Elle lève sa douce main pour la poser sur ma joue, hésitante, jusqu'à ce que j'incline mon visage contre sa paume. Ses doigts immobilisés, son regard croise le mien. J'y lis des questions. De la peur également et de la confusion, mais aussi du désir.

– Oui, Maître.

Sa réponse murmurée me dit ce que j'ai besoin de savoir. Dans une certaine mesure, elle comprend dans quoi elle s'engage. Même si je vais devoir y aller doucement avec elle.

Mais, pour l'instant, je vais la coucher dans mon lit.

***

Les rayons du soleil gagnent du terrain sur son visage apaisé. Ses cheveux blonds sont étalés en corolle autour d'elle, formant une sorte d'auréole, renforçant son aspect angélique. Elle bouge dans son sommeil et recroqueville une main sous sa joue.

Qu'est-ce qu'elle me fait ?

Certaines choses sont trop brisées pour être réparées. Je le sais. J'en ai été le témoin à de nombreuses reprises. J'ai observé le phénomène, j'ai vu des gens détruits par leur cœur brisé et la fêlure du temps. Essayer de ramasser les morceaux pour entamer un processus de guérison est un fardeau trop lourd pour être porté. J'ai toujours été d'avis qu'il était plus sûr de protéger ses blessures et de se préparer à de nouveaux assauts.

Mais la nuit dernière, je suis resté allongé à compter ses respirations et à détailler ses moindres mouvements.

La sérénité qu'elle trouve dans le sommeil irradie. Je pourrais pratiquement la sentir filtrer sur ma peau.

Je me suis dit que dormir à ses côtés me laisserait sans protection. Vulnérable. Mais, en vérité, je n'ai pas envie de fermer les yeux.

Les lèvres de Belle se mettent à bouger et, pourtant, elle dort encore. Je m'appuie sur mon coude, déchiré entre l'envie de la réveiller et l'espoir qu'elle retrouve un sommeil paisible. Finalement, elle se tourne sur le dos et son corps se raidit. Sa tête s'enfonce brutalement dans l'oreiller et un petit cri s'échappe de ses lèvres.

L'anxiété s'enroule autour de mon cœur et le serre. C'est à moi de la protéger, même de ses rêves.

Posant une main sur un côté de son visage, je caresse sa peau, la rappelant à moi pour l'éloigner de son cauchemar. Ses paupières papillonnent, ses yeux s'ouvrent, pleins de terreur. Ils remontent brusquement vers moi et sa peur se transforme en confusion.

– Je suis là, ma belle.

Au son de ma voix, une expression de soulagement envahit son visage. La pression sur ma poitrine baisse d'un cran et je me penche vers elle pour déposer un baiser sur son front. Elle se détend sur l'oreiller et n'essaie même pas de remonter le drap sur elle pour se couvrir ou s'éloigner de moi.

Sa réaction est dangereusement proche de la confiance.

– Tu me regardes dormir, espèce de pervers ? murmure-t-elle, à moitié endormie.

– Tu as fait un cauchemar.

Mon instinct de protection me pousse à la prendre dans mes bras pour l'y enfermer. Mais je me contente d'arranger une mèche de ses cheveux tombée sur son visage.

– Ça t'arrive souvent ?

– Un seul cauchemar ne suffit pas ?

Elle roule vers moi, appuyant son visage dans la paume de ma main.

Elle évite la question… mais pourquoi ?

Je ne la pousserai pas à me répondre, je n'ai aucun droit sur elle. Alors, je passe un bras sous sa poitrine pour la rapprocher de moi. Elle se recroqueville sur elle-même et nous tombons tous les deux dans un lourd sommeil sans rêve.

CHAPITRE DOUZE

À mon réveil, elle n'est plus là. Un mélange de colère et de panique s'installe dans ma poitrine, mais je le repousse. Il n'y a aucune raison de croire qu'elle est partie, à moins qu'elle n'ait enfin compris qu'elle était entrée dans la tanière du loup. Déverrouillant mon téléphone, je vérifie la caméra de sécurité du garage. Sa voiture est encore là. Je retombe sur l'oreiller.

Belle Stuart va être un sacré challenge.

Lorsqu'elle est nue à se tortiller pour obtenir mon attention, elle fait tout ce que je lui demande. Ça, j'en suis certain. Le reste du temps, c'est un électron libre.

Si seulement j'étais attiré par les femmes prévisibles.

Passant mes pieds sur le côté du lit, je repère sa robe en tas par terre. Cette image me fait sourire. À l'évidence, elle n'est pas allée trop loin. J'enfile rapidement un boxer et pars à la chasse. Quand je la trouverai, je lui montrerai ce qu'elle a manqué à vouloir s'échapper du lit en douce à point d'heure.

Une rapide recherche dans la cuisine et le salon ne donne rien. Elle n'est pas allée dans la chambre que je lui ai montrée. Je m'arrête pour jeter un œil dans la chambre en face de la sienne. Il n'y a aucune raison pour qu'elle y soit. Je l'ai prévenue qu'il y aurait des conséquences.

Je la trouve finalement en train de faire la naïade au fond de la piscine.

Complètement nue. Putain.

Je l'observe avancer avec grâce, comme si elle n'avait aucun effort à fournir, l'eau ondoyant autour de ses courbes et ses cheveux tourbillonnant derrière elle. Il y a pire pour démarrer un samedi matin.

Lorsqu'elle sort le torse de l'eau en poussant sur ses bras, elle me fait un grand sourire malicieux. Je lui tends une serviette.

– Je n'ai pas encore terminé. Pourquoi ne me rejoins-tu pas ?

Elle se repousse en arrière pour nager sur le dos, permettant à sa poitrine parfaite de flotter à la surface. L'offre est alléchante.

– Je ne nage pas.

– Alors pourquoi as-tu une piscine chez toi ? répond-elle en gloussant.

– Pour que les jolies filles s'y déshabillent et y piquent une tête.

Je m'accroupis au bord du bassin pour mieux admirer son corps.

– Pourquoi ne viens-tu pas me montrer ce que tu fais à ces filles ? suggère-t-elle en battant des cils.

– Pourquoi ne veux-tu pas sortir ?

– Parce que c'est moi qui suis nue.

Elle replonge dans l'eau, m'offrant une vue magnifique sur son cul.

C'est presque suffisant pour me convaincre de me jeter à l'eau, mais je tiens bon. Lorsque sa tête remonte à la surface, je plie un index pour lui faire signe d'approcher.

– J'ai besoin d'espace pour aller jusqu'au bout de tout ce que j'ai prévu de te faire.

– Il y a beaucoup d'espace ici, remarque-t-elle en balayant la surface de l'eau de ses bras grands ouverts.

Bon. Si elle veut se la jouer comme ça… Je fais demi-tour pour me diriger vers la porte en larguant mon boxer en sortant.

Belle débarque dans le couloir avant même que l'ascenseur ne soit arrivé. L'eau ruisselle de son corps et de ses cheveux dans sa nuque et sur son dos. Elle est tellement mouillée qu'elle dégouline partout. Ses lèvres sont violettes, mais elle ne montre aucun autre signe prouvant qu'elle a froid. Elle entre d'un pas chaloupé dans la cabine dès que les portes s'ouvrent.

– Tu montes ?

– Boire un dernier verre ?

J'entre en prédateur et je lui saute directement dessus, repoussant ses bras au-dessus de sa tête. Son corps mouillé projette des gouttes d'eau qui glissent le long des miroirs tout autour.

– Tourne-toi, ma belle.

Elle m'obéit en se cambrant au passage, ce qui fait de son cul une cible de choix. Bon Dieu, tout ce que je vais pouvoir lui faire ! Mais pour l'instant, j'ai envie d'essayer autre chose. Ça va la forcer à réagir, je le sais.

Je caresse le parfait arrondi de son derrière avec ma paume, puis je le claque suffisamment fort pour laisser la marque de ma main. Cinq traces rouges très caractéristiques sur sa peau si pâle.

Belle pousse un petit cri, mais elle ne cherche pas à se dérober ni à se retourner. Elle reste prête à accepter tout ce que je déciderai de lui faire ensuite.

– Je t'ai bien dit qu'il fallait sortir de la piscine, dis-je d'une voix rauque en caressant la marque laissée sur sa fesse.

– Tu me l'as demandé, ronronne-t-elle.

– Ne prends pas mes ordres pour de simples demandes, ma belle. Sinon, il y aura des répercussions.

– Qu'est-ce que tu veux dire par…

Sa question est interrompue par une claque sur l'autre fesse.

– Oh !

– Tu vois ce que je veux dire ? dis-je d'une voix rauque. J'avais envie de te baiser et tu as joué les fausses timides. Voilà ce qui se passe quand tu n'écoutes pas.

Elle se hisse sur la pointe des pieds. Je ne sais pas trop si elle se prépare à encaisser la prochaine fessée ou si elle l'espère. En fait, je m'en fous.

– Ton corps réagit fortement au mien depuis l'instant où nous nous sommes rencontrés, il me supplie de le dompter.

Passant mon bras autour de sa taille, je l'attire brusquement contre moi, pressant ma bite contre ses fesses rougies.

– Tu veux que je te dompte ?

Elle marmonne quelque chose, ses capacités de langage sont réduites à un amas de gémissements inintelligibles. Je remonte mon bras le long de son corps pour encercler son cou et je répète la question :

– Tu veux que je te dompte ?

– Oui, Maître.

– Très bien.

C'est un murmure d'approbation que je dépose dans son oreille en poussant mon genou contre son sexe nu. L'humidité que j'y sens n'a rien à voir avec la piscine.

– Est-ce que ça t'a fait mouiller que je te donne la fessée ?

Elle hoche la tête du mieux qu'elle peut malgré mes doigts qui emprisonnent son cou.

– Je vais t'apprendre à me satisfaire, ma belle, mais pour le moment, si tu me le demandes comme il faut, je te baiserai.

Je pousse ma bite un peu plus fort contre sa fesse rebondie.

– S'il te plaît, baise-moi, dit-elle en s'étranglant.

J'attends. Elle sait ce que je veux, pas besoin de le lui rappeler. Mais, pourtant, elle garde le silence. C'est décevant. Je comptais sur son instinct de soumission, je pensais qu'il aurait pris le dessus.

Je sens un mouvement de déglutition dans sa gorge, et elle murmure alors :

– S'il te plaît, baise-moi, Maître.

Voilà ce qui manquait. J'ai envie qu'elle me supplie vraiment, et un jour elle le fera. Pour le moment, une requête polie fera l'affaire. De ma main libre, j'attrape ma bite et je la guide vers ses chairs ruisselantes.

– Je n'ai pas de capote.

– Rien à foutre, dit-elle à bout de souffle en écartant les pieds pour me faciliter l'accès.

Le gland brûlant de mon pénis effleure sa vulve et je l'enduis du fruit de son excitation.

– J'ai reçu le rapport médical joint à l'enquête que j'ai fait faire sur toi. Tout est nickel et tu prends toujours la pilule, alors que tu as pourtant juré renoncer aux hommes. Si tu n'as rien contre, on peut continuer sans préservatif et commencer tout de suite.

Comme elle garde le silence, je continue :

– Pourquoi es-tu restée sous pilule ? Est-ce parce que tu voulais que je te baise dès notre première rencontre ?

Incapable de me répondre, elle prend une grande inspiration. Effectivement, elle m'a désiré dès que nous nous sommes rencontrés. Elle m'a dit elle-même qu'elle ne voulait pas baisser sa garde, mais elle n'a pas arrêté la pilule. Depuis le début, elle savait que ça se terminerait comme ça. Qu'elle ne pourrait jamais totalement se refuser à un homme comme moi.

– J'ai besoin de voir ça.

Je relâche ma prise en grognant. De mes deux mains, j'écarte ses fesses et j'observe le bout de ma queue pénétrer sa somptueuse chatte. La chair rose s'étire à mesure que j'entre en elle. Je me retire doucement en m'émerveillant de voir comment son sexe ondule sur mon pénis.

– Je pourrais faire ça à longueur de journée. J'adore regarder ta chatte vorace avaler ma bite.

– Pitié, s'exclame-t-elle, alors que je fais durer l'assaut.

Mes doigts caressent ses hanches, et je m'enfonce en elle à coups rapides et profonds maintenant.

– Je veux voir mon sperme sortir en coulant de ton corps.

– Oh mon Dieu, s'écrie-t-elle d'une voix étranglée. Va jusqu'au fond !

C'est une demande que je suis plus qu'heureux de satisfaire. Elle jouit quand mon premier jet brûlant déferle dans sa chatte. Elle se contracte autour de moi, son corps se met à trembler sous la puissance de son orgasme. La chaude compression de ses chairs me stimule plus encore, et j'éjacule jet après jet en elle, me vidant complètement.

Nous nous effondrons tous les deux contre la paroi de la cabine de l'ascenseur, ma bite toujours palpitante en elle.

– Ne bouge pas.

Après cet ordre, je me retire doucement en observant sa crème ruisseler de sa chatte palpitante.

– Tu es tellement ravissante avec mon sperme qui s'écoule de toi.

Belle ne bouge pas et ne dit rien. Elle reste simplement éclatée contre la paroi, les jambes flageolantes, jusqu'à ce que je l'en détache.

– Tu le sens ?

J'ai envie de l'entendre me dire qu'elle aime ça, qu'elle est aussi dépravée et obscène que dans mes rêves. Elle hoche la tête, son visage figé en une expression inerte.

– C'est chaud, murmure-t-elle.

– Touche-le.

Elle glisse une main tremblante le long de son corps et écarte ses petites lèvres avec ses doigts.

– C'est ça, ma belle.

Je l'encourage en posant ma main sur la sienne, étalant le liquide épais sur l'ensemble de son sexe engorgé.

Sa tête tombe en arrière alors que je l'aide à caresser ses chairs déjà trop sensibles.

– J'ai encore envie de te voir jouir.

Je grogne en appuyant un peu plus fort sur sa main.

Elle mord sa lèvre inférieure, et ses hanches commencent à ruer contre nos doigts.

– Laisse-toi aller !

Après mon ordre, un cri guttural s'échappe de sa poitrine lorsqu'elle explose. Quand ses tremblements diminuent, elle retombe dans le silence, mais sa bouche ouverte forme toujours un O parfait. Je m'incline vers elle et lui prends un baiser, puis un autre, jusqu'à ce que je me sente bander de nouveau.

– Es-tu prête maintenant ? Je peux te montrer ? Es-tu prête à être domptée pour te soumettre à moi ? Je t'assure que tu en apprécieras chaque moment.

Ses lèvres effleurent les miennes, puis elle me mord la lèvre inférieure et la tire doucement entre ses dents.

– Je suis prête à te satisfaire.

Je m'écrase contre elle, effleurant le panneau de commandes de l'ascenseur. Je me fous de là où nous arriverons.

Je suis plus que prêt à commencer son initiation.

***

Belle avance à quatre pattes sur le matelas et se laisse tomber sur les draps chiffonnés. Ça faisait longtemps que je n'avais pas mis de femme dans mon lit. Je préférais aller dans les hôtels, c'est plus simple pour décourager tout attachement indésirable. On dirait que ce lit est l'habitat naturel de Belle, comme si elle était déjà la maîtresse des lieux. Ça devrait m'ennuyer, beaucoup plus que ça, mais non.

Dans mon dressing, j'ouvre une petite boîte que je n'ai pas touchée depuis des années. Je sais très précisément ce dont j'ai besoin à l'intérieur.

Je reviens dans la chambre en la tenant dans ma main. Belle arque un sourcil curieux de voir la longue plume rouge attachée à une baguette gainée de cuir. J'ai toujours apprécié cette juxtaposition. D'un côté, je peux procurer à une femme la plus légère des traces de plaisir, de l'autre, je peux faire rougir son derrière. Je ne peux qu'espérer que Belle apprécie les deux aspects de ce que j'ai à lui offrir.

– Allonge-toi sur le ventre, lui dis-je en m'asseyant sur un coin du lit.

J'attrape un oreiller et je le place sous sa tête. Elle me regarde caresser la plume soyeuse du bout des doigts.

– Tu comprends ce que je veux dire quand je parle de soumission ?

– J'ai une petite idée, répond-elle d'un ton sec.

– Tu te soumets à moi depuis hier soir. Que s'est-il passé dans ta tête quand je t'ai demandé de te pencher en avant ou de baiser ma voiture ?

– J'avais envie de te satisfaire, murmure-t-elle.

Sa respiration est courte et superficielle à présent. Elle a autant envie de recevoir que moi de donner.

– La soumission est une affaire de contrôle. Mon contrôle sur ton corps. J'apprécie autant te posséder que te donner du plaisir. Est-ce que je t'ai donné du plaisir ?

Elle hoche la tête, sa joue pressée contre l'oreiller de plume se met à rosir.

– Maintenant, pour certaines personnes, c'est aussi une affaire de douleur, lui dis-je en claquant la baguette en cuir contre ma main.

– C'est le cas pour toi ?

À présent, je décèle de la peur dans sa voix. Je caresse sa joue d'un doigt rassurant.

– Pour moi, c'est le plaisir. Il y a une frontière très fine entre les deux concepts. Quand je t'ai claqué les fesses dans l'ascenseur, je t'ai fait mouiller. Pourquoi ?

– Ça m'a excitée.

Sa peur a été remplacée par l'embarras. Elle cache son visage.

– Ne fais pas ça, je lui ordonne. Regarde-moi. Je ne veux pas te faire de mal. J'ai envie que tu te sentes vivante. Tu étais excitée parce que tu as eu cette impression.

– De liberté.

– Et d'être possédée en même temps. Quand les gens disent que les opposés s'attirent, je pense qu'en fait, ils parlent de sexe. Quand tu donnes le contrôle à quelqu'un d'autre, ça te permet de te libérer et d'expérimenter une satisfaction totale. Si je te frappe avec cette baguette, tu sentiras la morsure du cuir. L'autre côté t'apaisera. En combinant les deux opposés, les sensations te bouleverseront complètement. Elles te libéreront et laisseront ton corps ne comprendre que le plaisir.

Je passe la plume le long de la courbe de son dos, observant son corps se raidir sous la sensation.

– Hier soir, je t'ai prévenue. Je t'ai dit qu'une fois notre relation consommée, tu m'appartiendrais tout entière. Est-ce que tu consens à tout me céder, ton corps et ton pouvoir de décision ?

Pour l'instant, je vais continuer à lui poser la question, jusqu'à ce que je sois certain qu'elle ait tout appris.

Elle lèche ses lèvres avant de répondre doucement.

– Oui.

– Te dompter, ce n'est pas te changer. C'est plus une question d'apprendre à ton corps à se contenir jusqu'à ce que je lui ordonne de faire autrement. Je suis le seul à pouvoir te libérer et tu ne peux être délivrée que si tu me cèdes ce contrôle sur ta personne.

Le bout de la plume chatouille son derrière encore rouge. Je poursuis :

– Là, tu as envie de réagir à cette stimulation. Tu veux t'en écarter ou me supplier d'y aller plus fort. Je décide du moment où j'arrête, tout comme je décide de t'en donner plus.

Je m'avance sur le lit pour me retrouver à genoux à côté d'elle.

– Mets-toi à quatre pattes.

Elle s'appuie sur ses mains et ses genoux et je caresse son dos de ma main.

– Je ne t'ai pas dit à quel point ton corps est parfait, il est si doux et lisse. Je t'ai imaginée nue dès la première minute où je t'ai vue, mais j'étais en dessous de la vérité. La réalité est bien plus agréable.

Je prends la plume et la pose sur son épaule nue avant de continuer :

– Tu vas la sentir se déplacer sur ton corps, mais tu ne dois pas bouger. Tu peux faire ça ? Réponds simplement « Oui, Maître. » quand je te pose une question, à moins que tu veuilles que je m'arrête.

– Oui, Maître, murmure-t-elle.

Elle ondule légèrement des hanches en parlant, mais je la stoppe dans son élan avec une rapide fessée.

– Ne bouge pas. Je suis en train de t'éduquer, de te montrer comment être disciplinée pour que tu puisses me satisfaire. C'est ce que tu veux, non ?

– Oui, Maître, répond-elle plus rapidement.

Je fais glisser la plume le long de ses épaules et sur sa nuque, vérifiant qu'elle ne bouge pas. Comme je la vois rester immobile, je continue à la faire descendre entre ses omoplates. Je poursuis mon exploration le long de sa colonne vertébrale, ravi de voir qu'elle peut se contenir.

– Je veux que tu écartes les genoux pour moi.

Je fais descendre la plume à la limite de son cul. Belle m'obéit timidement.

– Plus.

Son sexe est enflé à cause de nos récents ébats, encore gonflé de désir. Je pose la plume dessus, la faisant aller et venir rapidement, jusqu'à ce que je sois certain qu'elle sente chacune des délicates extrémités lui provoquer des sensations partout dans le corps. Les cuisses de Belle se mettent à trembler, mais elle reste immobile.

– Là, tu en veux plus. C'est à moi de décider quand je te le donnerai. Je déciderai du moment où tu jouiras. Tu veux jouir maintenant ? je lui demande en continuant mon assaut de douceur sur sa chatte.

– Oui, Maître, gémit-elle.

J'entends les efforts qu'elle fait pour se contenir dans le son de sa voix.

– Pas encore. Il y a tant de choses que je voudrais te montrer, lui dis-je sur un ton apaisant. Ça sera tellement bon quand tu viendras vers moi pour me supplier de te donner ma queue. Je te traiterai tellement bien quand ton corps m'obéira. En revanche, il arrivera que je veuille te faire aller au bord du précipice. Là, tu dois avoir l'impression que c'est de la torture d'avoir cette plume si douce qui te susurre des promesses sur la peau, mais si je fais ça… (Je la retourne dans ma main et je claque l'extrémité recouverte de cuir sur les plis de sa vulve.)… tu en as encore plus envie.

Je continue mes mouvements, alternant le côté plume sur sa chair fébrile et le côté cuir, le claquant jusqu'à ce que son intimité s'engorge encore un peu plus de désir. Un filet de liquide filtre sur ses chairs intimes, mais elle tient bon et reste immobile.

– Tu apprends vite. Je suis très fier de toi.

Me penchant en avant, je fais remonter ma langue le long de ses chairs trempées. Je sens qu'elle lutte pour ne pas bouger, et je me recule.

– C'était un avant-goût, ma belle. Je sais que c'est dur. Je ne m'attends pas à ce que tu maîtrises tout dès le premier coup.

Je laisse tomber la plume sur le lit, la prends dans mes bras et la retourne vers moi. Ses cuisses s'écartent, mais elle s'arrête avant de se glisser sur ma queue.

Je la pousse un peu vers elle et je lui demande :

– C'est ce que tu veux ?

– Oui, Maître.

– Alors grimpe, ma belle. J'ai envie de te voir me chevaucher.

Elle se baisse doucement sur moi, empalant son corps sur mon membre. Je fais des mouvements de va-et-vient jusqu'à la pénétrer si profondément qu'elle se raidit dans mes bras.

– Tu es irritée ?

Elle hoche la tête pour me répondre.

– Allons-y lentement et faisons en sorte que ça dure. (J'encercle sa poitrine de mes bras tandis qu'elle se penche en arrière et commence à faire des huit avec son bassin.) Mais sache que je suis loin d'en avoir fini avec toi.

– Tu promets ? gémit-elle, alors que sa respiration s'accélère.

– Oui, je la rassure, et mes hanches se plaquent contre les siennes. Et maintenant, baise-moi, Bébé. J'ai envie de t'entendre crier.

CHAPITRE TREIZE

Un changement de décor semble être le meilleur moyen d'attaquer ce lundi matin. Je laisse un petit mot sur la table de chevet de Smith, lui disant de se faire son café tout seul et que je le verrai au bureau à huit heures. Puis je traverse Londres, bien contente d'être partie aux aurores, avant que les embouteillages matinaux ne transforment les rues en parking.

Il me faut à peu près deux secondes pour attraper dans mon placard la robe noire si bien coupée que Smith m'a vue essayer chez Harrods. C'est peut-être sentimental, mais bon, si j'ai retenu quelque chose de mon expérience avec les hommes, c'est qu'ils sont aveugles à ce type d'attention.

Toutefois, Smith n'est pas un homme comme les autres.

J'ai le temps de prendre une douche rapide, mais pas de me pomponner. Heureusement, la séance de sport non-stop du week-end m'a donné un effet bonne mine post-coïtale permanent. Un coup de mascara et une touche de rouge à lèvres nude, et me voilà prête à affronter la journée.

En sortant de la salle de bains, j'ai un mouvement de surprise quand j'aperçois Jane qui m'attend dans la cuisine. Ses cheveux platine forment des pics un peu partout sur sa tête, encore plus que d'habitude, car elle n'a sûrement pas encore eu le temps de se coiffer. Son kimono fuchsia me prouve qu'elle vient de se lever. Elle me sourit en attrapant la bouilloire sur la gazinière avant de verser de l'eau dans les deux tasses préparées.

– Tu as l'air reposée, dit Jane en me passant une tasse de thé brûlante.

J'ajoute du sucre et du lait en évitant soigneusement de croiser son regard et je hausse les épaules.

– Je n'ai pas eu beaucoup de travail.

– Visiblement, tu n'as pas eu beaucoup de sommeil non plus, rétorque-t-elle d'un air complice.

Il y a quelque chose derrière son affirmation : une perche pour que je crache le morceau et que je lui raconte ce que j'ai fait ces derniers jours.

Mais ce qui s'est passé entre Smith et moi est encore trop neuf pour que je le partage. Ce n'est peut-être rien. Juste une histoire entre deux adultes consentants qui ont cédé à leurs instincts les plus voraces. Mais bon, je n'ai jamais fréquenté d'homme de cette trempe. Brut. Sauvage. J'étais prête à essayer tout ce qu'il aurait pu me suggérer. C'est comme si je m'étais mise au diapason d'une fréquence secrète et intime. Je sais ce qu'il veut, ce qu'il attend de moi, et je m'y suis pliée. Sans poser de questions.

Je bois mon thé à petites gorgées pour éviter de me brûler la langue, prenant mon temps pour analyser ce que je ressens.

– Tu penses trop, m'informe Jane en rompant le rempart de rêveries que j'ai érigé en quelques secondes.

Je lève rapidement mon regard vers le sien. Je ne doute pas un instant que Jane trouve tout à fait normale mon escapade sexuelle. J'ai été bercée par la mélodie suave des siennes ces derniers mois. Elle pourrait m'aider à comprendre ce bouleversement dans nos rapports.

– Peut-être.

Ce week-end nous appartient encore. C'est entre Smith et moi. Je ne veux rien partager de lui, pas même les souvenirs qu'il m'a donnés. C'est un truc très possessif dont je ne m'étais même pas rendu compte jusqu'à présent.

J'abandonne ma tasse de thé et me penche vers elle pour l'embrasser sur la joue.

– Pourquoi t'es-tu levée si tôt, d'abord ? Je ne t'ai jamais vue sortir du lit avant dix heures.

– Ma coloc est enfin rentrée à la maison. Je me suis dit que je pourrais lui faire un petit coucou avant qu'elle ne disparaisse.

Jane se pince les lèvres. Elle essaie de vérifier quelque chose, mais je ne suis pas près de tout déballer. Pour m'excuser, je lui demande :

– Tu t'es inquiétée pour moi ?

Ce n'était pas mon intention.

– Pas du tout. J'ai bien reçu ton texto, dit-elle en écartant mes craintes d'un geste du bras avant de m'observer de son œil perçant. Alors, tu ne vas partager aucun détail croustillant, hein ?

Un sourire espiègle s'empare de mon visage. Impossible de le retenir.

Jane éclate de rire et me fait un clin d'œil, comme si je venais de lui avouer les détails les plus salaces.

– On va dire que ça le fait.

***

Il y a des mots pour décrire ce que j'ai fait avec Smith. Des mots que je n'ai vus que dans des livres. Aucun des amants que j'ai connus n'avait de penchant pour la domination, ce qui explique peut-être pourquoi je ne me suis jamais doutée que je serais si ouverte à cette pratique. Maintenant, je me retrouve à désespérer de sentir à nouveau ses mains sur mon corps, comme lui seul peut le faire. Les fessées. Les doigts autour du cou. Le désir de me retenir au bord du précipice et d'y être maintenue. Tout cela est nouveau pour moi, et du coup, je me demande ce qu'on peut en déduire de ma personnalité. D'un côté, j'ai peur d'être sacrément tarée de crever d'envie qu'il me contrôle, mais d'un autre, je n'en ai rien à faire, et ce côté-là est bien plus fort.

Lorsque j'arrive enfin au travail, je suis à bout de souffle. Je contourne le bureau de Doris en exécutant un pas de danse et débarque directement dans celui de Smith. Il a décrété que je lui appartenais maintenant, et j'ai plus que hâte d'être à nouveau en sa possession.

Si je m'étais attendue à un accueil affectueux à mon arrivée, j'aurais été déçue. Comme j'essaie encore de m'habituer à ses humeurs plus que changeantes, je m'y suis préparée. Mais tout de même, son accueil glacial me blesse.

– Tu n'étais pas là quand je me suis réveillé.

Il ne prend pas la peine de lever les yeux vers moi. Le ton de sa voix est si froid que je m'attends presque à voir des petits cristaux de glace se former entre nous.

Mais son comportement ne fait qu'aiguillonner le mien. Je lui ai donné mon corps, mais certainement pas chaque instant de ma vie. Peut-être que lui permettre d'exercer au lit une telle autorité sur moi lui a donné de fausses idées sur l'état de notre relation. Même si j'ai énormément apprécié notre week-end, peu importe, je suis toujours la même fille que celle qu'il a engagée il y a quelques semaines. Enfin presque.

– J'ai laissé un mot. Je devais rentrer à la maison pour me changer.

Smith continue à composer un message sur son portable. Il fronce légèrement les sourcils, mais ne dit rien d'autre.

Se réveiller seul l'a-t-il vraiment mis en colère ?

– Je ne sais pas ce que j'ai fait de mal. J'avais besoin de me changer. J'ai cru que les week-ends « tissu en option » se terminaient le lundi matin, mais il est peut-être nécessaire de me faire parvenir une circulaire interne à ce sujet.

Ses lèvres tressautent, mais il ne sourit pas. Quelques instants plus tard, il laisse tomber son téléphone sur son bureau et porte enfin son attention sur moi.

– Je vais demander qu'on te livre quelques vêtements chez moi.

Eh, tout doux, bijou ! Comment fait-il pour passer aussi vite du dédain à l'attribution d'un tiroir dans sa commode ? Rien que ça suffit à mener une fille à la bouteille.

– Je ne pense pas que ce soit nécessaire. J'ai un appartement.

– Au contraire.

Smith s'installe confortablement dans son fauteuil et appuie le bout de ses doigts d'une main contre l'autre.

– Tu as une chambre chez moi dont tu peux te servir à l'occasion. Tu devrais y laisser quelques affaires. Il est inutile que tu aies à traverser la moitié de Londres juste pour te changer.

Sa réponse purement pragmatique me laisse un goût amer dans la bouche. Je croise les bras sur ma poitrine et l'assassine du regard.

– Tu préfères que je me serve de cette chambre ?

– Clairement, je te préfère nue dans mon lit. Mais puisque tu insistes pour des limites bien définies dans notre relation, je ne fais que mettre en évidence une solution pratique répondant à nos besoins à tous les deux.

Smith attrape une pile de dossiers et se lève. D'une main, il boutonne sa veste avant de se diriger vers la porte de son bureau.

Je l'entends donner des instructions à Doris à propos des dossiers, mais je m'en moque. Je souffle peut-être le chaud et le froid autant que lui. Mais il doit bien comprendre à quel point c'est ridicule d'attendre d'une femme qu'elle aille travailler un lundi matin avec sur le dos la robe qu'elle portait en boîte le vendredi précédent.

– Il y a aussi cet autre sujet, continue-t-il en repassant la porte. Il arrivera bien à l'occasion que nous souhaitions nous rendre dans des endroits exigeant une tenue, comment appelles-tu ça au fait ? « week-end tissu en option ». Mais si tu préfères rentrer chez toi sans porter de culotte, ainsi soit-il. (Il s'interrompt pour attraper ma main.) Et puisque je n'ai pas eu l'opportunité de te le dire ce matin : Bonjour, ma belle.

Il pose ses lèvres sur la jointure de mes doigts, me faisant le baisemain dans un numéro de charme à en oublier cette conversation. Il peut toujours rêver. Smith doit comprendre que même s'il me paie une fortune, il ne peut pas s'attendre à ce que je lui sois pieds et poings liés, et je ne céderai pas sur certains points.

– J'ai tendance à toujours porter des sous-vêtements en public, lui dis-je sans prendre la peine de dissimuler mon ton sarcastique.

– Pas avec moi, répond-il en retournant à son fauteuil, un sourire diabolique aux lèvres. Je veux ta chatte au grand air et si je trouve quoi que ce soit dessus, je me ferai un plaisir de l'arracher.

– J'espère que ton budget vêtements inclut le renouvellement de mon tiroir de lingerie.

Je refuse d'entrer dans son jeu. Enfin, j'ai envie de croire que je peux refuser. Mais bizarrement, je me retrouve plus près de lui de quelques pas.

Ma volonté est à bloc.

– On dirait bien que tu n'en auras pas trop besoin.

Son index est posé sur ses lèvres dans une pose pleine de réflexion.

Mes entrailles s'embrasent. Je suis prête pour lui, il n'a qu'une chose à faire, me regarder. Il va m'être difficile de maintenir le cap sur tous les sujets qui me tiennent à cœur si sa simple présence suffit à faire de moi une masse dégoulinante de désir.

Smith contrôle la situation depuis l'instant où il est apparu au Brimstone. Il a peut-être besoin qu'on inverse un peu les rôles.

– Mais quand tu n'es pas là, dis-je sur un ton geignard en avançant à pas furtifs vers lui, je ne suis pas certaine de pouvoir me contrôler.

Smith arque un sourcil en se penchant sur son bureau, ce qui me permet de lui procurer une vue plongeante sur mon décolleté.

– Je serais déçu que tu échoues, répond-il d'un ton serein.

Mais j'aperçois une petite veine battre sur son cou.

– Que se passerait-il si je n'y arrivais pas ? Si je perdais le contrôle ?

J'avance d'un pas nonchalant vers le bureau et je m'installe dessus. Les jambes croisées, je lui montre mon sourire le plus éclatant.

– Je te recommande de faire en sorte que ça n'arrive jamais.

Ses mains sont posées à plat sur les accoudoirs de son fauteuil et lorsqu'il s'y agrippe, il se penche vers moi. L'espace entre nos corps se réduit un peu plus chaque seconde.

– Sinon, je te punirai.

– Me punir ?

Je répète sa menace, plus qu'un peu choquée de l'entendre utiliser un terme aussi archaïque malgré nos préliminaires du week-end.

– Tu me donnerais encore une fessée ?

– Pour commencer. Puis je te ferais sucer ma bite jusqu'à ce que tu mouilles tellement que tu me supplies de la mettre en toi. Mais tu sais ce qui arrive aux vilaines filles, ma belle.

– Éclaire-moi.

Je fais traîner mes mots, les laissant s'étirer sur ma langue bien plus longtemps que nécessaire.

– Quand tu me désobéis, je ne peux pas te donner ce que tu veux.

Il attrape la grosse masse qui occupe son pantalon derrière sa braguette et la caresse sur toute sa longueur pour appuyer ses propos.

– Je ne peux pas te donner ça.

Je ne suis pas près de céder aussi facilement, même si l'idée qu'il refuse de me donner du plaisir fait battre mon cœur bien trop rapidement.

– Heureusement que j'ai un petit ami à piles.

– C'est très vilain, ça. Et tu ne devrais pas en avoir besoin, n'est-ce pas ? réplique-t-il en détachant sa ceinture. Sauf que nous savons tous les deux que tu peux jouer avec tous les jouets que tu veux, ils ne te feront jamais aussi bien jouir que moi. Tu te souviens de ce que je t'ai fait ? Tu te souviens des cris que tu as poussés ?

Je tortille du cul pour m'avancer un peu plus sur le bureau. J'essaie de faire croire que c'est un mouvement intentionnel, mais en vérité, je perds le contrôle de la situation et super vite. Il n'y a qu'une seule chose à faire.

J'attrape les coins du bureau à pleines mains et je pousse dessus pour me retrouver immédiatement à genoux.

Je m'insinue entre ses jambes et le caresse sur toute sa longueur du dos de la main.

C'est le seul moyen de reprendre la main avec certitude sur un homme. Je déboutonne son pantalon avec agilité, mais avant que j'aie pu faire descendre la braguette, le téléphone sonne. La main de Smith fend l'air à toute vitesse pour attraper mon poignet tandis, que de l'autre, il décroche l'appareil.

Je me penche en avant pour poser mes lèvres sur la bosse de son pantalon, mais il recule sa chaise. D'un geste vif du menton, il me fait signe de me lever en mimant un « debout » avec sa bouche.

Je tire sur ma main pour la libérer et je continue à m'attaquer à son pantalon, mais il se lève d'un coup, me faisant pratiquement tomber au passage.

– Non, je ne suis pas disponible pour discuter de cette clause. Nous avons tous besoin que cette fusion se passe aussi bien que possible, dit-il dans le combiné en faisant quelques pas pour s'éloigner de moi.

Le message est clair et net. Mes avances sont indésirables. Je me lève péniblement, l'embarras de plus en plus visible sur mes joues lorsque je rajuste ma robe. Smith se penche et écrit quelque chose sur un bout de papier.

Au moins, s'il veut se la jouer connard, il peut s'expliquer. Mais lorsqu'il me tend le papier, il n'y a qu'un seul mot gribouillé dessus.

Café.

Connard. Je le lui aurais bien dit à voix haute. Mais je me contente de froisser le bout de papier et de sortir de son bureau d'un pas décidé avant de claquer la porte derrière moi.

***

En faisant la queue au café du coin de la rue, j'ai le temps de trouver au moins une centaine de façons de l'assassiner. La plus simple et le plus poétique serait d'empoisonner son expresso, c'est aussi le moyen le plus sûr de me faire choper. Mais je crois que l'inspecteur en charge de l'enquête pourrait bien me relâcher quand je lui aurais tout expliqué.

Smith a refusé que je lui taille une pipe.

À l'évidence, il y a matière à justifier des réactions extrêmes.

M'arrêtant dans un kiosque à journaux, j'attrape un exemplaire de *Trend magazine* pour le feuilleter. Si je fais l'effort de ne pas l'empoisonner, je vais tout même faire mon maximum pour m'assurer que son satané café soit gelé quand il voudra le boire.

La vengeance est un plat qui se mange froid, non ?

Dans le sommaire, mon œil est attiré par un article sur la parfaite petite robe noire, le fameux concept de la « little black dress », et je tourne les pages à toute vitesse pour l'atteindre. Elles sont collées ensemble, ce qui fait que le titre de l'article est devenu le mot « Bless », bénédiction.

Cette coïncidence me fait sourire. Toutes les filles seraient d'accord : la bonne petite robe noire est définitivement un atout majeur dans l'armoire, une aubaine.

Au début, j'ignore la sonnerie stridente de mon téléphone qui m'annonce l'arrivée d'un texto, mais je finis par plonger la main dans mon sac quand il recommence. Pas de message. Mauvais portable. J'attrape mon téléphone perso tout au fond du sac. Je le fais quasiment tomber lorsque je lis le message d'Edward.

EDWARD : DES CONTRACTIONS ! RAMÈNE TES FESSES À L'HÔPITAL.

Je me tourne en enfonçant le magazine dans mon sac, et j'en renverse presque le café.

– Mademoiselle ! Mademoiselle ! m'interpelle le vendeur en gesticulant comme un dément pour désigner mon sac.

– Oh pardon !

Je lui passe le café et pars à la recherche d'un billet de cinq livres. Je le lui tends et, dans la précipitation, pars à toute vitesse sans prendre le temps de récupérer ma monnaie.

Je suis presque arrivée au parking quand mon téléphone se remet à sonner, m'indiquant que quelqu'un cherche à me joindre. Il me faut un instant pour comprendre que ce n'est pas celui que j'ai en main. J'extirpe mon téléphone pro. Le nom de Smith s'affiche sur l'écran. Je le regarde vite fait et j'appuie sur « refuser ».

Puis je l'éteins, tout simplement.

CHAPITRE QUATORZE

Norris, le plus vieil ami mais aussi le garde du corps d'Alexander, m'attend dans le parking pour me faire passer dans l'essaim de paparazzis et des badauds agglutinés devant la porte en prévision de l'heureux événement. Autant que je sache, il n'y a que trois personnes autorisées à entrer ici : Alexander, Edward et moi.

Et le bébé, bien sûr.

Toute la frustration et l'embarras que je ressentais lorsque je suis sortie du bureau de Smith se sont envolés, ne me laissant que l'excitation de rencontrer ma nouvelle nièce, quand bien même officieuse. La moitié des services secrets de Sa Majesté est stationnée devant les différentes entrées de l'hôpital St Mary. Impossible d'en vouloir à Alexander après l'année qu'ils viennent de passer. Malgré cette démonstration massive de sécurité, il est en piteux état quand je le retrouve de l'autre côté de la porte où il m'attend.

– Comment va-t-elle ?

J'essaie de regarder derrière lui, mais Alexander me retient par le bras.

– Elle passe un sale quart d'heure. Je viens enfin de la convaincre d'accepter qu'on soulage sa douleur.

Dans un geste de réconfort, je lui presse l'épaule.

– Tu devrais être à ses côtés. Edward et moi allons attendre ici.

– En fait, je ne suis pas dans ses petits papiers à l'heure qu'il est.

– Alors, tu veux que j'y aille pour lui rappeler que tu as décroché la lune pour elle ?

Il me fait un petit sourire, mais qui disparaît vite de son beau visage.

– Elle n'a pas trop apprécié ma blague il y a cinq minutes, quand je lui ai dit que j'étais son seigneur et maître.

– Elle doit beaucoup souffrir.

Je ne prends pas la peine de lui rappeler que c'est lui l'origine de cette situation.

– Tu vois, elle a supporté le poids de cette grossesse bien trop longtemps sans mon aide. J'y retourne dans dix minutes, qu'elle le veuille ou non.

– Je suis à peu près certaine qu'en tant que roi d'Angleterre tu peux aller à peu près où tu veux.

– Je pense qu'elle n'apprécierait pas non plus que je le lui rappelle.

– Laisse-moi quelques minutes.

Je le contourne pour entrer avant qu'il ne puisse me retenir plus longtemps. Alexander est devenu le centre de l'univers de Clara, mais elle est le centre du sien. Je ne suis pas toujours très à l'aise au milieu de cette situation, mais je ne peux pas nier qu'il la rende heureuse. Peu importe le degré de frustration qu'il lui fait endurer, il lui est impossible de ne pas l'avoir à ses côtés.

– Dieu merci, tu es là. Il y avait tellement de testostérone dans cette pièce que je commençais à me sentir mal, annonce Clara en me voyant entrer.

Elle tend la main vers moi juste au moment où le moniteur à ses côtés marque un pic. Clara laisse échapper un cri étranglé, une main toujours tendue vers moi et l'autre agrippée à son ventre rond.

Je me précipite à ses côtés et attrape sa main en l'air, me demandant si la contraction qu'elle ressent est aussi douloureuse que la compression qu'elle exerce sur mes doigts.

– Respire.

Elle me lance un regard meurtrier.

– Ou pas. Mais je ne pense pas que retenir sa respiration puisse t'aider.

Clara expire puissamment et se laisse retomber sur le lit.

– Je crois que tu viens de me casser quelques doigts, lui dis-je en essayant de les secouer pour retrouver des sensations.

– Désolée, répond-elle d'un air penaud.

– Pas de problème.

Je lui passe un bol rempli de paillettes de glace posé sur la table à côté de son lit. Mon expérience des accouchements se limite à ce que j'ai vu dans les films. Pour autant que je sache, les femmes crient, disent des gros mots et sucent des glaçons. Il y a des rites de passage plus bizarres dans la vie, mais pas tant que ça d'après moi.

– Bon, tu veux me dire pourquoi tu as banni Alexander ?

– Parce que je vais prendre ce truc, dit-elle en attrapant son tube de perfusion… Et je vais l'étrangler avec. Il semble avoir oublié lequel d'entre nous donne naissance à ce bébé.

– Qu'est-ce qu'a dit le médecin ?

Je change rapidement de sujet de conversation pour éloigner le souvenir de son mari.

– Que je ne me dilate pas assez rapidement. Ils m'ont donné des calmants qui ne servent à rien et, maintenant, ils suivent le rythme cardiaque du bébé. Oh ! et une infirmière m'a dit que la moitié de ce satané pays est devant l'hôpital à attendre que j'expulse notre prochaine monarque.

– Vois le bon côté des choses, lui dis-je pour l'apaiser. Il y a quelques centaines d'années, ils seraient entrés ici pour te regarder.

– C'est peut-être la seule chose qui s'est améliorée depuis, marmonne Clara en reprenant son souffle, sentant arriver une nouvelle contraction. Fais-moi penser à autre chose.

– J'ai couché avec Smith.

J'ai sorti le premier truc qui me soit passé par la tête. Je sais garder un secret comme personne, moi.

– Je sais, crie Clara.

Lorsqu'elle se détend à nouveau, elle me fait un petit sourire.

– Les nouvelles vont vite !

– Edward a dit que vous vous êtes pratiquement envoyés en l'air en public au Brimstone, dit-elle à bout de souffle.

– Edward est un mufle.

– Il a aussi dit que Smith l'avait presque frappé, ajoute Clara en me regardant d'un air acerbe.

– Oui, on dansait avec Edward et la démonstration était un peu trop suggestive pour lui. Smith doit être la seule personne en Angleterre à ne pas savoir que son prince est gay.

– Je suis gay ? (La voix profonde d'Alexander nous interrompt alors qu'il entre dans la chambre.) Comment avons-nous fait pour nous retrouver dans cette galère ?

L'effet de sa présence sur Clara est immédiat. Malgré ses grands discours comme quoi son côté surprotecteur la fatigue, son visage se transforme lorsqu'il entre. Il rayonne tellement qu'elle en éclaire la pièce. Même lorsqu'il l'énerve, il a toujours cet effet sur elle.

Comprendre ça a été l'une des premières choses qui m'a fait tiquer sur Philip. Qui m'a fait comprendre que nous n'étions pas faits l'un pour l'autre. À l'époque, j'avais choisi de l'ignorer. Maintenant, je me demande comment j'ai pu faire. Peut-être parce que j'étais aux abois et que je voulais désespérément trouver quelqu'un qui m'aime, ne serait-ce qu'une fraction de l'amour qu'Alexander porte à Clara.

Une infirmière entre derrière Alexander et m'éjecte de la chambre.

– J'ai besoin de vérifier sa dilatation. Vous pourrez revenir dans une minute.

– Je vais chercher Edward.

Je serre la main de Clara, mais quand je m'apprête à la relâcher, elle l'agrippe avec plus de force.

– Je ne sais pas si je vais pouvoir faire ça, murmure-t-elle à mon attention.

– Eh bien, au moins l'une d'entre nous pense que tu en es capable, parce que moi, je sais que tu peux le faire.

Je lui fais une petite bise et me tourne vers Alexander.

– Essaie de ne pas l'énerver.

– Je crois que je suis passé à côté de cette opportunité il y a neuf mois, marmonne-t-il.

Je le pousse vers elle. D'expérience, je sais qu'ils ne peuvent pas rester fâchés trop longtemps.

***

Les couloirs de la maternité sont vides. Toute l'aile a été évacuée, ne laissant qu'un accès limité au personnel soignant et aux visiteurs. Mon téléphone me signale qu'un message vient d'arriver. Il est de Lola.

LOLA : MADELINE MENACE DE DIVORCER DE SES ENFANTS SI ELLE N'EST PAS ADMISE.

BELLE : Tu veux que j'en parle à Clara ? Elle pourrait peut-être la laisser entrer.

LOLA : Surtout pas. Il n'y a pas assez de calmants sur terre pour permettre à Clara de supporter ça. J'ai la situation en main. Mais dis-moi ce qui se passe là-dedans.

Je lui promets de la tenir au courant, puis je reprends ma quête pour trouver Edward. Je le repère dans une salle d'attente au détour d'un couloir. David, son fiancé, me fait un grand sourire lorsque j'entre dans la pièce. Les mains plantées sur les hanches, je l'accuse :

– Tu te caches ?

– Les couches. Les biberons. Je n'ai peur de rien, explique Edward, mais je suis entré là-dedans pendant dix minutes et ça m'a amplement suffi.

– Il vient de me dire qu'il était content qu'aucun d'entre nous ne puisse accoucher, ajoute David.

– Vous n'allez pas tenter la mère porteuse ?

Ils me répondent tous les deux en même temps :

– Peut-être.

– Nous n'aurons pas d'enfants.

Je lève les mains en l'air dans un geste de reddition. Apparemment, je suis à l'origine de nombreuses disputes partout dans Londres aujourd'hui.

– Comment ça « nous n'aurons pas d'enfant » ? demande David.

– Tu as vu à quel point ma famille est un ramassis de dégénérés ?

David croise les bras sur son torse et sourit en secouant la tête.

– Si je me souviens bien, Alexander a dit la même chose à propos des enfants.

– Heureusement que tu ne peux pas te faire mettre en cloque, rétorque Edward d'un ton acerbe.

– Nous n'avons pas fini d'en discuter, l'avertit David en se levant.

Il me serre rapidement dans ses bras avant de sortir de la pièce en ajoutant par-dessus son épaule :

– Mets un peu de plomb dans la tête de Sa Majesté.

– Visiblement, j'ai un nouveau poste aujourd'hui : Celle Qui Raisonne La Monarchie, dis-je en grimaçant. Dis-moi comment j'ai fait pour me retrouver dans le rôle de la meilleure copine de la moitié de la famille royale ? Vous êtes tous complètement dingues.

– Comment ça va, sinon ? demande Edward en tapotant le siège à côté du sien, désormais vacant.

– Je crois que tout ira mieux quand ma vie deviendra logique. Je ne suis pas sûre de savoir comment donner des conseils alors que je suis occupée à prendre de mauvaises décisions pour moi.

– Ça ne s'est pas bien passé avec Smith ? devine Edward en passant un bras autour de mes épaules.

Je secoue la tête, puis me repose sur lui.

– Les choses se sont trop bien passées avec Smith.

– J'aimerais avoir tes problèmes, me taquine Edward.

– On échange quand tu veux. Je suis sûre de faire de très beaux bébés avec David.

– Éloigne tes sales pattes et pas touche à mon mec, fait semblant de menacer Edward. De toute façon, j'ai vu que tu as réussi à accrocher un beau spécimen l'autre soir.

– Je le croyais.

Au moins, je peux en parler à Edward sans avoir à lui donner tous les détails scabreux. En temps normal, j'en aurais discuté avec Clara qui connaît maintenant un truc ou deux sur les relations avec les mecs compliqués, mais elle a d'autres soucis plus pressants à cette heure-ci. Alors, je continue :

– Je ne sais pas. Il m'en demande tellement.

– Au lit ? demande Edward, le regard pétillant de malice.

– Et pas que.

Je n'ajoute pas que son souci du détail quasi compulsif ne me dérange absolument pas sous les draps.

– Eh bien, j'ai appris à quel point ça pouvait être difficile en observant notre couple star, répond Edward avant de marquer une pause et de se frotter le menton, perdu dans ses pensées. Je pense que c'est à toi de décider si tu entrevois un avenir avec lui.

– Je ne le connais pas assez pour ça. Mais ça ne me dérangerait pas de passer quelques semaines dans son lit.

– Alors, fais en sorte de rendre cette limite bien nette, Belle, dit Edward en se penchant en avant pour serrer mon genou. Nous savons tous les deux que tu peux montrer de la résistance au concept de relation stable.

– Qui pourrait m'en vouloir, toi ?

– Pas le moins du monde, mais ne te fais pas avoir en essayant de tellement te protéger que tu t'empêcherais de saisir ta chance. Écoute la leçon d'un mec qui a fait passer son amant pour un ami pendant des années.

– Ouais, tu n'es peut-être pas la meilleure personne à consulter pour tous les problèmes de couple, quand j'y pense.

– Hé, je suis réglo maintenant !

Nous rions encore tous les deux lorsque David passe la tête par l'embrasure de la porte.

– Clara va aller au bloc, ils l'opèrent.

Je bondis immédiatement sur mes pieds.

– Tout va bien ?

– Le bébé montre des signes de détresse.

Il n'a rien d'autre à dire, nous nous dirigeons tous vers sa chambre en un temps record. Nous arrivons juste à temps pour voir son lit rouler au fond du couloir.

Éperdue, Clara m'interpelle :

– Belle !

Je cours vers elle.

– S'il arrive quoi que ce soit…

– Il ne va rien arriver, l'interrompt Alexander.

– S'il se passe quoi que ce soit, continue-t-elle, les larmes aux yeux, emmène-la faire du shopping. Elle aura un père absolument génial. Je veux être sûre qu'elle aura une présence féminine aussi.

Je ravale les larmes qui menacent de se répandre sur mes joues. Je n'ai pas besoin d'alimenter sa peur en lui montrant que je suis effrayée.

– On ira faire du shopping toutes les deux. Qui t'a appris à t'habiller, toi ? Tu as déjà oublié ?

– Monsieur, interrompt le médecin, nous devons y aller.

Alexander et moi nous regardons brièvement, puis il se met à courir à ses côtés, les mains serrées dans les siennes. Sa bouche est en mouvement, mais même si je ne peux pas entendre ce qu'il dit, je peux l'imaginer.

La vie ne se compte peut-être pas en moments, mais seulement parce que les moments comme celui-ci semblent durer des heures. Edward et moi tournons en rond à tour de rôle devant les portes qui nous séparent des blocs opératoires. Personne ne nous a dit combien de temps l'opération pouvait durer.

– Elle va s'en sortir, nous assure David en frottant l'épaule d'Edward.

Mon ami lui prend les mains et les serre fermement.

Cette année a été si douloureuse. Il semblerait que tous nos moments de joie doivent être teintés de tragédie et d'horreur. Mes fiançailles rompues. L'attaque le jour du mariage à laquelle le père d'Edward n'a pas survécu. L'accident de voiture. Il semblerait que le destin essaie de nous prendre Clara.

Elle s'est peut-être fatiguée de l'obsession d'Alexander pour sa sécurité ces dernières semaines, mais personnellement, je suis contente qu'il soit à ses côtés en ce moment. Je suis presque sûre que la mort elle-même ne pourrait pas la prendre sous ses yeux.

Une porte s'ouvre derrière nous et nous nous retournons immédiatement en espérant avoir des nouvelles. Mais ce n'est pas un médecin qui surgit. Smith est devant nous, dépeigné et la cravate défaite.

– Mais putain, comment tu as fait pour entrer ?

Ma question exige une réponse. Je n'ai pas envie de le voir ici. Pas maintenant. Pas tant que je me sens vulnérable et certainement pas après m'être fait dégager de son bureau ce matin.

Il tend un sac.

– J'apporte de la nourriture.

J'avance vers lui, les bras croisés avec fermeté sur la poitrine.

– Ça n'explique pas la manière dont tu y es pris pour entrer ici.

– Je représente quelques praticiens de cet hôpital, explique-t-il. J'ai demandé qu'on me renvoie quelques ascenseurs.

– Tu aurais dû éviter, parce que je ne veux pas de ta présence.

– Dommage, réplique-t-il d'un ton dédaigneux.

Il reporte son attention sur Edward avant de s'adresser à lui :

– Ils m'ont dit qu'elle était au bloc depuis une demi-heure ?

– Ouais.

Edward plisse les yeux. La mémoire de Smith lui joue peut-être des tours, mais visiblement Edward n'a pas digéré sa petite performance vendredi soir au Brimstone.

– Il y aura bientôt des nouvelles. Ça prend du temps de tout recoudre.

Mon estomac se retourne à cette idée. Ma meilleure amie est là-dedans, et moi je ne peux pas être avec elle, je déteste ça. Mais bon, je n'ai clairement pas les attributs pour ça.

J'attrape Smith par le bras et je le tire dans un coin. Tout le monde a assez de soucis comme ça, pas besoin d'ajouter notre prise de bec à la liste.

– Comment as-tu fait pour savoir où j'étais ? C'est la deuxième fois que tu apparais mystérieusement là où je suis.

Il m'a aussi retrouvée au Brimstone. Soit il peut vraiment lire dans les pensées, soit je devrais vraiment demander une ordonnance restrictive à un juge.

– Vendredi, ta tante m'a dit où tu étais, explique-t-il en tirant sa manche de mon poing avant de la lisser. Et aujourd'hui ? Eh bien, j'aurais certainement eu beaucoup plus de mal à le deviner si tous les médias n'étaient pas en train de raconter que ta meilleure amie est en train d'accoucher de notre prochain monarque.

– Merci pour la bouffe, mais je n'ai pas faim.

Je commence à faire demi-tour, mais il s'approche encore de moi, m'empêchant de bouger.

– Ce coup de téléphone était important ce matin, explique-t-il. Je n'aurais pas été capable de me concentrer avec tes lèvres autour de ma queue.

– Je promets de ne plus jamais t'embêter comme ça à l'avenir.

Il penche la tête sur le côté avant de répondre :

– Que ça te plaise ou non, tu travailles pour moi, Belle. Parfois, je dois m'occuper de certaines affaires, en privé.

– Tu m'as dit que tout se ferait en ma présence. Mais en fait, tu ne m'as rien donné. Je ne sais rien de toi, Smith.

– Ça prend du temps de connaître une personne.

Je vois le mensonge dans son regard.

– Ouais, c'est vrai, mais tu leur dois la vérité à eux, lui dis-je doucement.

Smith se penche encore plus près de moi, et ses lèvres effleurent mon oreille lorsqu'il me répond :

– M'as-tu tout montré, toi, ma belle ?

Je recule brusquement. Il a tapé dans le mille et je n'ai pas envie qu'il vise juste aujourd'hui. Ou jamais, d'ailleurs. Certains souvenirs sont mieux là où ils sont, enterrés dans le passé. Ce dont je n'arrive pas à me remettre, c'est qu'il fasse exprès de me cacher certains éléments de son travail. Je peux comprendre les privilèges réservés à certains clients, mais il ne veut même pas répondre à la simple question de savoir dans quel domaine juridique il est spécialisé. Là, il essaie de déformer mes propos. Comme tous les avocats.

– J'ai eu assez d'expériences avec les hommes qui essaient de me renvoyer en pleine figure une version erronée de ce que je leur ai dit. Je ne suis pas intéressée par ce type de jeu, Maître Price.

– Je vais laisser ça là.

Il pose le sac de nourriture sur une chaise à proximité. Puis il fait un signe de tête poli à Edward et David et se tourne pour s'en aller.

– Prenez quelques jours de congé, Mademoiselle Stuart. Passez du temps avec votre amie. Je suis certain qu'elle a plus besoin de vous que moi.

Je ne sais pas ce qui me fait plus mal : qu'il me dégage ou qu'il me laisse gagner.

À peine la porte close derrière lui, je lui crie après :

– Branleur !

– C'est la deuxième fois qu'on me hurle ce mot au visage aujourd'hui. Le respect dû à la position, c'est pas trop ça, dit Alexander derrière moi.

Je pivote sur moi-même, je ne m'étais pas aperçue que ma petite scène avait attiré un public. Mais toute ma fureur s'évapore lorsque je vois le petit paquet rose dans ses bras.

– Elizabeth, je te présente Tata Belle, roucoule-t-il en me l'apportant. Elle dit plein de grossièretés.

Je le taquine en plantant mon index entre ses côtes.

– Ça te va bien de dire ça, Papa. Comment va Clara ?

– Elle se repose, dit-il sans quitter sa fille du regard. Elles sont parfaites toutes les deux.

L'expression de son visage me dit tout ce que j'ai besoin de savoir. Son monde vient juste de s'agrandir. Il a plus de pouvoir et d'argent que la plupart d'entre nous ne rêvera jamais d'avoir, mais tout ce qui compte à ses yeux, c'est cette minuscule petite fille dans ses bras et sa mère au bout du couloir.

Mon cœur se serre. C'est ça l'amour. En prenant Elizabeth dans mes bras avec toutes les précautions du monde, j'ai une révélation.

Je sais ce qu'est l'amour. Je le vois. J'en ressens pour les gens dans cette pièce. Certaines personnes n'en éprouvent pas plus dans toute leur vie mais, en fait, n'est-ce pas suffisant ?

Je jette un coup d'œil sur Alexander et je vois que son visage n'exprime qu'une pure joie.

Tout le monde ne peut pas vivre de véritable conte de fées avec le dénouement qui l'accompagne. Clara et Alexander méritent le leur. Je vais juste m'assurer que ma minuscule filleule ne soit pas victime de toutes ces idées de princes charmants sur leur cheval blanc.

Alors, déposant un baiser sur son petit front rose, je me mets à lui murmurer :

– Il était une fois une jolie princesse. Elle pouvait faire tout ce qu'elle voulait, sans avoir besoin d'un homme…

CHAPITRE QUINZE

Passer la semaine à tenir dans mes bras ce nouvel être fait des merveilles sur mon âme, mais franchement pas grand-chose pour alléger la douleur de l'absence que je ressens par ailleurs. Smith a envoyé de la nourriture et des fleurs, mais il n'est pas revenu à l'hôpital. Heureusement. Son absence m'a donné le temps nécessaire pour comprendre que j'avais fait une erreur en le laissant entrer dans mon espace personnel, ou tout du moins dans mon corps.

Le vendredi, Clara est de retour chez elle à se faire à sa nouvelle vie de mère, et moi, je dois affronter mon patron.

Petit rappel, c'est mon patron. C'est la base de notre relation et c'est là qu'elle doit s'arrêter. Si je ne peux pas contrôler mes sentiments pour Smith, il me faudra démissionner. En quelques semaines, le salaire que j'aurai perçu suffira à faire décoller mon projet, et si travailler pour lui implique de devoir mettre mon cœur en danger, eh bien, je trouverai un autre moyen de lancer ma boîte.

Vendredi matin. Quand je m'avance vers son bureau pour lui apporter une tasse de café noir, son visage reste impassible. Il a l'air bien – trop bien même –, et je le maudis en silence de porter ce costume bleu marine à fines rayures qui met en valeur sa carrure athlétique et lui va comme un gant. Ses cheveux sont soigneusement peignés en arrière, et j'ai vraiment envie d'y enfouir ma main pour y mettre un peu de désordre. J'ai vu à quoi il ressemblait quand mes mains s'y sont agrippées pendant qu'il me baisait. D'un certain côté, ça me manque. Ce qui me manque, c'est cet être primaire et quasi brutal qui s'est emparé de mon existence. Mais Smith est un loup caché dans un costume trois-pièces, alors pourquoi suis-je si déterminée à vouloir m'offrir à lui comme prochain repas ?

– J'irai chercher tes costumes au pressing cet après-midi. Je me suis occupée de la réservation de la chambre en toit-terrasse au Plaza pour ton déplacement à New York le mois prochain.

Je continue à énumérer ma liste de tâches à accomplir d'ici cet après-midi.

– Est-ce que tu peux demander à Doris de classer ceci ?

Il me passe une grosse pile de dossiers.

Je ne savais pas à quoi m'attendre en retournant travailler aujourd'hui. Je pensais avoir envie de lui. Un petit bout de mon cerveau s'est même demandé si je n'allais pas tomber dans ses bras. Je ne m'étais pas attendue au professionnalisme distant qu'il montre en cet instant. Pas après l'avoir vu dépenser une petite fortune en livraison de nourriture et de cadeaux à l'hôpital.

– Autre chose ? demande-t-il en tapotant son menton de son index dans un geste d'impatience.

C'est comme s'il ne s'était rien passé entre nous. Mais si Smith pense qu'il peut simplement ignorer ce que nous avons fait et toutes les limites que nous avons franchies, il se fourre le doigt dans l'œil. Jusqu'au coude.

Agrippant la pile de dossiers dans mes bras de toutes mes forces, je lui réponds d'un ton sifflant :

– Mettons les choses au clair…

Je sens quelque chose sur mon index. Je me suis coupée avec une feuille de papier, mais cette petite gêne tranchante n'est que le rappel d'une vérité que je ne connais que trop bien : les hommes sont synonymes de douleur. Alors, je termine :

– … Je te hais.

Smith s'adosse à son fauteuil de cuir et croise ses bras derrière sa tête en me contemplant, un sourire arrogant esquissé sur les lèvres.

– Est-ce que tu laisses toujours les gens que tu détestes te baiser, Belle ?

Que ne donnerais-je pas pour effacer ce sourire suffisant de son visage ! Mais lui refaire le portrait me mettrait à proximité de ses lèvres, et c'est dangereux. Malheureusement, je ne fais pas confiance à mon corps, impossible de m'approcher, il me trahirait, surtout depuis qu'il m'a donné ces orgasmes absolument inoubliables.

Je fais exprès de mal interpréter ses propos en lui répondant :

– Le terme exact, c'est : « baise haineuse ». J'en ai détesté chaque minute.

Dès que ces mots sortent de ma bouche, un silence s'installe. Pas un bruit dans le bureau, personne ne bouge. Nous ne respirons même pas. C'est un silence dangereux. Le genre de silence qui suit un mensonge. Le temps semble ralentir, jusqu'à ce que la main de Smith balaie son bureau d'un grand geste, envoyant tout valser, papiers et lampe compris. Il se lève d'un bond avant même que j'aie le temps de comprendre sa réaction. Et lorsque ses doigts s'agitent, c'est pour m'attraper par la taille et me tirer brusquement contre lui en faisant tomber les dossiers par terre.

– Ne mens pas, me met-il en garde. Putain, surtout ne me mens pas !

– Je te hais, dis-je dans un souffle, mais les mots se coincent dans ma gorge.

Peut-il entendre mon cœur cogner dans ma poitrine ? J'ai l'impression qu'il va en jaillir. Mon corps est vrillé par cet étrange cocktail de haine, de désir charnel et d'espoir.

Smith me pousse pour m'asseoir sur son bureau. Son téléphone sonne, mais j'ai à peine le temps de m'en rendre compte que sa main est déjà passée sous ma jupe et mon string arraché.

C'est maintenant que je suis censée lui dire non. Le frapper. Crier. Mais je me rends compte que je n'en ai pas envie. Je ne veux pas me refuser à lui. Je n'ai besoin que d'une chose : qu'il me montre qu'il me désire toujours, même après notre dispute de ce début de semaine.

Et maintenant que c'est le cas, je vois à quel point c'était stupide de s'engueuler pour ça. J'ai été irascible. Il a été condescendant. Nous devons tous les deux nous faire pardonner par l'autre, et c'est la meilleure manière de le faire.

Sans perdre de temps, il appuie sur le bouton du haut-parleur de son téléphone. Son regard est rivé sur moi et son intensité transforme ma respiration superficielle en soupirs haletants. Il s'avance entre mes jambes pour attraper le foulard autour de mon cou, me forçant à éloigner mes pieds loin l'un de l'autre. Il remonte le fin tissu sur ma bouche et l'y maintient jusqu'à ce que mes lèvres s'écartent aussi volontiers que mes cuisses. Je mords le nœud, contente d'avoir quelque chose pour m'aider à étouffer les soupirs sur le point de sortir.

– Hammond, répond-il d'un ton sec, glissant à nouveau sa main sous ma jupe, je croyais que nous devions dîner ce soir pour parler.

Il effleure le contour de ma vulve et sa caresse si légère provoque une marée de cyprine pour l'accueillir.

Mes paupières se ferment, car j'attends, ouverte à toute proposition, qu'il me baise comme il le voudra. Tout ce qui compte, c'est qu'il emplisse cette douleur désespérée qui s'empare de mes entrailles. Mais son autre main s'enroule autour de mon cou et se resserre, me forçant à ouvrir les yeux. Mon regard étonné rencontre le sien. Pas la peine de demander qui commande ici, alors il retire sa main et murmure son ordre silencieusement :

– Les yeux ouverts.

– Je souhaitais simplement aborder notre programme. Je tombe mal ?, répond Hammond.

À cause du nœud qui envahit ma bouche, impossible de crier « putain, mais grave que tu déranges », mais Smith m'offre un sourire diabolique et secoue la tête en répondant :

– Non, tu tombes bien.

Il insère un doigt dans mon intimité et tourne autour du petit bouton engorgé, extorquant un gémissement de mes lèvres bâillonnées.

Bon Dieu, ce que j'ai envie de le prendre en moi. J'ai envie que la torture de ces préliminaires qui teintent notre relation se termine. J'ai envie qu'il me baise, et Smith le sait très bien. C'est d'ailleurs pour cette raison qu'il continue ses caresses autour de ma chatte. Je suis comme un animal pris au piège, acculée par un prédateur, et je n'ai aucun espoir de m'échapper car je n'ai aucune envie d'être libérée. Je veux être dévorée.

– Je veux que cette réunion soit un tête-à tête, seulement nous deux, l'informe Hammond. Laisse ton jouet à la maison.

Je suis plus ou moins consciente qu'ils parlent de moi, mais je m'en moque. Impossible de me soucier de ça pour le moment. Pas tant que les mains de Smith envoûtent mon clitoris. Cet homme est exaspérant. C'est un spécialiste du préliminaire brûlant et lent, et j'ai vite découvert qu'il aimait prendre son temps avec le plaisir. Ce qu'il ne semble pas comprendre, c'est que parfois, tout ce que veulent les filles, c'est un petit coup vite fait bien fait sans y mettre les formes.

– Mademoiselle Stuart est mon assistante. Elle jouit de sa liberté où je veux et quand je veux.

Son regard tombe sur moi, ses sous-entendus sont plus que limpides. Ce n'est pas à Hammond qu'il s'adresse. C'est à moi. Pas question de jouir tant qu'il ne m'y aura pas autorisé.

– C'est une affaire des plus personnelles. Je t'assure que tu n'auras pas besoin d'elle, rétorque Hammond qui s'agite tout en essayant de garder son calme.

Je reconnais ce comportement, je suis exactement dans la même situation.

– J'ai toujours besoin d'elle.

Smith plonge un doigt en moi, bientôt suivi d'un deuxième. Il remue et malaxe, m'amenant toujours plus près du précipice. Il me faut une certaine force de caractère pour me retenir, me forcer à ne pas succomber au plaisir. Mes mains sont farouchement agrippées au rebord du bureau, comme si elles cherchaient à s'ancrer à quelque chose de tangible, alors que ses caresses me propulsent dans un océan de sensations. La mer est calme, mais des courants puissants annoncent des vagues redoutables, de celles qui m'attirent vers le fond pour m'y maintenir.

Le ton d'Hammond, jusque-là professionnel, se fait démoniaque en un instant.

– Dois-je te rappeler qu'elle a des relations très haut placées ?

Smith se penche en avant, appuyant de tout son poids son corps contre le mien tandis que le plat de son pouce reprend place sur mon clitoris. Je suis prise d'un violent tremblement, et mes jambes s'enroulent autour de sa taille. Son souffle est chaud sur mon visage, ses lèvres à quelques centimètres à peine des miennes. Je crève d'envie de l'embrasser, de faire disparaître ce creux qui nous sépare toujours. Entre ses mots et l'attirance quasiment magnétique que son corps exerce sur le mien, ça me semble faisable. Mais ce n'est pas le cas, d'autant plus que mon foulard est coincé entre mes dents. Non, un autre baiser serait dangereux et à plus d'un titre. Les baisers sont des appels à l'espoir et je n'ose pas attendre quoi que ce soit de la part de Smith Price.

Son message est double : il me contrôle et il contrôle mon corps. Il me protège alors qu'il me repousse. Il me garde sous la main alors qu'il m'exclut. Et j'interprète peut-être son comportement de travers. Perturbée par le plaisir enivrant qui ravage mon corps, je fais probablement un contresens en essayant de traduire son message. Smith se penche encore et effleure mon front de ses lèvres en augmentant la pression de sa main entre mes jambes.

– Et à présent, elle a une relation avec moi.

C'est dans le ton de sa voix – cet ordre qui exige que je me laisse aller – et je plonge la tête la première dans la tempête. Le plaisir déferle sur moi, s'étirant dans mes membres jusqu'à me donner l'impression que ma peau pourrait se déchirer à cause de la pression, et puis… la décharge. Je jouis en volant en éclats, empoignant le bureau de toutes mes forces alors que mes jambes se serrent comme un piège autour de son corps. Ces doigts qui me pénètrent, cette main qui continue son siège sans merci sont mes points d'ancrage. Tout mon être est centré sur lui et sur le plaisir qu'il peut me donner.

Ou me refuser.

J'entends sa voix sur l'autre ligne, mais elle s'est estompée, perdue dans l'afflux sanguin et les phéromones qui parcourent mon corps pendant que je m'abandonne aux flux et reflux de cette tempête. Smith murmure quelque chose, que je suis incapable de comprendre, et appuie sur un bouton du terminal téléphonique. D'un geste précis, il retire le foulard de ma bouche, libérant mes derniers soupirs de plaisir. Il me fait venir vers lui en me tirant par le nœud du foulard. Impossible de résister, pas tant qu'il me tient littéralement en laisse. Et certainement pas tant que je vibre encore du souvenir de ses caresses.

Cet orgasme n'a réussi qu'à me le faire désirer encore plus. Toutes les raisons rationnelles de rester loin de lui – de me forcer à rester émotionnellement détachée –, toutes ces raisons s'évanouissent lorsqu'il me tire brusquement contre ses lèvres, la main toujours sur le foulard. Il a libéré mon plaisir, mais me maintient prisonnière de son désir. Et chaque jour qui passe, toute chance de m'échapper – toute chance de le quitter – devient de plus en plus inconcevable. Ne voit-il pas qu'il n'est pas nécessaire de me prendre au piège ? De me contrôler ? Que je suis en train de devenir sienne ?

Que je lui appartiens déjà ?

Nos lèvres entrent en collision et je me perds en lui. Lui résister, c'est un peu comme retenir son souffle, et ce baiser est l'équivalent du premier soupir lorsqu'on le reprend. J'ai envie de le dévorer, de le consumer, de le laisser corrompre mon sang et, mon Dieu, j'espère qu'il ressent la même chose.

Il recule légèrement, sa bouche s'attarde toujours sur la mienne et sa prise sur le foulard se raffermit tant qu'il n'y a plus d'espace. Je rue des hanches pour chercher à me rapprocher de son corps. Cet orgasme a été époustouflant, mais pas tout à fait satisfaisant. Sa proximité et ses caresses me donnent envie de plus.

– Tu aimes quand je joue avec toi, ma belle.

Ses dents mordillent ma lèvre inférieure, faisant naître un éclair de désir.

– C'est bien. Tu fais tout ce que je te dis. Tu sens à quel point ça me fait bander ?

Je détache mes doigts du bord du bureau et j'attrape son érection derrière la bosse de son pantalon. Il est ferme et chaud. Sans le vouloir, je caresse son sexe en imaginant ce que ça ferait de le sentir en moi. Smith grogne de plaisir et se rapproche en détachant son pantalon de sa main libre.

– Je vais te prendre, Belle, grogne-t-il. Et je ne vais pas y aller en douceur. Je vais te baiser profond.

J'ouvre la bouche pour y accueillir le foulard, sachant que j'en aurai besoin pour étouffer mes cris, mais il secoue la tête.

– Je veux t'entendre crier pendant que ma bite est en toi. Tu ne te retiendras pas, sinon je te punirai.

– Tu veux me punir ?

Je répète sa menace, la redoutant autant que je la désire.

– Tu aimes ça, hein ? demande-t-il en faisant glisser son boxer, ce qui me permet de mater son sexe conséquent sur toute sa longueur.

Je commence à mouiller rien qu'en le voyant et en pensant à ce qu'il pourrait me faire pour me réprimander. Je contourne le problème en répondant vaguement.

– Ça dépend.

– Je t'ai déjà donné la fessée.

Mes joues se teintent progressivement de rouge et je hoche la tête.

– Oui, mais seulement pour jouer.

– Cette fois-ci, ce ne sera pas pour jouer, répond-il d'une voix rauque alors que ma main se referme sur son membre.

Il bascule son bassin d'avant en arrière, se caressant de mon poing serré.

– Ça brûlera, ça piquera et je ne m'arrêterai pas tant que ton cul ne sera pas de la même couleur que tes jolies joues rouges. Tu ne pourras plus t'asseoir sans te souvenir de mes mains.

Oh mon Dieu ! Je me maîtrise pour ne pas me retourner et lui présenter mon derrière. J'ai envie de savoir ce que ça fait d'être totalement possédée par lui, de savoir que toute douleur née de sa main sera égalée par la même dose de plaisir. J'ai besoin de sentir ses mains sur moi, c'est un désir violent, passionné. Je veux le sentir de toutes les façons possibles.

Ses yeux se voilent, il est perdu dans ses pensées, comme s'il pouvait entendre ce qui se passe dans ma tête.

– Pas encore. Tu n'as pas mérité d'être punie.

– Qu'est-ce que je mérite, alors ?

– Ça.

Déjà à bout de souffle, je le sens bouger dans ma main. Il attrape mes hanches, enfonce ses ongles dans ma peau si fragile et m'incite à me retourner dans un geste brusque. Mon foulard glisse autour de mon cou, mais Smith le tient toujours. La paume de sa main se pose sur mon dos et il me pousse en avant sans délicatesse, de sorte que mes seins soient étalés sur la surface froide et lisse du bureau.

– Écarte les jambes et montre-moi ta chatte, ordonne-t-il brutalement.

Mes pieds s'éloignent l'un de l'autre de leur propre accord. J'ai déjà connu d'autres hommes, mais aucun n'avait encore provoqué de réactions aussi dévergondées chez moi. Je suis incapable de refuser de lui obéir, même si je suis légèrement embarrassée d'être à l'origine d'un pareil spectacle.

– Je t'ai dit comment j'avais envie de te baiser le jour où on s'est rencontrés, me rappelle-t-il en écartant mes chairs intimes avec dextérité.

Il marque un temps d'arrêt, me torturant avec une patience que je ne partage pas. Puis il continue son discours :

– J'avais envie de serrer ces jolies perles autour de ton cou, comme ça (Il tire brusquement sur mon foulard.) Et j'avais envie de te voir lutter pour respirer pendant que je te baise. J'avais envie de savoir si je pouvais transformer une gentille lady en cochonne. Tu m'as prouvé que je le pouvais, n'est-ce pas ?

Il connaît déjà la réponse. Il sait déjà comment s'y prendre pour mettre à mal tout le contrôle que je pourrais exercer sur moi-même. Tout ce qu'il a à faire, c'est de me le demander, et je lui appartiens immédiatement. Mes cris. Mon corps. Mon plaisir. Tout est à lui depuis la première fois où je suis entrée dans son champ de vision.

– Mets tes mains derrière ton dos. C'est moi qui commande.

Je lui obéis. Je croise mes poignets au niveau de mon coccyx et tourne la tête de côté pour poser ma joue sur le bureau. Du coin de l'œil, je peux toujours le voir, son costume toujours en place et la cravate bien nouée autour du cou.

– Je ne vais pas y aller doucement, ma belle.

Son sexe me pénètre légèrement, un ou deux centimètres pas plus, et pourtant, il étire déjà mes chairs tant il est large, me réduisant à l'état de pur désir incandescent.

– Tu vas passer le reste de la journée pleine de ma semence et tu vas le sentir. Tu en as envie ?

Je hoche la tête et, instinctivement, mes dents se plantent dans ma lèvre inférieure.

Smith tire brusquement sur le foulard, me soulevant la tête du bureau.

– Réponds-moi quand je te pose une question. Comme il faut.

– Oui, Maître, dis-je dans un souffle, le cœur battant déjà la chamade à l'idée de ce qui m'attend.

– Oh, ma belle, répond-il en me reposant doucement. J'aime quand tu m'appelles par mon véritable titre. Ça me rappelle que tu es une lady, même si tu te comportes comme une salope. Ça me dit que tu sais à qui tu appartiens, et c'est ce que j'attends. Ton comportement mérite une récompense, alors demande-moi ce que tu veux.

Je lèche mes lèvres en fermant les yeux tant je suis excitée.

– Je veux que tu me baises, Maître.

Ma réponse me vaut une claque cuisante sur les fesses.

– Je t'ai dit de me le demander, répète-t-il.

Je pousse un petit cri en sentant la chaleur de sa réprimande se déployer partout sur mes fesses.

– Est-ce que tu peux me baiser, s'il te plaît, Maître ?

– Oui, ma belle, je vais le faire.

Il enfonce son sexe sur toute sa longueur et se met à aller et venir en moi sans ménagement. Sa prise sur mon foulard se resserre, soulevant ma tête jusqu'à ce que je me retrouve le regard fixé sur le plafond, trop perdue dans ses mouvements rythmés pour voir autre chose que de petites étoiles. Son autre main quitte ma hanche pour se refermer sur mes poignets. Smith tire dessus, me forçant ainsi à lever le torse si haut que mes seins rebondissent sur le bois froid du plateau du bureau. Il plonge dans mon intimité pour en ressortir aussitôt, alternant les mouvements lents à d'autres plus brutaux qui soulèvent mes pieds du sol. À mesure qu'il accélère le rythme, ma respiration s'emballe et je suis bientôt incapable de retenir mes cris. Ils s'échappent de mes lèvres comme des sanglots tourmentés.

C'est trop. Ce contrôle. Cette domination qu'il exerce sur chaque parcelle de mon corps et mon esprit. C'est tout ce que j'ai toujours voulu, sans jamais en avoir la moindre idée.

Smith me pénètre profondément, il va tellement loin que je le sens buter contre le col de mon utérus. D'un mouvement circulaire des hanches, il repousse le bas de mon dos, mes mains toujours emprisonnées, et fait basculer mon bassin de sorte que mon clitoris se retrouve coincé contre le bord de son bureau. Puis il reprend ses mouvements d'avant en arrière avec une précision délibérée, écrasant mon petit bouton palpitant alors que mes chairs intimes enflent autour de son membre. Toute pensée quitte mon esprit, je ne peux me concentrer que sur les vibrations de plaisir qui surgissent de mes entrailles pour résonner partout dans mon corps. Il n'y a que son sexe. Il n'y a que lui.

– Vas-y, jouis, m'ordonne-t-il d'un ton bourru.

Sa voix est tendue à l'approche de son propre orgasme.

– J'ai envie de t'entendre. Je veux que tout le monde dans cet immeuble t'entende et sache à qui tu appartiens maintenant.

Son corps s'écrase sur le mien, comme pour souligner ses propos. Il m'empale avec sa queue. Je tourne rapidement la tête pour permettre à ses lèvres d'avoir accès à mon cou alors qu'un cri me déchire la gorge. Je suis comme coupée en deux, emportée par une déferlante d'extase qui embrase chacun de mes nerfs et transperce mes chairs au passage.

Smith pousse un grognement avant de planter ses dents dans le creux de mon cou alors que les premiers jets de sa semence brûlante jaillissent dans mes chairs défoncées. Il libère mes poignets, me permettant ainsi de me rattraper contre le bureau et d'éviter de tomber. Puis la plénitude apportée par son sexe disparaît, remplacée par les dernières giclées qui retombent sur mon coccyx.

Même s'il n'y est plus, je le sens encore en moi. Avant lui, je n'avais jamais permis à un homme de jouir ailleurs que dans ma bouche. Maintenant, j'aimerais que Smith laisse son empreinte sur ma peau tous les jours. Il recule d'un pas, et j'ai l'impression qu'il surveille son prix, mais je suis trop perdue dans mon extase pour bouger. Je doute que mes jambes accepteraient de me porter de toute façon. Du bout des doigts, il effleure les contours de ma vulve enflée et en écarte les bords pour que la preuve de sa jouissance s'en écoule.

– Tu sens ça, ma belle ? demande-t-il, la voix rauque. Ta chatte regorge de ma présence. À qui appartiens-tu ?

– À toi, Maître.

Je marmonne ma réponse, produire une pensée cohérente m'est encore difficile.

Smith glisse un bras sous ma poitrine pour m'aider à me redresser. Je pivote pour lui faire face et j'enfouis mon visage dans sa veste de costume. J'y respire l'odeur de son parfum épicé. Il tire l'ourlet de ma jupe vers le bas et me serre dans ses bras, puis lève mon menton pour que nos regards se croisent. La faim que j'y lisais auparavant paraît apaisée et il m'embrasse doucement.

– La voiture viendra te chercher à sept heures.

Je cligne des yeux pour essayer de chasser le brouillard dans ma tête.

– Je croyais que je n'étais pas invitée.

– Ta place est à mes côtés. Tu m'as manqué cette semaine et je ne passerai pas cette soirée sans toi.

Aucune erreur possible quant à sa décision finale. Et je ne vais certainement pas le contredire là-dessus. Pas quand il me donne très exactement ce que je crève d'envie d'avoir.

– Sois prête à sept heures tapantes.

– Je suis toujours prête pour toi.

Je rougis en lui répondant. Aucune erreur possible non plus sur le sens de mes paroles.

– Continue à parler comme ça, et tu vas encore te retrouver à poil sur ce bureau, ma belle, répond-il d'un ton bourru. Et nous avons tous les deux beaucoup de travail qui nous attend.

Il me relâche et, prise de timidité, je détourne le regard. Il y a encore tant de choses que j'ignore sur Smith – tant de choses que je ne comprends pas, sur lui comme sur son travail – et pourtant, je me suis totalement donnée à lui. Il pose sa main sur le bas de mon dos et je sens qu'il veut me rassurer. Aucun d'entre nous ne prend la parole pendant que je boutonne ma chemise, mais lorsque j'ai terminé, il se penche vers moi et sa bouche effleure le lobe de mon oreille :

– C'est un dîner formel. Mets des bas et des talons assez hauts pour que je puisse te baiser quand j'en aurai besoin, mais que ta chatte reste à découvert.

Ma respiration s'accélère et ma bouche s'assèche, mais je me force à lui répondre :

– Oui, Maître.

– Je veux que tu rentres avec moi à la maison ce soir, continue-t-il en me détaillant de son regard froid avant de repousser une mèche de cheveux derrière mon oreille. Annule tout ce que tu avais prévu pour le week-end, tu vas m'être pieds et poings liée.

Un spasme d'excitation me vrille les entrailles, mais je fais de mon mieux pour ne pas lui montrer à quel point l'idée d'un autre week-end dans son lit me met dans tous mes états. Autant son corps m'excite, autant j'ai besoin de garder un peu de contrôle sur notre relation. Je pourrais devenir une de ces droguées complètement accros, en manque. Ma drogue : ses mains sur mon corps, mais je veux un équilibre des pouvoirs entre nous le reste du temps.

– Je vais faire mon possible pour faire de la place dans mon emploi du temps.

Je ne lui en promets pas plus, même si je sais qu'il n'y a pas moyen que je résiste à son ordre.

– Fais le vide, ma belle. J'ai la ferme intention de passer le week-end à te faire jouir et je ne m'en tiendrai pas à un non.

Il incline la tête sur le côté et sa bouche s'écrase sur la mienne. Je me fonds en lui. En fin de compte, je n'accepte rien. Il n'y a simplement pas d'autre choix possible.

Sérieux, ce n'est pas crédible. Il n'y a pas d'équilibre entre nous. Pas même un semblant de contrepoids. Je suis en train de tomber amoureuse de Smith Price. C'est indéniable.

J'espère simplement que la chute ne sera pas trop douloureuse et que je ne me retrouverai pas toute seule à l'atterrissage.

CHAPITRE SEIZE

Vers midi, les embouteillages sont devenus tellement cauchemardesques que, même si Smith a laissé les clés de la Veyron à l'accueil – un acte que j'ai pris comme une invitation –, je décide de m'en remettre à mes pieds pour aller jusqu'au bout de ma liste de tâches. Dans un coin de ma tête, je note qu'il faudra que je remercie mon patron d'avoir concentré tous ses fournisseurs professionnels et personnels dans une zone géographique relativement restreinte. Mais comme je fais tout à pied, je vais avoir moins de temps pour me préparer pour le dîner de ce soir.

J'espère que la nuit sera aussi chaude que la matinée. Smith et moi semblons coincés dans une sorte de grand-huit émotionnel infini, vacillant en permanence entre la haine et l'affection, le chaud et le froid. Lorsque nous sommes séparés, je n'arrive pas à décider si je l'aime bien ou non, mais lorsque nous sommes réunis, j'ai besoin de lui. J'ai toujours besoin de lui.

– Belle !

Je me fige sur place. Il est juste impossible que j'aie entendu cette voix, pourtant lorsque je me retourne, je me rends compte que je me suis trompée.

Philip est sur le trottoir devant le bureau et passe la main dans ses cheveux blonds et mous. Il ressemble toujours à une publicité pour Harris Tweed, mais en version asperge. En revanche, il me semble bien qu'il commence à perdre ses cheveux. Avec un peu de chance, il finira chauve avant son trentième anniversaire. Mon Karma a du pain sur la planche, mais il semblerait que sur ce sujet, la balance penche en ma faveur.

– Je suis sûr que tu ne t'attendais pas à me voir, dit-il mal à l'aise.

– Non, c'est plutôt que tu es la dernière personne que j'ai envie de voir, je réponds froidement avant de l'achever : la dernière personne sur terre.

Je n'ai aucune idée de ce qu'il fait là. Je l'ai rapidement aperçu au mariage de Clara avant que tout ne dégénère. Avec du recul, j'ai pris ça comme un mauvais signe. Depuis, j'ai toujours réussi à l'éviter.

Et là, je me retrouve nez à nez avec lui. J'attends que mon cœur se mette à saigner, j'attends un truc qui me prouverait que j'ai encore des sentiments pour lui. Heureusement, il n'en est rien. Tout ce que je ressens, c'est une sorte de creux qui s'ouvre dans mon ventre. Il y a eu peu d'occasions dans ma vie où j'ai eu envie de disparaître sous terre. Eh bien là, c'en est une.

– Je sais que les choses se sont mal terminées entre nous.

Ma tête part brusquement en arrière quand je me mets à hurler de rire du choix de ses mots. C'est libérateur.

– J'ai entendu ce qu'on disait pour toi et Pepper. Félicitations.

Je poursuis d'un ton narquois :

– J'espère que ça ne te gênera pas si je ne vous offre rien.

– Belle…

Mais je le coupe en levant la main.

– Nous n'avons plus rien à nous dire. J'ai des courses urgentes à faire.

Je poursuis mon chemin, prête à laisser Philip derrière moi, lui et tous les arriérés de notre relation.

– On m'a dit pour ton nouveau boulot auprès de Smith Price, me dit-il en me stoppant net.

– Tout va bien.

Je hausse les épaules et me retourne. Donc, c'est à ça que nous en sommes réduits, à des conversations badines sur nos boulots respectifs. Ce sera quoi ensuite ? La météo ? Pour la première fois, je me rends compte que nous n'avons jamais vraiment eu grand-chose à nous dire depuis le début de notre relation. C'est peut-être d'avoir rencontré Smith, mais maintenant je vois Philip tel qu'il est : un homme ennuyeux. J'ai passé ces derniers mois à croire qu'il méritait une connasse de premier ordre comme Pepper Lockwood. Maintenant, je me rends compte qu'elle n'a, elle aussi, que ce qu'elle mérite.

Elle va devoir le supporter pour l'éternité.

– Il représente tout un tas de mauvaises personnes, m'avertit-il.

Philip déteste également Alexander. En fait, il est condescendant avec la plupart des gens de ma connaissance, moi y compris. Mais surgir du néant pour me faire la leçon sur mon patron, c'est la goutte d'eau qui fait déborder le vase. J'explose :

– Ne t'avise même pas de continuer ! Ne te pointe pas ici pour prétendre que tu as quelque chose à me dire qui puisse compter dans ma vie. Ton opinion n'a plus aucune importance. Elle n'aurait même jamais dû avoir le moindre poids sur mes décisions.

Philip fait un pas en avant pour s'approcher, et le trou dans mon estomac se creuse un peu plus.

– Tu comptes pour moi, Belle. Je t'aime toujours. Quand j'ai entendu que tu travaillais pour lui, j'ai tout de suite pensé qu'il fallait que je vienne te parler.

– Tu as perdu le droit de me dire quoi que ce soit le jour où tu m'as trompée. Et ne me parle pas d'amour. Tu mens aux gens que tu aimes.

Ce n'est pas une accusation. C'est la vérité, et nous le savons très bien tous les deux.

– Tu penses qu'il est honnête avec toi ? tente-t-il. Est-ce qu'il t'a parlé des crimes commis par ses clients ? Est-ce qu'il t'a dit qui il met dans son lit ?

Le choix de cette expression me fait rougir comme une pivoine, ce qui le fait taire.

– Je vois, reprend-il après un long silence. Tu fréquentes déjà son lit.

– Ça ne te regarde pas.

– Il aide des meurtriers à échapper à la justice, Belle. Son père était impliqué dans des réseaux de crime organisé. Je suis sûr qu'il ne t'a pas dit ce qui lui était arrivé.

Mon sang se fige dans mes veines tant il est glacé. Son père est mort. Je n'ai pas demandé qu'il me détaille l'histoire. J'aurais peut-être dû le faire.

– Il n'est pas le seul à avoir un père décédé. Ça ne fait pas de lui un criminel.

– Certaines personnes peuvent avoir des pères terribles et s'en sortir indemne. Smith Price n'est pas de ceux-là.

Sa voix est lourde d'avertissements, mais tout ce que j'entends, c'est le mot « terrible ».

– Mon père n'était pas une mauvaise personne.

Ma lèvre commence à trembler. Malgré tout ce que Philip m'a fait endurer, il n'a jamais insinué la moindre condamnation à propos de mon père. Maintenant, je sais qu'il se retenait.

– Pas étonnant que tu aies décidé de changer. J'imagine que le pedigree de la personne à qui tu te lies est important pour toi. J'aurais cru que tu aurais meilleur goût que ça. Parce que Pepper…

– C'est plus compliqué que ça, Belle. J'essayais de mettre fin à notre relation. C'est avec toi que je veux faire ma vie et je ne me pardonnerai jamais de t'avoir blessée.

Les excuses se mettent à pleuvoir. J'ai ouvert les vannes d'un déluge d'excuses que j'ai ni besoin ni envie d'entendre.

– Et maintenant, tu es fiancé avec elle.

– Elle m'a dit qu'elle était enceinte, dit-il platement.

– Alors, j'imagine que je devrais te féliciter.

Je sens une remontée acide dans ma gorge et je lutte pour réprimer une envie irrépressible de vomir. Au moins, il est assez près pour que je le fasse sur lui.

– Ce n'est pas le cas, poursuit-il. Elle essaie de me piéger.

– Oh, allez, Pip, dis-je en utilisant à dessein le surnom qu'on lui a donné dans son enfance et qu'il déteste tant (et je savoure la sensation). Une blonde pour une autre. Qu'est-ce que tu en as à faire, du moment qu'elle accepte d'orner ton bras quand tu la promènes et qu'elle prétend que tu es intéressant ?

– Ok, je mérite cette remarque. Mais je sais quelle blonde j'ai envie d'avoir à mon bras. Je le pensais vraiment quand je t'ai demandé de passer le reste de ta vie à mes côtés. Je me moque de qui était ton père et de ce qui est arrivé. Maintenant, nous pouvons tout affronter.

Il est si près de moi que je peux sentir l'odeur familière de son après-rasage.

– Qu'est-ce que tu fais là ? Parce que si tu crois que je vais retomber dans tes filets, je te suggère de partir avant que je ne te coupe les couilles.

– Tu n'es pas très innocente non plus dans l'histoire. J'étais au courant pour Jonathan et je n'ai rien dit. Ça n'a aucune importance à mes yeux, ajoute-t-il rapidement.

– Ça en a pour moi ! Je ne veux pas d'un mari toujours à la recherche d'une femme plus spectaculaire.

– Personne n'est plus spectaculaire que toi, annonce-t-il.

Avant même d'avoir le temps de comprendre ce qui se passe, je me retrouve dans ses bras. Ses lèvres cherchent à se poser sur les miennes et le contact s'opère. L'espace d'un instant, je me laisse aller à ce baiser si familier. Mais quasiment instantanément, mon corps se rebelle et rejette sa présence physique. Je me rends compte qu'il n'y a effectivement plus rien entre nous, et je le repousse.

– Quand je t'ai dit que tout était fini, je le pensais. Je n'ai jamais cru aux secondes chances.

J'essuie ma bouche du revers de la main, étalant au passage mon rouge à lèvres.

– Ce n'est pas comme ça qu'on vit sa vie. Tôt ou tard, tu auras à accorder une deuxième chance à quelqu'un.

– Plus tard alors, parce que je ne vais pas gaspiller cette deuxième chance en te l'accordant, dis-je en lui crachant les mots au visage. J'aurais pu gâcher ma vie avec toi dans un mariage sans amour contre de l'argent et des orgasmes médiocres. Tu sais ce que j'ai compris depuis que nous sommes séparés ? Je ne t'ai jamais aimé. J'aimais l'idée d'avoir un mari. Je ne referai plus jamais la même erreur. La vie est trop courte pour la gaspiller avec des gens qui ne te connaissent même pas.

– Je te connais, insiste-t-il. Je sais que tu aimes boire ton thé avec du lait et deux sucres. Je sais que ton modèle préféré chez Louboutin c'est le So Kate et que tu voulais te spécialiser dans la mode à la fac, mais que ta mère ne t'y a pas autorisée.

– Ça, ça n'a rien à voir ! Tu ne me connais pas. Quand j'ai un cauchemar, c'est à cause de quoi ? Quelle chanson me donne la pêche en cinq secondes ? Si je pouvais dîner avec une seule personne, ce serait qui ? Réponds à ces questions.

Comme il reste silencieux, je poursuis ma tirade :

– Tu ne peux pas répondre parce que tu ne me connais pas du tout. Tu veux une personne qui n'a jamais existé. Cette fille – cette façade – elle n'existe plus.

– Tu n'as jamais été une façade pour moi.

– Que tu ne t'en sois jamais rendu compte prouve que j'ai raison.

Je remonte la lanière de mon sac à main sur mon épaule en secouant la tête.

– Je te souhaite d'avoir une belle vie, Philip.

– Qui était-ce ? demande-t-il avant que je ne parte. La personne avec qui tu aimerais partager un dîner ? Le sais-tu seulement ?

Je sais parfaitement qui ce serait, mais Philip ne mérite pas de connaître la réponse. Il ne mérite rien de moi, particulièrement pas mon temps. Je m'en vais en le laissant avec le souvenir d'une fille qu'il croyait connaître, et rien d'autre.

***

Quand j'arrive enfin à rentrer, les bras chargés d'une pile de vêtements tout droit sortis du pressing et de mon courrier, j'ai l'impression que mon appartement est désert. Entre Smith et le bébé, vu le temps que je passe loin de la maison, je m'attends à moitié à voir que Tante Jane a ramené un nouvel amant à la maison. Son petit faible pour les artistes et les musiciens me vaut de retrouver assez fréquemment quelqu'un qui squatte notre canapé.

Jane entre dans la cuisine d'un pas mal assuré, un masque de sommeil perché sur le haut du crâne.

– Ah, mais qui voilà !

– Je suis restée à l'hôpital avec Clara et le bébé.

– Comment va-t-elle ? demande Jane, le front barré d'un pli exprimant une véritable inquiétude.

– Elle va bien. Alexander est sur un petit nuage, même s'il essaie de jouer les gros durs. Ils sont rentrés chez eux ce matin, alors je suis retournée travailler.

Je donne à Jane un petit baiser affectueux avant de me diriger vers ma chambre. Ce soir, j'ai un rendez-vous important à plus d'un titre. Tout d'abord, je dois trouver quelle robe mettre. Smith est sur le point de faire enrager l'un de ses plus gros clients, simplement pour me prouver que j'ai tort à propos de sa relation avec Hammond.

– Et t'envoyer en l'air, devine Jane en me suivant dans ma chambre.

– Et ça aussi, oui.

Jane se laisse tomber sur mon lit.

– Comment ça se passe avec ta nouvelle conquête ?

Ma tante a toujours eu le chic pour trouver ses mots.

– Conquête ? Je croyais que c'était la femme qui endossait ce rôle.

– Pas les femmes de la famille Stuart, dit-elle en esquissant un sourire plein d'ironie. Les filles comme nous ne restent pas dans leur coin à attendre qu'on vienne les chercher. On prend le problème en main. C'est nous qui écrivons les règles de notre propre jeu.

– Peut-être.

Ce n'est pas ce que je ressens avec Smith. C'est définitivement lui qui est en charge de la partie conquête, mais je n'ai pas été tout à fait une proie facile.

– Pour être honnête, je ne sais pas trop qui capture l'autre dans notre cas.

– Quand on en vient aux jeux de l'amour, il n'y a pas de meilleure façon de s'y prendre, répond Jane en me faisant un clin d'œil.

Honteuse, j'attrape mon sac week-end léopard et je commence à ranger les éléments de base dedans : ma crème de jour préférée, une nouvelle brosse à dents et un rasoir. J'hésite en ouvrant mon tiroir à lingerie. Si Smith était sérieux tout à l'heure, je prends le risque de le voir détruire toute ma collection de culottes et autres strings à dentelle et froufrous. J'en mets quelques-uns dans mon sac tout de même. Il a les moyens de m'en racheter d'autres.

– Tu t'en vas ce week-end ?

– Non, je reste à Londres.

Je ferme le sac et reporte mon attention sur ma penderie pour trouver ma tenue pour ce soir.

– Et j'aurai mon portable avec moi.

– Je n'oserais pour rien au monde interrompre ton programme de réjouissances, ajoute ma tante en posant une main sur mon sac fermé. Je sais que tu fais comme si tu étais très occupée, ma chérie. Dis-moi ce qui se passe. À quoi penses-tu ?

Je sors une robe en velours.

– Je peux mettre du velours en septembre ?

Jane secoue la tête pour m'indiquer que ce n'est pas possible, et je la raccroche. Je contemple ma garde-robe encore cinq minutes avant de comprendre que la raison pour laquelle je ne vois pas de solution, c'est parce que je ne regarde pas vraiment. Je bloque encore sur la question de Jane. Je me tourne vers elle et m'adosse au chambranle de la porte.

– Philip est venu me voir aujourd'hui.

– Je ne m'attendais pas à ça, admet Jane.

– Moi non plus. Je n'ai pas apprécié l'attention.

– Tant mieux. Ne sois pas cette fille qui se remet avec l'homme qui l'a trompée. Ils ne changent jamais vraiment.

– Tu crois ?

Mes pensées s'envolent loin de Philip pour atterrir sur ce qu'il a dit à propos de Smith. Je sais qu'il me cache des choses, mais ce n'est pas comme s'il savait toute mon histoire non plus. Il n'a pas répondu à mes questions sur ses activités professionnelles, ne m'a pas expliqué non plus comment il se fait qu'il a plus d'argent que quatre-vingt-dix pour cent des habitants de cette ville. Je ne veux pas croire ce que m'a raconté Philip, mais si c'était vrai, pourrais-je vivre avec ? Surtout si Jane a raison quand elle dit que les gens ne changent pas.

– Oh, les gens évoluent, continue-t-elle, perdue dans ses pensées. Et en présence d'un véritable amour, une évolution est toujours possible. Un homme bien grandira avec toi, il marchera à tes côtés. Ça ne veut pas dire qu'il sera un saint.

Sa réflexion me fait sourire. Je ne vise pas la sainteté chez mes amants. Elle continue :

– Mais ce n'est pas ce qui se produit quand un homme s'amuse à tester plusieurs vagins.

– Tu as déjà pensé à écrire un livre ?

Je pousse un soupir en me retournant vers mes robes pour en choisir une pour ce soir.

– Je ne suis pas sûre que les gens s'intéresseraient à l'avis d'une vieille femme sur l'amour. (Elle écarte ma suggestion d'un grand geste du bras.) Encore moins de la part d'une femme qui a laissé toute une traînée de cœurs brisés dans son sillage.

– Moi ça m'intéresse. Je serais perdue sans toi.

– Dans ce cas-là, crache le morceau. Tu me caches plein de trucs.

– C'est juste que… Il est tellement…

– Tu en as assez dit, rétorque Jane en me tapotant l'épaule, avant d'avancer. N'aie pas peur de donner sa chance à quelqu'un parce que tu as été blessée par le passé. Sois simplement assez intelligente pour rester loin de ceux qui l'ont déjà fait.

CHAPITRE DIX-SEPT

Je m'attendais à endosser le rôle de la cinquième roue du carrosse pendant le dîner, mais en fait, je suis plutôt la quatrième. Hammond nous accueille d'un sourire glacial lorsque nous entrons dans le salon privé du restaurant La Rue. Il se lève, boutonne sa veste puis attend que Smith tire ma chaise. Je m'assieds en dépliant ma serviette sur mes genoux, un grand sourire indéboulonnable aux lèvres. C'est plus dur que je ne l'aurais cru, car je suis en face de Georgia Kincaid. Elle n'essaie même pas d'avoir l'air contente de me voir. Ses cheveux noirs sont rassemblés sur un côté et tombent en cascade sur son épaule. Son fourreau rouge moulant est bien plus osé que ma tenue. La robe grise ajustée que j'ai choisie met seulement mes épaules à nu. Il est clair que Georgia est une femme qui tire un certain pouvoir de sa sexualité. Je ne suis pas opposée à l'utilisation d'une pareille méthode, mais je doute un peu que ma simple présence soit le reflet de mon influence sur cette situation. Le regard de Georgia se pose immédiatement sur Smith.

Ils se dévisagent mutuellement dans un échange silencieux. Je n'ai pas encore deviné la nature de leur relation, mais je sais que je n'aime pas trop ce qui se trame.

– C'est une telle joie de vous avoir parmi nous, Mademoiselle Stuart, remarque Hammond en reprenant place.

Sachant que j'étais présente lors de son appel téléphonique tout à l'heure, je sais pertinemment que ce n'est pas le cas.

– Je vous remercie pour l'invitation.

Les hors-d'œuvre arrivent, accompagnés d'une sélection de vins blancs et rouges. Je lisse la serviette de table en me demandant si toute la soirée va se résumer en un échange de mondanités tissées de mensonges plaisants ou s'ils vont se mettre à parler de l'affaire qu'Hammond voulait traiter avec Smith.

Une main chaude se pose sur mon genou nu. Une des miennes trouve le même chemin. L'espace d'un instant, je me demande si ce n'est pas un peu trop, après tout, notre relation est très récente. Smith mêle ses doigts aux miens, nos mains sont fermement unies sous la table. La sensation est étrange et merveilleuse – et bien trop pleine de promesses.

– J'imagine que tu as eu le temps de revoir les contrats, dit Hammond en transperçant un escargot de sa fourchette.

Il approche le bout du gastéropode plein de beurre de sa bouche et l'y laisse suspendu.

Smith hoche la tête en reposant son verre de vin avant de répondre.

– Tout à fait. Il semblerait que tout soit bon. Y a-t-il des points particuliers que tu souhaiterais revoir ?

– Oui, mais je suppose que ça peut attendre. Ce n'est pas la peine de mélanger le plaisir et les affaires.

Ses dents tintent contre les pics de sa fourchette lorsqu'il aspire l'animal embroché.

– Je croyais que c'était un dîner d'affaires, dis-je sur un ton déterminé.

Les sous-entendus ne m'intéressent pas ce soir. Il veut voir Smith pour une raison particulière.

– Je n'imagine même pas évoquer des sujets d'un pareil ennui en la présence d'une dame, répond Hammond.

Mon regard se pose immédiatement sur Georgia qui ne semble pas prendre ombrage de son utilisation du singulier. Les quelques fois où je l'ai rencontrée, je n'aurais jamais pris le parti d'utiliser le qualificatif de « dame » pour la décrire. Mais bon, ce n'est qu'un rappel pas du tout subtil pour me signaler que ma présence est encombrante.

– Ne vous inquiétez pas, dis-je en haussant les épaules et tapotant la tige de mon verre du bout des doigts. Je suis certaine que tout ça me dépassera complètement. Je ne suis pas juriste.

Juste une femme. Je garde cette dernière réflexion pour moi.

Hammond incline la tête comme pour me féliciter d'avoir bien joué mon point. Il revient ensuite vers Smith.

– Il y a certains renvois que je souhaiterais voir ajoutés avant de signer les papiers. Mon contrôle sur mes actions doit être inattaquable.

– C'est compris, répond Smith.

C'est de ça dont il devait s'entretenir en tête à tête avec Smith ? Au ton de la voix d'Hammond lorsqu'ils ont parlé au téléphone, je me serais attendu à quelque chose de bien pire. Quand je pense à son attitude lorsqu'il m'a vue arriver, je m'étais imaginé qu'il avait besoin d'aide pour faire disparaître un cadavre.

– Il y a aussi le problème de la clause de confidentialité, ajoute Georgia.

Apparemment, elle est bien plus qu'un joli visage, mais ça ne me surprend pas du tout. Tout en elle me donne la chair de poule, je sais très bien que ce n'est pas le genre de femme qu'il faut sous-estimer.

– Je m'en suis occupé, rétorque Smith d'un ton sec. La version finale des documents devrait être prête d'ici lundi.

Hammond secoue doucement la tête.

– Je les veux demain.

– Ce n'est tout simplement pas possible.

Smith s'adosse à sa chaise, retirant sa main de la mienne pour pouvoir les croiser derrière sa tête.

– Je ne serai pas disponible ce week-end.

– Je te paie pour être disponible en permanence.

Hammond se penche en avant et pose ses mains à plat sur la table.

– On peut me solliciter pour les urgences, bien entendu. Mais je doute qu'un simple contrat immobilier puisse être qualifié d'urgence.

L'atmosphère du salon est chargée de testostérone lorsque les deux hommes se toisent. Aucun des deux ne semble prêt à faire de concessions.

– Les garçons, ne soyez pas si combatifs, tempère Georgia d'une voix mielleuse.

Tellement mielleuse que j'en ai la nausée.

Mais je suis son exemple et enchaîne :

– Je peux demander à Doris de modifier les documents et vous les envoyer par fax pour que vous les approuviez. J'imagine que vous n'avez rien contre l'idée de me faire parvenir un mail si ce sont de simples contrats.

Autour de la table, toutes les têtes se tournent vers moi. L'expression du visage de Georgia passe d'un désintérêt consommé à une attention résolument intriguée, alors qu'Hammond a tout simplement l'air constipé. Je ne peux me résoudre à regarder Smith. La limite était visible, et je l'ai franchie.

– Mon travail consiste à rendre la vie de Smith plus facile. Je suis certaine que nous pouvons trouver une solution qui n'empiétera pas sur son temps personnel.

Je sors mon portable de mon sac à main et j'attends de voir si Hammond voit clair dans mon coup de bluff.

– Un avocat n'a pas de temps personnel, Mademoiselle Stuart.

Hammond rit en parlant, mais je sais que ce n'est pas une blague. Son regard noir luit de pure malice. C'est un avertissement.

– Je peux appeler Richard. Il devrait être à même de revoir ces simples changements au cours du week-end, propose Smith. Si ça ne te dérange pas que quelqu'un d'autre se charge du contrat.

La mâchoire d'Hammond se tend, et il prend un petit moment avant de répondre.

– Je suppose que ça peut attendre lundi.

– Parfait.

Smith change de position et attrape sa fourchette.

– Vous avez goûté le canard ?

Rien n'a vraiment été discuté. Aucune information importante ni confidentielle n'a été échangée, mais pourtant, ma tension est montée en flèche. Repoussant ma chaise, je sors de table en marmonnant des excuses de circonstance et j'opte pour une virée aux toilettes. Smith me jette un coup d'œil, mais ne bouge pas d'un poil.

– Je vous accompagne, annonce Georgia en se levant pour se joindre à moi. Il faut bien qu'on se serre les coudes, nous les filles.

Bizarrement, l'avoir à mes côtés ne me semble pas être un avantage numéraire. Je souris gracieusement et attends qu'elle me rejoigne. J'agrippe ma pochette aussi fort que possible en me dirigeant silencieusement vers les toilettes. Je fonce m'enfermer derrière une porte dès que possible et je m'assieds sur la cuvette. Ce n'était pas un besoin, je n'y suis venue que pour avoir l'opportunité de reprendre mes esprits et faire le point sur ce qui vient de se passer.

– Depuis combien de temps travaillez-vous pour Smith ? m'interpelle Georgia à travers la cloison.

– Pas longtemps.

Les réponses courtes semblent être ma meilleure option. Renonçant à mon moment de répit, je me lève et tire la chasse d'eau avant de la rejoindre devant les miroirs.

– Vous semblez l'avoir bien en main, continue-t-elle en remettant son rouge à lèvres à coups de gestes précis.

– Pas le moins du monde.

Peut-être qu'un peu de conversation féminine pourrait aplanir les difficultés entre nous. Je coince une mèche de cheveux rebelle derrière mon oreille et entreprends de vérifier que mon maquillage est irréprochable.

– C'est difficile de lire en lui.

– Effectivement, m'accorde-t-elle.

Elle fait demi-tour et s'installe contre le rebord en marbre de la tablette avant de m'assassiner du regard.

– Et depuis combien de temps tu te le tapes ?

Je suis figée sur place, et je lui rends son regard à travers le miroir.

– Je vous demande pardon ?

– Smith sait très bien qu'il ne faut pas inviter une tierce personne qu'il paie à un rendez-vous privé.

D'un air de défi, Georgia arque un sourcil interrogateur.

– Il préfère que je sois présente à tous ses dîners.

Smith a été assez clair sur la question lorsque j'ai pris le poste, mais j'ai l'atroce pressentiment que sa vie professionnelle n'est pas aussi publique que ce qu'il m'a fait comprendre.

– Je ne fais rien d'autre que mon travail.

– Intéressant, ronronne Georgia en s'approchant, baissant encore le ton de sa voix avant d'ajouter avec mépris : je ne savais pas que Smith engageait des putes. Il n'en a jamais eu besoin dans le passé.

– Je suis certaine que votre cul a toujours été à libre disposition, je réponds sur un ton sifflant, perdant officiellement le contrôle de mon sang-froid.

– Attention, princesse. Sinon je ne serai pas aussi sympa la prochaine fois.

Je renifle de façon fort peu élégante en attrapant mon poudrier dans mon sac. Georgia veut me mettre mal à l'aise et je ne vais pas lui faire ce plaisir. J'applique la petite éponge sur mon nez en l'ignorant.

– Je sais tout sur toi, poursuit-elle. Hammond est très difficile sur les relations professionnelles de ses associés. Je n'ai pas encore décidé si je te mets dans la même case que ta copine Clara, la croqueuse de diamants. Difficile de faire mieux qu'elle. Mais quand je vois que tu couches déjà avec Smith, j'imagine que tu es entrée dans la course. Même si tu dois avoir détesté perdre ta propre couronne.

– Clara doit vous adorer, dis-je avec ironie. J'espère déjà vous compter parmi mes demoiselles d'honneur.

– Smith n'est pas du genre à se marier. Alors, si tu espères le voir débarquer sur son cheval blanc pour t'emmener vers le soleil couchant, je te suggère de bouger ton cul et de te réveiller.

Elle plante ses mains sur ses hanches et attend que sa dernière attaque fasse effet.

– Votre détermination à vouloir me déstabiliser est vraiment pathétique.

Je me retourne pour lui faire face. Voyons laquelle d'entre nous sera le plus facilement secouée. Ce ne sera certainement pas moi.

– C'est adorable de constater à quel point tu penses être une grosse dure. Appelle-moi quand tu te rendras compte de qui il est vraiment.

– Il doit vraiment être bon au lit, dis-je en feignant l'ignorance sur le sujet. Parce que vous n'avez clairement pas fait votre deuil.

– Smith et moi n'avons jamais couché ensemble. Nous avons grandi ensemble. Il est comme un frère pour moi et n'importe quelle salope qui pense pouvoir s'insinuer entre lui et moi ne s'attirera qu'une bonne grosse dose d'emmerdes.

Georgia rebouche son tube de rouge à lèvres en le faisant claquer et le laisse tomber dans son sac.

– Tu ne sais rien de lui.

– Ça viendra.

– Permets-moi de te donner le premier aperçu de sa personnalité.

Elle avance pour sortir de la pièce et fait exprès de cogner ma hanche de la sienne en passant, avant d'ajouter :

– Il est du genre jaloux.

Ça, j'aurais pu le deviner, mais je garde mon visage impassible. Il va falloir qu'elle donne des tuyaux bien plus équivoques si elle pense pouvoir m'atteindre.

– Il n'apprécierait pas de se rendre compte que son jouet du moment offre son cul à son ex.

Du coin de l'œil, je m'aperçois dans le miroir. Visage pâle. Bouche bée. Si je ne voulais pas la laisser me toucher, c'est raté.

– Je passe souvent au bureau. Tu devrais peut-être programmer tes petites « sexcapades » ailleurs. Smith serait capable de lui refaire le portrait.

– Ma vie personnelle ne vous concerne pas, dis-je entre mes dents serrées.

– C'est là que tu as tort. Hammond pourrait bien ne pas vouloir mélanger les affaires et le plaisir, mais c'est ma première mission. Mon travail, c'est de collectionner les péchés.

– Quelle perte de temps !

– Je trouve l'activité plutôt lucrative, répond-elle en commençant à ouvrir la porte avant de s'interrompre. Tes péchés sont archivés dans mes dossiers. Mets-toi bien ça en tête.

Elle me laisse sur place et je triture le contenu de ma pochette sur la tablette. Je sais une chose ou deux sur les péchés. Jusqu'à présent, j'ai toujours réussi à échapper aux miens. Maintenant, ils sont sur le point de me rattraper.

Lorsque je reviens à table, Smith se lève et m'attrape par le bras.

– Nos affaires sont réglées.

Apparemment, le dîner n'atteindra pas le plat principal. Après la scène dans les toilettes, je suis déçue d'avoir à abréger la soirée. Entre le jeu du chat et de la souris et les menaces, j'ai l'estomac plus que noué. Hammond nous accompagne jusqu'à la sortie. Puis il me prend la main pour y poser ses lèvres fines.

– C'est toujours un plaisir. Au revoir.

Pour ma part, je n'aurais rien contre des adieux définitifs. Je retire ma main et me force à sourire. Pourquoi ne trouve-t-on jamais de savon quand on en a besoin ?

Smith le salue d'un bref mouvement de tête et me fait avancer jusqu'à la porte tambour. Alors qu'elle se referme derrière nous, il attrape ma main et avance vers le voiturier en me traînant dans son sillage. Il lui remet son ticket de parking accompagné d'un autre billet de cent livres.

– Je présume que je n'ai pas à vous dire de quelle voiture il s'agit.

– Non, Monsieur, rétorque le groom en déguerpissant.

Dès qu'il est parti, Smith m'attire brusquement contre lui.

– Tu ne l'as pas corrigé, grogne-t-il.

Là, franchement, je ne vois pas. De qui parle-t-il ? Est-ce que Georgia a eu le temps de lui faire des révélations dans les quelques instants qui ont séparé nos retours respectifs des toilettes ? Je ne sais pas trop comment lui expliquer tout ça. Je ne devrais pas avoir à le faire, mais à en juger par le sentiment de possessivité qui irradie de son corps, il n'a pas l'air d'être du même avis.

N'importe quel autre homme n'aurait pas l'exigence de me posséder ainsi. D'ailleurs, j'aurais envoyé paître n'importe quel individu entretenant pareille illusion. Alors, pourquoi Smith a-t-il déjà une telle emprise sur moi ? J'entends les sirènes d'alarme résonner dans ma tête. C'est exactement ce que j'ai essayé d'éviter. Et maintenant, non seulement je plonge tête la première dans son délire mais, en plus, j'en crève d'envie. Entre nous, tout est flou, je ne sais pas quand je me suis mise à franchir les limites et je n'en connais pas les conséquences. Tout ce que je sais, c'est que j'ai envie de les faire plier. Les briser. Tout comme, d'un certain côté, j'ai envie qu'il vienne à bout de mes résistances.

– Je suis désolée, dis-je doucement.

Je ne trouve pas d'expression plus appropriée. Je ne lui dois aucune explication et j'ai envie qu'il me punisse, je veux sentir ses mains prendre le contrôle de mon corps.

– Tu n'as pas besoin de t'excuser parce qu'il m'a appelé Monsieur, précise Smith en m'attrapant les hanches avec vigueur. Il n'y a que toi pour m'appeler Maître, ce titre appartient à tes lèvres.

Il me faut un instant pour comprendre qu'il parle du voiturier et non de Philip. Je pousse un soupir de soulagement et aussi un peu de déception.

Je passe mon bras autour de son cou, attirant sa bouche près de la mienne.

– Et tes lèvres, qu'est-ce qui leur appartient ?

– Ça.

Il effleure ma bouche pour y déposer un baiser. Sa main remonte nonchalamment sur mon corps en frôlant rapidement mon sein. Malgré ce contact trop bref, mes tétons durcissent, en proie à de grandes espérances. La petite flamme du désir qui avait été étouffée par mon anxiété reprend de plus belle et s'embrase rageusement.

– Ça. Ta chatte. Tout appartient à mes lèvres, ma belle.

Le reste de mes peurs fond comme neige au soleil dans la chaleur de ces quelques mots. Avant lui, les fantasmes et la réalité étaient dans deux mondes bien distincts, à des années-lumière l'un de l'autre. Maintenant, tout tourne autour de lui.

Il se penche en avant, déplaçant sa bouche vers mon oreille. Mais il ne m'embrasse pas.

– Qu'est-ce que t'a raconté Georgia ?

– Rien d'important.

Et effectivement, rien de ce qu'elle m'a dit n'a d'importance. Ça n'en a plus aucune. Surtout lorsqu'il se tient si près de moi.

– Ne t'approche pas d'elle, me recommande-t-il. Elle ne joue pas dans la même catégorie que toi.

– Toi si ?

Ma question me fait passer des préliminaires aux affaires.

– Non, moi non plus, confesse-t-il. Ça te fait peur ?

– Oui.

Je murmure ma réponse. Si je veux qu'il me dise la vérité, je dois moi-même être honnête.

– Tant mieux. Tu as raison d'avoir peur de moi. Ne l'oublie jamais, ma belle.

Il mordille le lobe de mon oreille du bout des dents pour accentuer son propos.

Inspirant profondément pour m'imprégner de son odeur, je pousse son menton de mon index avant de secouer la tête.

– Elle m'a dit que tu étais du genre jaloux.

– Je possède bien des choses. La plupart d'entre elles sont remplaçables. Mais de temps en temps, j'obtiens un article inestimable. Tu comprends, ma belle ?

Je secoue doucement la tête pour dire non. J'ai les grands traits, mais pas franchement tout le tableau.

– Tu es inestimable à mes yeux, alors oui, je serais très jaloux si quelqu'un essayait de s'interposer entre nous. Ça me rendrait malade de savoir que Georgia est cette personne.

L'implication est claire.

– Elle me lançait un avertissement, j'admets, alors que la Veyron approche devant nous.

Smith n'avance pas vers sa voiture, son regard vert est rivé sur moi. Je pourrais me perdre dans des yeux pareils. C'est une proposition dangereuse. Je me suis déjà perdue à cause d'un homme. Je suis déterminée à ne pas laisser la situation se répéter. Je l'ai repoussé, mais il y a des moments où je me suis laissée aller à cette opportunité. Même si c'est très récent, j'ai permis à un autre homme de m'atteindre. Le pire, c'est que j'avais juré de ne plus jamais lui adresser la parole.

– Elle a vu mon ex m'embrasser devant ton bureau.

Alors, Smith se met à bouger. Il attrape mon bras et me tire vers la voiture sans dire un mot de plus. Son corps entier est raidi par la tension, je sens sa fureur à peine contenue et je ne suis pas la seule. Les passants autour de nous se sont arrêtés et murmurent dans leur coin.

Je sais que je devrais résister. Crier. Hurler même. Mettre un terme à cette scène avant qu'elle n'échappe à tout contrôle. Mais je ne résiste pas lorsqu'il ouvre ma portière. Je m'assieds sur le siège passager sans me débattre. Ce n'est pas raisonnable. Ce n'est pas ce qu'il faut faire.

Mais je m'en fous complètement.

CHAPITRE DIX-HUIT

Smith ne m'adresse pas un mot durant tout le trajet. Et lorsqu'il gare la Veyron chez lui, je regrette ma décision de l'avoir accompagné. La fascination que j'ai ressentie pour lui devant le restaurant s'est évaporée, il ne me reste qu'un sentiment d'inquiétude. Il m'a déjà parlé de punition et de soumission, mais je n'avais jamais vraiment réfléchi aux conséquences.

Toujours en silence, il sort de la voiture et se dirige vers l'ascenseur en me laissant lui courir après.

C'était ton unique chance. Il ne m'a pas demandé de le suivre. Il ne l'a pas exigé. Encore une fois, je l'ai fait. Je m'arrête à quelques pas de lui. Il me tourne le dos et je réfléchis aux différentes possibilités qui s'offrent à moi. Je peux partir immédiatement, mais je peux aussi voir où tout ça nous mènera. J'ai aimé sentir ses fessées et ses faux coups, pour jouer. J'en veux plus.

Jusqu'à quel point ?

Je m'approche de lui pour le suivre dans l'ascenseur. Il appuie sur le bouton du premier étage, direction sa chambre, sans escale. L'excitation de l'attente s'empare de mes entrailles et contamine doucement le reste de mon corps, jusqu'à ce que j'en vienne à trembler de désir.

Lorsque les portes s'ouvrent, Smith me fait signe de sortir et attend pour passer après moi. J'obéis.

– Chambre.

Un mot. Il me transperce d'un seul coup. Redressant les épaules, j'avance d'un pas décidé vers son antre, m'arrêtant juste après la porte.

– Déshabille-toi.

Mon regard se plante dans le sien, mais il le détourne immédiatement. Ce que je lis au fond de ses iris émeraude me glace les sangs. Sans le quitter des yeux je tire sur la fermeture Éclair sous mon aisselle. J'ai encore l'espoir qu'il se retourne vers moi, mais non. Ma robe tombe par terre, je m'en écarte d'un pas, seulement vêtue d'un bustier couleur chair et de mes bas. J'ai laissé ma culotte à la maison, comme il me l'a demandé, mais il ne le relève pas.

– Complètement.

Il me faut quelques instants pour détacher toute seule les petits crochets de mes doigts tremblants. Les yeux de Smith sont revenus sur moi, tout du moins sur mon corps. Son visage ne trahit aucune émotion, son regard est vacant, vide. Impossible de lire en lui, car il n'y a rien. Je retire mon dernier bas. Je suis devant lui, à découvert.

Smith me contourne pour m'inspecter, évitant soigneusement de croiser mon regard. Puis il prononce un mot : « perfection ».

Je rougis, à la fois ravie du compliment et nerveuse de la suite des événements. Il claque des doigts avant de me donner un ordre :

– À genoux.

Je me laisse tomber devant lui, un genou après l'autre.

– Je suis attiré par les femmes de caractère. Tous les hommes ne partagent pas ma prédilection, certains préfèrent une conjointe réservée, docile. Mais une femme à la langue bien pendue – une provocatrice irrévérencieuse – voilà qui attire mon attention. Tu as éveillé mon intérêt à la minute où nous nous sommes rencontrés, Belle.

Il fait une pause dans son discours pour faire glisser un doigt sur la courbe de mon épaule. Puis il s'arrête devant moi, me mettant littéralement face à l'immanquable grosse bosse de son pantalon.

Je résiste à peine à l'envie de baisser sa braguette pour le prendre dans ma bouche. Il veut une provocatrice, je pourrais mettre cette compétence en pratique, mais quelque chose me retient. La curiosité, peut-être. Je suis curieuse de savoir ce qu'il veut me faire. Encore plus de savoir si je vais le laisser aller au bout de son délire.

– Peut-être que ce qui s'est passé aujourd'hui était innocent, mais je vais avoir besoin que tu me le prouves. Je suis de ceux qui préfèrent les preuves aux rumeurs. Mets ça sur le compte des habitudes du métier, les preuves sont bien plus convaincantes que les mots.

Il retire son manteau et desserre sa cravate. Lorsqu'il déboutonne le haut de sa chemise, un petit gémissement s'échappe de mes lèvres. Smith tapote ma joue du revers de sa main en silence, puis reprend :

– Ton corps réagit à mes demandes, même quand toi tu ne le fais pas. J'ai appris à décoder ses mouvements en t'observant depuis notre premier jour. Il me dira tout ce que j'ai besoin de savoir. Tu comprends ?

Je hoche la tête, et mon regard se lève rapidement vers son visage pour l'observer. Mes mains ont tellement envie de le toucher. J'ai autant envie de le caresser que de sentir ses mains sur moi.

– Mais, plus important encore, est-ce que tu y consens ? continue-t-il d'une voix sourde. Tu es libre de partir quand tu veux. Tu es libre de me dire d'arrêter. Je ne t'empêcherai pas de partir. Ce que je vais te faire pourrait te sembler humiliant. C'est le but. Mais si je ne me trompe pas, tu apprécieras. Tout comme je vais apprécier de brider ton côté défiant et voir à qui va ta loyauté. Tu souhaites me poser une question ?

– Comment sauras-tu que je ne joue pas la comédie ?

– Tu persistes à me défier, ma belle.

Une note d'affection teinte sa voix, mais il revient vite à un ton dominateur.

– Personne ne peut accomplir une telle performance d'acteur. Je vais te mettre à nu et te solliciter jusqu'à ce que ton esprit ne puisse plus fonctionner et n'ait d'autre choix que de se plier à mes ordres.

Mon corps brûle, mes genoux piquent d'être directement posés sur le sol en marbre, et le reste de mon être est douloureux tant il est ravagé de désir.

– Je consens à me soumettre.

– Très bien. Reste là où tu es.

Je ne bouge pas, mais je sens qu'il s'éloigne. Sans sa présence, j'ai l'impression que la pièce s'assombrit et je résiste à l'irrépressible envie de me retourner pour le chercher. Je comprends ce qu'il attend de moi, quand bien même il m'est très difficile d'obéir. Mon corps se détend immédiatement en entendant ses pas revenir, mais ce n'est que de courte durée. Le bruit de chaînes me crispe immédiatement.

Du coin de l'œil, je le vois s'asseoir dans le fauteuil à côté de la fenêtre.

– Viens, ma belle.

Sa demande me submerge. Je me sens désirée. Vivante. Je pose une main par terre pour me redresser.

– Sans te lever.

L'ordre s'étire sur sa langue.

Je me penche immédiatement en avant en posant mon autre main sur le sol. C'est à peine si mon subconscient remarque à quel point il est dur, car je ne peux que penser à lui. Chaque mouvement de genou, chaque claquement de la paume de ma main contre le sol en marbre me rapproche de lui. Smith s'installe confortablement, il pose son menton dans sa main. Deux de ses doigts s'étirent sur sa bouche dans un geste de réflexion tandis qu'il m'observe avancer vers lui. Quand j'arrive à ses pieds, je me redresse pour m'asseoir sur mes talons et je pose une main sur le fauteuil, prenant soin d'éviter de toucher sa cuisse.

– Tu peux venir plus près, dit-il d'une voix douce.

Ma joue se presse contre son genou et je respire son odeur. Les senteurs boisées de son eau de toilette envahissent mes narines et la chaleur de ce petit contact semble à la fois nourrir et attiser l'incendie qui m'a embrasée. En fermant les yeux, je comprends la vérité.

Il n'y a que lui.

La chaleur du bout de ses doigts se répand sur mes clavicules. Sa caresse incandescente est suivie d'une sensation froide et douce, celle d'un objet en cuir. Il est ajusté autour de mon cou, assez serré pour me faire prendre une grande inspiration. Des doigts passent sous le collier pour me rassurer et me montrer que je peux respirer.

– Tourne-toi et soulève tes cheveux.

Quand je lève les yeux vers lui, il pose sa main sur ma joue.

– Tu t'en sors si bien, ma belle. Maintenant, tourne-toi.

Je fais ce qu'il me dit. Résistant à la tentation de toucher le collier de cuir attaché autour de mon cou, je me détourne de lui, puis je lève mes cheveux pour exposer ma nuque. Le tintement sec d'un objet en métal manipulé derrière moi me donne la chair de poule.

– À quatre pattes, m'ordonne Smith.

Une chaîne en métal serpente sur mon dos. En prenant la position, je sens qu'elle est froide. Une petite voix dans ma tête s'élève pour protester, mais le reste de ma personne – mes muscles, mes sens, mes pensées, mon âme même – lui intime de se taire. Mon excitation est telle que je la sens perler le long de ma vulve et goutter sur le sol. Un tremblement me secoue tout entière, une promesse frémissante des choses à venir.

– Ça te fait mouiller, murmure Smith en insérant un doigt dans les replis de mon intimité inondée avant de la caresser légèrement, ce qui me fait redoubler de désir. Je te tiens en laisse et tu en jouis pratiquement sur place. Je prends le contrôle sur toi, je t'ôte toute capacité de prendre une décision, ta liberté aussi. Et ta réponse, ma belle, c'est de lubrifier ta chatte. Tu sais pourquoi ?

J'essaie de trouver une réponse du type négatif, mais tout ce que j'arrive à faire sortir de mes lèvres, c'est un gémissement.

– Tu as même renoncé à ta voix. Tout ton être est tourné vers moi et ce que je vais te permettre d'avoir. Mes doigts. (Il les enfonce dans mes chairs trempées et les recourbe pour atteindre mon point G.) Ma bouche. (Ses douces lèvres brûlantes effleurent mon sexe gorgé de désir.) La main qui te tient en laisse. (Il tire sur la chaîne, me forçant à lever la tête.) Je te prends tout ce que tu as, et comment te sens-tu ?

Libérée. Ce n'est pas vraiment le mot qui me vient à l'esprit, mais plus l'idée qui le sous-tend. Je me sens légère, comme si le fardeau que je portais depuis toujours venait d'être levé de mes épaules. J'ai presque l'impression que je pourrais voler. Mais la chaîne qui m'a délivrée me retient à Smith.

– Tu me donnes quelque chose de précieux.

Smith se lève pour se mettre devant moi. Il s'accroupit, attrape mon visage et me laisse voir pour la première fois la chaîne en or qu'il a attachée à mon collier. Il relève mon menton et je reprends sans effort ma position assise sur mes talons. Son beau visage est consumé par la vénération, son regard en est éclairé.

– Ta confiance.

C'est une révélation fracassante pour moi aussi. Je lui fais confiance. Je lui donne la seule chose que j'avais juré ne plus jamais mettre entre les mains d'un homme, et je ne sais même pas pourquoi. Nous nous connaissons depuis si peu de temps. Je n'ai jamais été du genre à croire au concept d'âme sœur ou de coup de foudre. Mais là, ici et maintenant, je lui donne le contrôle. Il peut faire de moi ce qu'il veut et j'ai envie qu'il le fasse.

– Mais j'ai besoin de savoir si je peux te faire confiance.

L'agréable euphorie que sa dernière révélation m'a procurée s'évanouit. Ce n'est pas que je le crains. C'est plus que j'ai peur de ce que je suis sur le point de lui révéler à lui, et à moi aussi.

– Tiens ça.

Il pousse la laisse contre ma bouche et, d'instinct, mes lèvres s'écartent, la prenant entre mes dents. Smith caresse d'une main la bosse formée par son sexe.

– Tu es si jolie avec cette chaîne en or dans la bouche.

Il lève sa jambe vers moi et je lui retire sa chaussure, répétant l'action avec l'autre jusqu'à ce qu'il se retrouve pieds nus.

D'une main agile, il détache sa ceinture et la laisse tomber. La boucle tombe avec fracas contre le sol à côté de moi. Le son me donne une idée. Je tends les mains en les croisant au niveau des poignets. Je pourrais lui en donner plus. Plus de ce qui pourrait le satisfaire. Plus de ma confiance. Smith me regarde, comme pour rendre un jugement. Je vais lui faciliter la tâche.

– S'il te plaît, Maître, dis-je à travers la chaîne dans ma bouche.

– Tu veux être aussi attachée là ? devine-t-il en se penchant pour ramasser sa ceinture. Les mains dans le dos.

Je les croise derrière moi et Smith se penche, pressant son entrejambe contre mon visage pour nouer la ceinture autour de mes poignets. Lorsqu'il se redresse, c'est pour déboutonner son pantalon et le baisser en même temps que son boxer, révélant ainsi son membre érigé. Une goutte de liquide perle au bout de son gland, ce qui me donne envie de le lécher. Je n'ai pas encore mis ma bouche sur lui que ses mains se referment dessus. Il claque son sexe contre ma joue, faisant automatiquement tomber la chaîne coincée entre mes dents.

– Tu la veux dans ta bouche ?

– Oui, Maître.

Je parle d'une voix étranglée, n'osant pas agir sans réfléchir.

– Dans ta chatte ? Entre tes seins ? Et dans ton cul ?

Je lèche mes lèvres en hochant la tête.

– Là, c'est important, ma belle. Je sais que tu t'es déjà fait baiser par plusieurs hommes. J'aimerais que ce ne soit pas le cas. Que, d'une manière ou d'une autre, je t'ai trouvée plus tôt, parce que je veux posséder tout ton plaisir. Puisque c'est impossible, je vais devoir passer beaucoup de temps à effacer leur souvenir de ta mémoire en te baisant à les faire sombrer dans l'oubli. Plus personne d'autre que moi dans ta jolie petite tête. Quand j'en aurai terminé, ton corps ne se souviendra plus que de moi. (Il remonte mon menton un peu plus haut en le soulevant de son index.) Ta chatte a déjà été possédée par des hommes et, à voir la façon dont tu viens de lécher tes lèvres, ta bouche aussi. Est-ce qu'on a déjà joui sur tes seins ?

Je secoue la tête pour lui dire que ce n'est pas le cas. Les étudiants d'Oxford que j'ai fréquentés jusqu'à présent avaient une préférence pour les activités sexuelles traditionnelles, type missionnaire.

Smith se penche vers moi, approchant son visage très près du mien, si près qu'ils se touchent presque.

– Est-ce que tu as déjà donné ton cul ?

– Non.

Je réponds dans un souffle sans pouvoir m'empêcher de me trémousser un peu.

– Pas ce soir, ma belle, dit-il doucement pour me rassurer, en accompagnant ses paroles d'un gentil baiser. Tout ça peut attendre que tu sois prête. Après tout, tu les as préservés pour moi. Je veux pouvoir prendre mon temps quand ce sera le moment. Maintenant, suce-moi.

Smith reprend la laisse et recule d'un pas, me forçant à un mouvement disgracieux pour garder l'équilibre. C'est plus difficile que je ne l'aurais cru avec mes mains attachées dans le dos. Lorsque je m'approche de lui, il resserre sa prise sur la chaîne, jusqu'à ce que je me retrouve les yeux face à son érection. Il ne laisse que très peu de mou et le message est clair : c'est là qu'est ma place. Voici le pilier de mon existence. Smith. Son sexe n'est que le noyau de sa virilité. Vigoureux. Puissant. Inflexible.

J'en prends le bout entre mes lèvres, et il pousse un grognement. J'ai ce qu'il cherche. De la volonté. Une certaine résilience. Je représente une libération. D'un certain côté, j'aimerais me servir de mes mains. J'ai besoin de le faire jouir. J'ai hâte de le goûter et j'ai désespérément envie de le satisfaire. Smith attrape une poignée de mèches sur ma tête et m'incite à aller plus loin.

– Je vais jouir dans ta bouche et laver la présence de Philip, grogne-t-il en affermissant sa prise jusqu'à me tirer douloureusement les cheveux. Aujourd'hui, tu as oublié à qui tu appartenais. C'est une erreur que je peux pardonner parce que tu m'as prouvé que tu le sais maintenant. Mais ce soir, j'ai besoin de te marquer avec mes dents, avec mes mains et, plus que tout, j'ai besoin d'être en toi.

Il veut me posséder – me marquer – comme sienne. Une chaleur se répand dans ma poitrine et je creuse mes joues pour le sucer furieusement, bien déterminée à aller au bout de ma mission.

Frénétiquement.

Smith le sent et recule un peu.

– Doucement. Nous avons toute la nuit, ma belle. Ne te fatigue pas trop, parce que tu ne vas pas avoir beaucoup de temps pour dormir.

Cette fois-ci, lorsqu'il s'offre à moi, ma bouche descend doucement le long de son membre et j'en savoure la douceur comme la rigidité, enroulant langoureusement ma langue autour de lui.

– Voilà qui est mieux, commente-t-il d'une voix éraillée.

Il fait des cercles avec ses hanches contre ma bouche, me pénétrant plus profondément. Je me détends pour l'accueillir jusque dans ma gorge.

C'est une expérience nouvelle. Smith ne veut pas juste des coups en vitesse ou de rapides fellations. Il veut du plaisir, du genre de ceux qu'on ne peut trouver que dans un échange de pouvoir constant. Je suis à genoux devant lui, mais à entendre sa respiration accélérer, je sais que c'est moi qui contrôle la situation. Lorsque les premiers jets brûlants atteignent ma gorge, je comprends enfin ce que nous faisons.

Nous nous possédons mutuellement.

Smith grogne et rue contre ma bouche avec force en jouissant. J'avale tout, ne le relâchant que lorsqu'il m'incite à baisser la tête en la caressant doucement. Puis il se baisse pour m'aider à me relever. En quelques mouvements efficaces, mes mains sont libérées. La chaîne pend entre mes seins et il m'observe un instant de son regard émeraude un peu distant, perdu dans ses pensées. Puis il me prend dans ses bras, me soulève et me passe par-dessus son épaule. J'ai à peine le temps de comprendre le changement de situation qu'il me jette sur le lit. Smith s'agenouille par terre et encercle mes cuisses de son bras, me tirant brusquement jusqu'au bord du lit tandis que son autre main retrouve ma laisse. Il tire dessus pour la mettre dans ma vulve. Il la manipule d'avant en arrière, torturant au passage mon clitoris sensibilisé. J'agrippe les draps de toutes mes forces, me préparant à accueillir la déferlante de plaisir qu'il va enfin me donner. Quelques minutes plus tard, il retire la chaîne et plonge sa langue en moi. Je pousse un cri, sentant les premières vagues de jouissance monter lentement. Mais Smith sait comment faire durer le plaisir. Il lèche et suce, me conduisant au bord du précipice, mais prend du recul à la dernière seconde pour se concentrer sur une autre zone et recommencer. Il se concentre sur mon clitoris, le parcourant de sa langue jusqu'à ce que mon corps se raidisse, mais il recule à la dernière seconde.

Je suis déchirée entre l'envie de pleurer et de crier, mais je n'ai pas assez de force, ni pour l'un ni pour l'autre. Alors, je gémis en espérant qu'il ait pitié de moi. Chaque nerf de mon intimité est enflammé. Un courant d'air pourrait me faire basculer de l'autre côté, mais j'ai l'impression que Smith ne permettrait jamais une chose pareille.

– Chuuut, ma belle, m'ordonne-t-il en défaisant le collier autour de mon cou alors que je me tortille. Je vais te donner ce dont tu as besoin, et ensuite tu vas t'occuper de moi comme il faut avec ta chatte parfaite.

Son membre se positionne juste devant mon sexe qui s'épanouit comme une fleur pour l'accueillir. Smith me pénètre d'un seul et puissant mouvement, rompant tous les liens qui me maintenaient captive. Je me cambre contre lui par la pure force de mon orgasme et il m'attrape pour me maintenir en position tout en continuant ses implacables mouvements de va-et-vient.

– Tu es tellement étroite, murmure-t-il, à la poursuite de sa propre jouissance. Bon Dieu, ma belle, ta chatte va complètement me vider.

Je suis devenue toute molle dans ses bras, comme si je n'avais plus de colonne vertébrale et que j'étais à moitié endormie, mais je m'accroche à lui, l'embrassant dans le cou et frôlant sa barbe naissante de mes lèvres, ce qui attire sa bouche vers la mienne. Nos lèvres s'attirent, nous luttons pour nous écraser l'un contre l'autre. Nos langues se mêlent, et j'aspire la sienne dans ma bouche. Je n'ai pas simplement envie d'être possédée par lui. Je veux qu'il m'emplisse. Je veux que rien ne nous sépare.

Smith allonge mon corps sur le lit, sans jamais rompre le contact. Mon désir de lui, optimiste, devient fatal lorsque ses mouvements se font de plus en plus profonds et précis. Je pousse un cri contre sa bouche lorsque les tremblements recommencent. Il ouvre la bouche plus grand, aspirant ce plaisir qui lui appartient.

Lorsque nous retombons enfin tous les deux sur le lit, Smith me prend dans ses bras pour me lover contre lui. Nous restons longtemps dans cette position. J'effleure timidement ses doigts des miens. Le monde semble aussi nouveau que ce bourgeon de relation que nous avons soigneusement fait pousser jusqu'à présent. Smith attrape ma main et la lève jusqu'à sa bouche avant de se retrancher loin de moi. Je retiens un soupir, mais ma déception est de courte durée car il pose sa tête sur ma hanche. Il caresse mon sexe du bout des doigts avant d'y presser la paume de sa main.

– Je veux que ça m'appartienne. Qu'est-ce que tu veux en échange ? Je t'achèterai tout ce que tu veux. Ta propre Bugatti ? Des diamants ? Ton prix sera le mien.

Il vient de le faire.

– Toi. Mon prix, c'est toi, Maître Price. « Price », ça veut dire le prix, c'est tout ce que tu as à me donner pour que je t'appartienne.

– C'est une proposition intrigante, dit-il en esquissant un sourire taquin. Puis-je faire une contre-offre ?

– Non.

C'est un refus sans appel. Il est irréversible. Cette relation, c'est tout ou rien, et nous le savons tous les deux.

– J'allais simplement suggérer une période d'essai, murmure-t-il, sans humour désormais. Pour le moment, tu crois que ma valeur est égale à la tienne et que le marché est équitable, mais nous savons tous les deux qu'entre ce magnifique corps et cet esprit retors, tu vaux plus.

Je repousse la mèche de cheveux sur son front en secouant ma tête.

– Ton corps est magnifique.

– La laideur est à l'intérieur, dit-il tout bas. Quand tu la verras enfin…

– Ne me la montre pas, je murmure.

– J'aimerais que ce soit aussi simple.

Ses mains glissent sur toute la longueur de mon dos alors qu'il enroule son corps autour du mien.

– Ça l'est. C'est un nouveau départ.

– Je n'ai jamais été très doué pour ça, m'avertit-il.

– Moi non plus.

C'est une chose que je n'ai jamais reconnue à un homme dans le passé. Je reprends :

– On va s'entraider.

– Belle, mes prédilections…

Il ne termine pas sa phrase. Après une petite pause, il reprend d'une voix étranglée.

– Je ne me contente pas de mettre les femmes dans mon lit. Je leur prends tout ce qu'elles ont, tout ce qu'elles sont. Tu n'as eu qu'un petit aperçu de mes pratiques. Si ça te fait peur, pars tout de suite. Je ne te retiens pas.

Mais nous savons tous les deux que c'est impossible.

– Je n'ai jamais fait de choses comme ça, mais j'ai aimé. Je… J'en veux plus.

Mes joues rougissent lorsque je lui fais cet aveu.

– Oh, ma belle, je vais te donner tout ce que tu pourras supporter.

Taquin, il mordille ma hanche et continue sa descente jusqu'à la limite de mon triangle pubien. Puis il poursuit :

– Et ensuite, je t'en donnerai plus encore.

J'ai envie de lui demander de me le promettre, mais d'expérience, je sais que les promesses sont aussi facilement rompues qu'elles sont faites. J'ai comme le pressentiment qu'il a appris cette même leçon de la manière forte. Smith ne me propose rien pour apaiser mes angoisses. Mais en fin de compte, il remonte vers mon visage et lorsque nos corps se rejoignent, nous cherchons tous les deux les réponses aux questions que nous n'osons pas poser, de la seule façon que nous connaissons.

CHAPITRE DIX-NEUF

Il fait encore nuit noire dans ma chambre lorsque je me tourne sur le dos et que mon corps part à la recherche du sien. Ne trouvant personne, tout à ma frustration, je caresse ma queue un instant. Je n'arrive pas à croire qu'elle ait déjà quitté le lit alors que je l'ai baisée à l'en faire pratiquement tomber dans le coma hier soir. Je la retrouve dans la cuisine en train d'écrire sur l'îlot central, elle ne porte rien d'autre qu'une chemise, ce qui met en valeur ses jambes bronzées. Ses cheveux sont légèrement emmêlés, et elle rayonne encore de nos ébats de la nuit passée. Je m'accorde un instant pour l'admirer. Elle lève rapidement les yeux de ses écrits et me fait un grand sourire. Elle m'a chopée en flagrant délit de lubricité visuelle, mais je n'en ai rien à foutre. Son léger mouvement révèle une cravate bleu marine lâchement nouée autour du col remonté de ma chemise. Ses doigts s'enroulent autour, et elle prétend la rajuster.

Putain de bordel.

– Je ne savais pas si nous allions commencer notre journée en travaillant, ronronne-t-elle. Je me suis dit qu'il valait mieux porter une tenue professionnelle.

– On ne bossera plus jamais si tu continues à t'habiller comme ça.

J'ouvre le réfrigérateur en me frottant les yeux et je tâtonne pour trouver de quoi préparer un petit déjeuner léger. Même si j'ai effectivement très peu dormi, je me sens reposé. Il n'y a qu'une incartade de plusieurs heures avec une belle femme pour me mettre dans cet état. Sortant une barquette de fraises, je repère Belle, toujours à griffonner dans son carnet.

– Tu notes tout dans le moindre détail, ma belle ? Je doute que tu en oublies un seul moment.

– Puis il a mis son doigt…

Elle ne termine pas sa phrase et secoue la tête.

– Tu m'as laissé dormir combien de temps ? je demande en me rendant compte qu'il est presque midi.

– Quelques heures.

Son stylo traverse toute sa feuille d'un grand mouvement quand elle me répond. Je n'arrive pas à voir ce qu'elle dessine.

– Un peu plus gros, ma belle.

– En fait, je travaille sur quelque chose qui n'a absolument rien à voir avec ta bite.

– C'est bien dommage.

– Espèce de pervers narcissique, rétorque-t-elle en accompagnant ses mots d'un éclatant sourire ironique.

– Ça pourrait bien me donner envie de te bouffer pour le petit déjeuner.

Belle soupire en me voyant sortir un couteau, mais elle ne lâche pas son stylo.

– Mon corps ne pourra pas supporter un orgasme de plus avant d'être sustenté. Il pourrait me tuer pour de la nourriture. Tu m'as vidée de toute énergie vitale hier soir.

– C'est noté.

Je me mets au travail pour préparer les fraises.

Elle revient à son carnet de notes et je n'en suis que plus intrigué par ses écrits. Si elle est aussi affamée qu'elle le déclare, pourquoi ne s'est-elle pas préparé un en-cas lorsqu'elle est descendue ici toute seule ?

D'autant plus si elle est restée dans la cuisine pendant des heures. Je rapproche la planche à découper de son siège et je jette un coup d'œil de l'autre côté du plan de travail. Il n'y a qu'un mot sur la page, mais il est dessiné de façon différente plusieurs fois. Il est parfois calligraphié avec boucles et torsades. Parfois d'une écriture fine et moderne. Il y a au moins une demi-douzaine de modèles différents.

Bless.

Elle pose sa main à plat sur le carnet pour me cacher la page, et je lève les yeux vers elle pour découvrir son regard écarquillé et gêné.

– Ce n'est rien, dit-elle en refermant précipitamment son carnet.

– Ça ressemble à un logo.

C'est une suggestion. Mais c'est ça, ou elle développe une sérieuse obsession pour moi.

Elle garde sa main sur le carnet sans confirmer ni infirmer ma théorie. Je sens qu'elle hésite à m'en dire plus. Mieux vaut lâcher l'affaire.

D'un seul coup, elle laisse échapper une explication :

– J'ai envie de créer mon propre site web. Une start-up en fait.

– Tu ne m'en as jamais parlé.

J'imagine que c'est normal à ce stade de notre relation mais, tout au fond de moi, j'aurais bien aimé le savoir. Il a fallu que je la surprenne pendant qu'elle travaillait sur son idée. Maintenant, j'ai l'impression que c'est plus un aveu qu'une discussion.

Belle détourne le regard. Son expression, à l'instant coupable, devient hautaine. Elle prend l'élastique autour de son poignet pour attacher ses cheveux dorés en vague chignon.

– Ce n'est pas comme si tu parlais de tes problèmes de travail non plus.

Ah. Nous y revoilà.

– Techniquement tu travailles pour moi maintenant, alors tout ça est une relation professionnelle, non ?

Elle arque un sourcil interrogateur, comme si elle attendait que je lui explique en quoi la nuit dernière est professionnelle. Je me rends. Je ris en penchant la tête de côté.

– Je suppose que nous avons clairement franchi la limite entre vie professionnelle et personnelle.

– Plus que franchi, j'opterais pour totalement annihilé.

– D'ailleurs, ça me fait penser à quelque chose.

Je m'approche d'elle pour poser mes lèvres sur le petit carré de peau sous son oreille. Elle se fond en moi avant de se reprendre en s'écartant.

– On devrait peut-être poursuivre cette annihilation.

– Manger. Faim.

Elle met l'accent sur chacun de ses mots en riant.

– D'accord. Je te prépare un repas presque aussi délicieux que toi, mais à une condition.

– Qui est… ?

Je laisse planer sa question un instant, je sais qu'elle s'imagine cette condition des plus licencieuses. Puis je réponds enfin :

– Je cuisine, et toi tu me parles de ton business.

– Techniquement, je n'ai pas de business, dit-elle pour tenter de changer de sujet.

– Ma belle, j'aime quand tu joues les timides, mais je n'aime pas quand tu te sous-estimes.

Je lui tends une fraise et je savoure cette image d'elle en train de l'attraper entre ses dents.

– C'est un échantillon de ce que je peux t'offrir. Maintenant, parle-moi de *Bless*.

Elle lèche le jus sur ses lèvres, manquant de peu de me faire dévier de ma route.

– Allez, ma belle. J'ai d'autres moyens de te faire parler.

D'un certain côté, j'aimerais bien me lancer dans une séance pour la faire avouer.

– Je te promets qu'une fois que ma langue sera sur ta chatte, tu me diras tout ce que je veux savoir.

– Tu as vraiment la grosse tête, Price.

Mais j'observe un mouvement de gorge lorsqu'elle prononce mon nom. Visiblement, son esprit pense à un autre qualificatif me concernant.

– Je sais que tu aimerais que je te baise jusqu'à t'en faire cracher le morceau, mais je sais que tu as aussi envie de ça, dis-je en brandissant une autre fraise.

Elle l'attrape en grimaçant, puis elle ouvre son carnet à une autre page sur laquelle figure un graphique réalisé à main levée.

– *Bless*, c'est une « aubaine, une chance » en anglais. C'est aussi la contraction des mots « *black* » et « *dress* ». Tu as déjà entendu parler du concept de la « *little black dress* », la petite robe noire.

– Effectivement, je réponds sèchement.

Elle me jette à la figure la tige de fraise qu'elle vient de manger.

– Mon idée, en fait, c'est de proposer des vêtements de haute couture en location. Un client peut souscrire un abonnement mensuel et ensuite sélectionner un certain nombre de pièces pour sa garde-robe. Nous les lui envoyons. À la fin du mois, il les rend. Et voilà.

– Alors, c'est un service d'abonnement.

Je rassemble les fraises découpées pour les mettre dans un bol.

– Oui.

– Il n'y a pas encore d'entreprises sur ce marché ?

Si je peux un tant soit peu lui venir en aide pour son projet, mieux vaut poser toutes les questions qui me viennent à l'esprit, un peu comme le ferait un investisseur. J'espère que ses réponses me prouveront qu'elle est à la hauteur de la tâche.

– Si, mais, continue-t-elle rapidement, aucune d'entre elles ne s'est spécialisée dans la haute couture et les pièces de créateurs.

– Une raison particulière pour ça ?

– Parce que ces vêtements sont monstrueusement chers, ce qui veut dire qu'il faut une grosse mise de départ pour créer un stock et l'assurer, admet-elle. La plupart de ces entreprises proposent un abonnement basé sur le nombre d'articles pour une période définie.

Je vais chercher une bouteille de crème liquide dans le frigo en lui demandant :

– En quoi Bless serait-elle différente ?

– Bon Dieu, tu es vraiment un avocat, me taquine-t-elle avant de reprendre immédiatement son sérieux. Moi, je veux créer des abonnements par tranches de prix. Les vêtements de créateurs sont déjà classifiés par des politiques tarifaires différentes. Il y a une différence entre l'achat d'une pièce chez Michael Kors ou chez Versace. Il y aura la même différence dans mes tarifs à la location.

– On dirait que ton projet est déjà bien avancé.

Il y a encore un million de questions à poser, mais seuls le temps et l'obstination lui permettront d'aller du concept à l'entreprise. Je verse de la crème sur les fraises.

Belle jette un coup d'œil dans le bol et son regard s'illumine. Mais elle ne vole pas un seul fruit. En fait, elle se lève et va ouvrir un placard. Ma chemise se lève en même temps que ses bras lorsqu'elle essaie d'attraper une boîte, révélant la courbe de sa fesse.

– Un café ?

Je me place derrière elle et l'attrape par la taille, pressant ma queue quasi érigée contre son cul.

– Je crois que si tu veux t'habiller comme ça, on devrait éviter tout ce qui pourrait te brûler. Je ne peux pas te promettre que je ne recrachai pas tout ce que j'ai dans la bouche si je revois ta chatte en liberté.

– Tu m'as promis de me nourrir, me rappelle-t-elle alors qu'elle se tourne pour enfouir son visage contre ma poitrine.

Ma main se lève instinctivement pour lui caresser les cheveux et l'attirer contre moi. Sa place est là, dans mes bras. Les courbes de son corps épousent le mien à la perfection, comme si elle avait été créée spécifiquement pour moi. Mais c'est impossible. Je n'ai mérité aucune faveur et il n'y a certainement aucune récompense au bout du chemin. Peut-être que je suis sa punition, mais je ne vois pas quel crime elle aurait pu commettre pour mériter un tel châtiment.

Ou peut-être représente-t-elle mon salut. Je pose mes lèvres sur son front et lui murmure :

– Qu'est-ce que tu me fais, Belle Stuart ? Tu es en train de me changer, de me réinitialiser.

Belle lève le visage et me révèle un regard plein de questions qui, en même temps, m'offre plein de réponses. D'une voix douce, je reprends :

– Je dois te nourrir.

– Je n'ai plus faim… enfin pas de nourriture.

Mais malgré l'invitation, je ne peux ignorer mon devoir. Quand je l'ai prise, je l'ai choisie et je l'ai placée sous ma responsabilité. Je dois la protéger et m'occuper d'elle.

Mais pour la première fois, je comprends véritablement le sens de cette mission. Glissant mes bras le long de son corps, je pose mes mains sur son cul, la soulève, elle m'encercle de ses jambes, mais même la chaleur brûlante de son intimité contre moi ne peut me faire dévier. Je la porte de l'autre côté de la cuisine et la dépose sur l'îlot central.

Elle ferme les yeux et, pleine d'espoir, elle ouvre la bouche, mais ce n'est pas mes lèvres qu'elle sent sur les siennes, c'est un bout de fraise. Elle gémit en le suçant entre mes doigts avant de l'avaler.

– Tu me rends jaloux, ma belle.

J'ignore la sensation dans mes couilles lorsque sa langue s'attarde sur ses lèvres pour récupérer toute trace de crème. Ses dents finissent le travail avant qu'elle n'ouvre à nouveau la bouche, encore plus grand.

Cette fois-ci, lorsque j'approche le morceau de fraise, je le retiens, attendant que la crème tombe dans son cou et sur ses épaules. Une goutte atterrit sur la cravate. Je continue à la nourrir en lui faisant une suggestion :

– Mieux vaut la retirer.

De ma main libre, je dénoue le morceau de soie autour de son cou.

Belle jette un coup d'œil à la tache sur ma cravate à trois cents livres.

– J'espère qu'elle n'est pas fichue.

– On s'en fout, dis-je en grognant.

Je lui retire la cravate. Puis je prends une pleine poignée de fraises et l'étale sur ses lèvres, savourant la lente descente du jus crémeux sur son menton. J'entrevois une image d'elle avec autre chose gouttant de sa bouche, et ça lui irait très bien. Belle attrape mes doigts et les mets dans sa bouche pour les sucer et aspirer les restes du petit déjeuner.

– Tu n'as pas faim ? demande-t-elle.

– Une question si pure, tout droit sortie d'une si belle bouche de pécheresse.

En fait, je suis affamé. Ça ne sert à rien d'essayer de sauver la chemise qu'elle a choisie, alors, plutôt que de perdre mon temps à essayer de la déboutonner, j'attrape les deux pans que je tire d'un coup sec. Les boutons volent partout et la chemise glisse de ses épaules, révélant ses seins fermes.

– Ta femme de ménage va se demander ce que tu… Oh !

Belle perd le fil de ses pensées lorsque ma langue se pose sur sa peau et lèche le jus dans son cou en remontant vers sa bouche. Elle accueille mes lèvres d'un baiser vorace, enfouissant ses doigts dans mes cheveux pour m'attirer plus près d'elle.

Lorsque je recule d'un pas, nous sommes tous les deux à bout de souffle.

– Je n'ai pas encore fini de manger.

J'attrape le bol et j'étale le reste de fruits sur sa poitrine. Sans hésiter, je me penche pour les lécher sur elle. Je la prends dans mes bras alors que ma langue récupère la crème sur ses tétons durcis. Rien n'a jamais eu meilleur goût. Il y a du jus dans son nombril et je le fais couler jusqu'à son pubis. Glissant deux doigts dans son intimité déjà trempée, je l'incite à écarter les jambes, laissant couler le jus sur son sexe, recouvrant son délectable petit bouton rose au passage.

J'ai envie de tout lécher pour le nettoyer. Je veux mordiller son clitoris jusqu'à la faire crier, en proie à un orgasme que moi seul peux lui donner. Mais j'ai besoin qu'elle me supplie. Je tire mon self-control de la promesse que la patience la rendra flexible et haletante. Si je dois ajuster ma vie autour de cette nouvelle compulsion pour elle, alors je vais devoir lui rappeler que son existence ne tourne désormais plus qu'autour de ma personne.

Continuant à la caresser à petites touches, je fais des cercles autour de son bouton, du bout de ma langue. La tête de Belle tombe en arrière, et je resserre mon étreinte alors que des cris tourmentés s'échappent de ses lèvres. Ce son me fait légèrement sourire.

– C'est ça, ma belle, dis-je en grognant contre son sexe enflé.

Elle se tortille contre les mouvements de ma bouche, mais je m'éloigne. Juste assez pour l'empêcher de bloquer sur une seule source de toucher. Dessinant le contour de sa vulve de ma langue, je la pénètre très légèrement, appréciant les légères contractions qui font trembler l'entrée de ses chairs intimes. Elle y est presque, mais je suis loin d'en avoir terminé avec elle.

Abandonnant sa chatte, je reviens à ses seins et je ferme la bouche sur l'un de ses mamelons, aspirant la chair si fine dans ma bouche. En un éclair, Belle remonte ses genoux et pose ses pieds à plat au bord du plan de travail, cherchant à soulager la tension entre ses jambes.

– Reviens par là.

Elle peine à articuler ces mots entre ses soupirs et sa respiration hachée.

Je ne peux pas tolérer ça. Je tapote doucement son menton pour l'avertir et elle ouvre ses yeux jusque-là fermement clos.

– Je n'accepte pas les ordres.

– Désolée, soupire-t-elle. S'il te plaît, Maître, reviens par là.

– Pas même si tu me le demandes gentiment, dis-je en tirant sur ses hanches pour que ses genoux se plaquent contre sa poitrine et que j'écrase mon corps contre le sien.

Recommence et je te ferai mettre à genoux pour que tu me suces, puis tu passeras toute la journée avec ta chatte à l'air et en manque. Tu sais ce qui se passera si on en arrive là ? Pas de chaise. Impossible de s'asseoir. Aucune friction. Tu ne feras qu'une seule chose : attendre que je vienne te redonner du plaisir. Alors, qu'est-ce que tu veux me demander, ma belle ?

– S'il te plaît, Maître, est-ce ce que je peux jouir ?

Elle pousse un cri lorsque j'appuie mes hanches contre son sexe torturé. Ses gémissements la font trembler lorsque je maintiens son corps frémissant en position.

Sachant qu'un compliment la soulagera un peu, je lui réponds :

– C'est bien, tu l'as demandé comme il faut.

Son regard affolé croise le mien, et une autre supplique franchit la barrière de ses lèvres :

– S'il te plaît, embrasse-moi. Oh bon Dieu, embrasse-moi, Smith.

Ma bouche entre en collision avec la sienne. Elle ne l'a pas demandé. Elle ne m'a pas suppliée. Et pourtant le désespoir que j'ai senti dans ses mots m'a fait quelque chose, comme si je n'étais pas sur la bonne longueur d'onde. En fait, je me suis senti vibrer, une sensation que j'avais oubliée. Ses talons s'enfoncent dans mes côtes, puis descendent pour faire tomber mon boxer, libérant ma queue. En un geste fluide, je lève ses fesses et la pénètre.

Un cri étranglé – mi-plaisir, mi-agonie – la déchire. J'étouffe son anxiété d'un autre baiser. Sa main glisse de mon crâne pour s'agripper à ma nuque. Je me redresse, refusant de mettre un terme à notre baiser. Ses jambes serrent ma taille. Une main toujours posée sur le bas de son dos, je la stabilise alors qu'elle lève ses fesses plus haut avant de les baisser.

J'ai envie de lui susurrer des mots salaces à l'oreille et observer son corps réagir, tout autant que je veux poser mes lèvres sur les siennes. Ma langue se force un passage plus loin encore dans sa bouche. Chaque fibre de mon être crève d'envie de la pénétrer. Ma bite. Ma bouche. Ce n'est pas suffisant. J'ai besoin de plus que son corps. Je veux son âme.

Sentant ses muscles se bander, je la pénètre plus profondément encore, enchaînant les mouvements de va-et-vient puissants jusqu'à l'anéantir. Elle s'écroule dans mes bras, s'effondrant dans un fracas de sanglots et de cris qui me poussent à jouir à mon tour. J'explose d'un coup, et mon essence se déverse en elle jusqu'à ce qu'il ne reste plus de nous qu'un amas de membres en sueur. Je la maintiens en place, car je n'ai pas envie de démêler mon corps du sien.

Parce que je ne sais plus où mon corps s'achève et où débute le sien.

CHAPITRE VINGT

Je n'avais jamais compris l'intérêt d'avoir deux lavabos dans ma salle de bains avant ce matin, mais lorsque Belle se met à fouiller dans le tiroir à la recherche d'une brosse à dents, je comprends que cet espace est conçu pour nous deux. Les carreaux de faïence blanche sur les murs reflètent la lumière des fenêtres, rendant la pièce aussi légère et aérienne qu'est mon âme en sa présence.

J'attrape le savon et le blaireau dans mon attirail et je recouvre mon visage de mousse avant d'ouvrir mon rasoir à lame. Cette méthode requiert une précision que j'apprécie tout particulièrement. Un faux mouvement, et c'est la grosse entaille sanglante garantie. Belle s'arrête en plein mouvement et m'observe avec attention.

– Ça a l'air dangereux, commente-t-elle en me voyant rincer la lame avant de continuer.

– Je préfère être rasé de près.

Je ferme le coupe-choux et le lui tends. Elle le prend avec précaution et me sourit timidement.

– J'aime bien quand il y a une légère repousse.

– Et pourquoi ça ?

Je m'approche d'elle au point que nos corps s'effleurent.

– Comment tu as appelé ça tout à l'heure ? Une friction ?

Ses mots sont teintés d'humour. Le souvenir de notre incartade dans la cuisine l'incite à la légèreté. Si je pouvais faire tout ce que je veux, elle aurait la même sensation en regardant chacune des pièces de cette maison.

– Ça pousse vite, ma belle, je lui promets. Je te montrerai même à quel point demain matin. Mais pour l'instant, tu vas finir ça à ma place.

– Moi ?

Elle essaie de me rendre le rasoir et reprend :

– Je ne sais absolument pas me servir de ce truc. Et si je me plantais et que je t'égorgeais ?

– Alors, je mourrais en homme heureux.

J'attrape son bras et la guide vers les toilettes. Je m'assieds sur la cuvette fermée et lève mon visage pour lui montrer la zone encore couverte de mousse.

Je découvre la lame et lui mets le rasoir dans les mains en positionnant ses doigts correctement. Je vois qu'elle tremble.

– Voilà, comme ça. N'aie pas peur. Moi, je suis confiant.

– Ce n'est pas toi qui as dans les mains une arme tout droit sortie du XVIIIe siècle, répond-elle en soupirant tandis qu'elle approche la lame de mon visage.

Je tourne son poignet pour corriger l'angle d'attaque, puis je guide son mouvement, appréciant la sensation de la lame affûtée sur ma peau.

– À ton tour, toute seule.

Elle déplace le rasoir, hésite et, finalement, le presse contre mon visage en répétant le mouvement que je viens de lui montrer.

– Et je suis encore en vie, j'ajoute en la taquinant gentiment.

– Fais gaffe, Price, m'avertit-elle. C'est toujours moi qui ai le truc coupant dans les mains.

Je lève le menton pour exposer la peau encore plus délicate de mon cou. Une mauvaise inclinaison de la lame ou un moment de panique, et ce sera la fin de sa carrière de barbier.

– Laisse le rasoir guider ta main.

Elle se lance avec beaucoup plus d'aplomb ce coup-ci, tirant rapidement la lame vers le bas en terminant le mouvement. Quand je m'apprête à me lever, elle presse sa main sur mon épaule.

– Attends, j'ai loupé une petite zone, là.

Je tourne mon visage pour lui faciliter la tâche. La lame glisse sur le contour de ma mâchoire sans heurt jusqu'à ce qu'elle rencontre un obstacle, m'envoyant une vive douleur lorsqu'elle transperce ma chair. Surprise, Belle bondit en arrière alors qu'un flot d'excuses sort de sa bouche.

– Je suis tellement désolée. Oh! mon Dieu, tu saignes.

– Ce n'est rien. Je me suis déjà coupé en me rasant.

D'ailleurs je ne sens déjà plus rien.

– Mais je ne t'ai pas égorgé, murmure-t-elle.

Elle se penche vers moi et dépose un léger baiser sur la blessure. Hypnotisé, je l'observe lécher la petite trace de sang que j'ai déposée sur ses lèvres.

Je lui prends le rasoir plat des mains, le referme et le laisse tomber dans le lavabo. Je tends la main vers elle, mais elle fait un petit saut pour s'éloigner, rompant le charme.

– Non, non, s'exclame-t-elle en agitant son index sous mon nez. J'ai un déjeuner de prévu avec ton meilleur ami.

– Ah?

– Edward, alors il faut que j'aille prendre une douche.

Il y a comme un mélange de décision arrêtée et de défi dans le ton de sa voix.

– Il compte pour toi.

Je le présume, et cela veut dire que je dois mieux maîtriser mes sentiments sur le fait qu'elle fréquente d'autres hommes.

– On devrait dîner avec lui.

– Tu vas essayer de le frapper ? demande-t-elle, pince-sans-rire.

Je hausse les épaules d'un geste évasif en souriant de toutes mes dents.

– Seulement s'il le mérite.

– On devrait inviter son fiancé pour que tu te sentes moins menacé, me taquine Belle, le regard brillant, tant elle est amusée. Mais avant ce beau programme, je dois prendre une douche.

Je me lève d'un bond et je fonds sur elle, l'acculant contre un mur avant de déposer toute une série de baisers en bas de sa joue.

– On va la prendre tous les deux, cette douche. Je te savonne.

– Quand on prend une douche, le but, c'est d'en sortir plus propre.

Mais comme elle glousse, je sais que l'affaire est dans le sac. Je m'écarte d'un pas en levant les mains dans un geste de reddition.

– Va sous la douche. Je vais mettre de la musique.

– De la musique, hein ?

Elle détale pour aller actionner le robinet d'eau chaude.

– La musique adoucit mes mœurs de sauvage. C'est ta meilleure arme pour me contrôler si tu es nue et mouillée à moins de quinze kilomètres de moi.

Je déverrouille mon téléphone et me connecte sur le système hi-fi de la maison avant de choisir une playlist. Quelques secondes plus tard, un rythme de blues retentit et Mick Jagger se met à chanter.

– Les Stones ? Je t'aurais plus mis dans la catégorie des amateurs de classique.

– Ma belle, les Stones, c'est du classique. J'ai grandi en les écoutant.

– Bon Dieu, l'espace d'un instant, j'ai cru que tu allais m'avouer que tu es leur avocat.

– Non, ce n'est pas le cas, je lui réponds avec un clin d'œil. Mais je connais leurs avocats.

– Comme de bien entendu.

Elle effleure mon épaule de ses lèvres. C'est un baiser relativement chaste, mais ma bite ne voit pas la différence.

Je lui claque une fesse pour la précipiter sous l'eau de la douche.

– Fonce avant que je ne change d'avis.

Retournant vers le lavabo, je m'asperge le visage d'eau froide pour rincer les restes de savon à barbe. J'ai la ferme intention de me contrôler, mais le reflet de la silhouette de Belle dans le miroir me donne d'autres idées. Elle se contorsionne sous le jet d'eau, renversant sa tête en arrière pour se laver les cheveux. Lorsque je fais glisser la porte de la douche et que je la rejoins, la buée commence à envahir la pièce.

– Je croyais que c'était mon tour de douche, m'interpelle-t-elle en clignant des yeux pour en chasser l'eau.

– C'est une douche deux places. Tu n'es pas la seule à vouloir te laver.

Je lui souris d'un air suffisant en manipulant le robinet du mur d'en face. M'étirant sous le jet d'eau chaude, je pose ma main sur ma bite et me mets à la caresser. Mon regard se voile de désir lorsque je la regarde savonner sa poitrine.

– Tu passes un bon moment ? demande-t-elle en savonnant son ventre plat.

Ses doigts disparaissent entre ses jambes, elle nettoie ses parties intimes avec un peu trop de soin.

– Et toi ? je lui réponds, la main sur les couilles, en continuant de me caresser.

Elle hausse les épaules et fait demi-tour pour étaler du savon sur son cul. J'apprécie définitivement le spectacle, mais il me semble qu'une participation du public serait de bon aloi. Je passe mon bras autour de sa taille et l'attire contre moi, guidant mon membre contre sa vulve glissante. Je le rentre à peine dans ses chairs, sans aller plus loin.

– N'est-ce pas encore meilleur de se salir alors que c'est si facile de se nettoyer ? lui dis-je d'une voix rauque en la pénétrant plus profondément.

Elle se repose contre moi, permettant à mon bras gauche de se glisser entre ses seins. Mon membre est fermement ancré en elle et je la soulève complètement en la faisant crier.

– C'est effectivement un peu glissant, je lui murmure à l'oreille.

Elle comprend immédiatement mon insinuation et se positionne les pieds à plat en se penchant en avant, les paumes des mains contre la paroi carrelée de la douche.

– Je ne sais pas quelle vue je préfère, lui dis-je d'une voix rauque. Ta sublime chatte qui s'étire sur ma bite ou ton visage quand tu jouis.

Je me glisse en elle, savourant la sensation veloutée de ses chairs qui compriment les miennes. C'est bon, mais il m'en faut plus. Je me retire et la fais pivoter pour la plaquer contre le mur. En un mouvement rapide, je la hisse contre le mur et je reviens en elle. Ses bras sont écartés sur le mur quand je poursuis mon assaut implacable. En arrière-fond, une nouvelle chanson commence, et j'y accorde mon tempo tandis que l'eau cascade sur nous.

– Dis-moi ce que tu veux, lui dis-je en la pénétrant sans ménagement.

Brusquement, ses mains s'agrippent à mon visage.

– Toi. C'est toi que je veux.

– Putain, ma belle. Je suis tout à toi.

Nous nous jetons l'un sur l'autre, nos corps glissent à l'unisson à un rythme effréné alors que nous cherchons à atteindre notre déferlante de plaisir au même moment. Lorsque son étreinte se resserre encore, je capture sa bouche, aspirant en moi les cris de son orgasme. Je sens son plaisir couler dans mes veines alors que je me livre au mien, me déversant dans ses chairs contractées.

Je l'aide à se reposer sur ses pieds en douceur, la maintenant pour l'empêcher de glisser. Elle cligne des yeux en me regardant, toujours perdue dans le brouillard de son extase. Je trouve le savon et passe la main entre ses jambes en le frottant contre les replis de son anatomie, lavant ma semence qui s'en écoule. Elle s'agrippe à moi lorsque je la rince ensuite. Je ne la lâche toujours pas et nous sortons de la douche. Je l'enveloppe dans une épaisse serviette et la frotte vigoureusement, jusqu'à ce que sa peau rosisse.

Je prends sa main pour l'accompagner dans la chambre, mais elle secoue la tête.

– Je pense que je peux marcher.

– Je ne serai satisfait que lorsque ça te sera impossible.

Après mon avertissement, elle disparaît derrière la porte dans un ondulement des hanches volontairement impertinent.

– Tu es sûre que tu dois retrouver Edward ? Si tu restes ici, je peux t'assurer que tu gagneras au change.

L'idée de me retrouver sans elle, même pour très peu de temps, me donne envie de la prendre sur les lavabos, histoire de la baiser jusqu'à ce qu'elle me supplie de pouvoir rester. J'ai supporté notre séparation cette semaine, sentant qu'elle avait besoin d'espace. Maintenant que ce n'est plus nécessaire, il m'est difficile de lui en laisser.

Je m'arrête près de la porte et la regarde défroisser la robe qu'elle portait hier et l'observer.

– Je n'avais pas prévu de remettre la même chose deux jours d'affilée et de me taper la parade de la honte, admet-elle en souriant. Et, en plus, je n'ai pas de culotte.

– Je préférerais que tu mettes des sous-vêtements lorsque tu déjeunes avec un autre homme, même s'il est gay.

Je rentre dans mon dressing et allume la lumière.

– Viens par là, ma belle.

– Je ne pense pas rentrer dans tes boxers, dit-elle ironiquement, mais toute velléité sarcastique disparaît lorsqu'elle repère la robe dans mes mains.

– J'ai fait livrer quelques vêtements pour toi, lui dis-je en m'écartant pour lui laisser apercevoir une rangée de cintres garnis par les soins de sa styliste chez Harrods. Les chaussures sont là.

La place de ses pieds est dans des Louboutin, et je me suis assuré qu'elle ne souffrirait pas de rupture de stock. Une douzaine de paires dans des styles différents, allant du talon vertigineux au modèle le plus modeste, ornent l'étagère. Elle saute dessus et en caresse le cuir du bout des doigts.

– Je ne t'ai pardonné qu'hier après-midi, m'attaque-t-elle. Quand les as-tu commandées ?

– Mardi dernier.

– Tu es abominablement trop sûr de toi.

Elle plisse les yeux et je sens qu'elle lutte entre deux courants, partagée entre l'irritation et l'extase.

– J'espérais que tu reviennes.

Je m'approche d'elle pour lui caresser la joue du dos de la main.

– Et même si tu ne l'avais pas fait de ton plein gré, je t'y aurai forcée.

– Est-ce qu'on t'a déjà dit que tu avais le comportement d'un homme des cavernes ? rétorque-t-elle, les lèvres frémissant d'un sourire qu'elle réprime.

– Je m'estimerais heureux si je n'avais qu'à baiser et me nourrir, j'admets en inclinant son visage pour lui mordre l'épaule.

– Je pense qu'il y a aussi la chasse et la recherche d'un abri dans les missions requises, dit-elle avant de me repousser et d'attraper une paire de talons.

– J'ai déjà la plus grosse caverne et le meilleur outil, j'ajoute en attrapant ma bite.

– Plus tard, tu pourras me montrer comment tu t'en sers, mais là, il faut que je m'habille !

Elle attrape le premier cintre venu et s'échappe en un éclair.

Après avoir saisi un pantalon décontracté et une chemise sur-mesure, je la suis et la retrouve en train d'enfiler une chaussure d'un mouvement gracieux. Elle est la définition même de la sensualité féminine. Elle se redresse et me lance un regard noir.

– Je vais me sécher les cheveux.

Je l'attrape alors qu'elle essaie de passer devant moi et l'embrasse.

– Reviens dans mon lit ce soir.

– « *Wild Horses* », murmure-t-elle.

Je la relâche en souriant de la voir utiliser une pareille référence. Moi aussi, je suis incapable de me séparer d'elle.

Mon portable se met à vibrer sur la table de chevet, et je me rends compte que ce n'est pas tout à fait vrai.

– Price.

À peine ai-je répondu que ma bonne humeur s'envole immédiatement comme si des nuages s'amoncelaient devant le soleil. J'écoute avec attention en réfléchissant aux différentes options qui s'ouvrent à moi.

Le temps que Belle repasse dans la chambre, je suis complètement habillé.

– Je dois aller au bureau. Je vais te déposer.

– Tout va bien ? demande-t-elle en attrapant son sac à main.

Tout va mal, plutôt.

Je l'embrasse sur le front avant de répondre.

– Oui, tout est parfait.

CHAPITRE VINGT ET UN

Smith insiste pour me conduire à mon déjeuner avec Edward. Il sillonne les rues de Londres en écoutant les Rolling Stones à fond. Lorsque nous arrivons au restaurant, il gare la Bugatti et se penche pour m'embrasser.

– Sois sage, me recommande-t-il.

– Je croyais que tu préférais quand j'étais vilaine.

Je le laisse méditer sur la question lorsque le voiturier m'ouvre la porte. Polissonne, je roule du cul en m'éloignant, sachant pertinemment qu'il me regarde attentivement. Au lit, c'est lui qui a le pouvoir. Dès qu'on sort des limites métaphoriques de la chambre à coucher, c'est différent. C'est un fait, que je suis prête à lui prouver en toute occasion. Le groom en uniforme a véritablement l'air déçu de ne pas pouvoir conduire la voiture de sport.

Sachant que Smith n'a toujours pas consenti à me laisser l'essayer, je comprends sa douleur.

La salle du restaurant est surpeuplée de sa typique clientèle d'après-midi, des personnes qui passent pour un déjeuner tardif ou préfèrent profiter d'un thé de bonne heure, mais je repère immédiatement le visage amical d'Edward à l'autre bout de la pièce.

Lorsque je m'approche, il pose son menu et se lève pour m'accueillir. Il m'attrape les deux mains, m'étudie un instant et me dit sur un ton accusateur :

– Tu rayonnes. Dis-moi que tu essaies un nouveau régime détox.

Je lui tape l'épaule en m'asseyant avant de lui répondre :

– Non. J'ai passé la nuit avec Smith.

Je tends la main vers mon verre d'eau en haussant les épaules, comme s'il n'y avait pas de quoi casser trois pattes à un palmipède. Edward tapote le bout de son nez avec son verre et secoue la tête comme une institutrice : la déception incarnée.

– Ce n'est pas ma faute si j'ai des besoins à satisfaire.

– Des besoins que tu as ignorés pendant des mois, me rappelle Edward en reprenant son menu pour l'examiner. Puis, il a fallu que tu choisisses la plus petite bite à disposition pour te l'enfiler.

– Je crois que ce qualificatif est plus approprié quand on parle de Philip. (En fait, c'est même la vérité.) Surtout après le coup qu'il m'a fait hier.

Edward ouvre la bouche pour me supplier de lui déballer tous les détails croustillants qu'il sent venir lorsque la serveuse surgit. Je prends mon temps pour passer ma commande, ayant récemment découvert l'impact de la nécessité d'avoir à attendre pour obtenir satisfaction. Le temps qu'elle quitte notre table avec son carnet griffonné, il en est à matraquer la table de ses dix doigts.

– Balance. Immédiatement.

– Il n'y a pas grand-chose à dire.

Je presse mon index contre les pics de ma fourchette jusqu'à en sentir une petite douleur au bout.

– Pas de petit jeu avec moi, femme, m'avertit-il. Je peux solliciter des gens qui trouveront la vérité.

Je renifle pas très élégamment en essayant d'imaginer le gentil prince Edward se lancer dans une aussi sombre manipulation. Ce n'est pas son genre. Son frère, en revanche, aurait déjà assigné quelqu'un pour me suivre.

– Mais si tu fais ça, tu n'auras pas tous les détails intéressants et tu ne sauras pas ce que j'ai ressenti ni ce qui m'est passé par la tête.

– Quoi ? Pourquoi se passait-il des choses dans ta tête ?

Il repousse ses lunettes un peu plus haut sur son nez avec l'air de quelqu'un sur le point d'exploser d'une seconde à l'autre.

C'est vraiment drôle comme situation, enfin plus ou moins, mais j'essaie de faire le tri dans les émotions qui m'ont assaillie ces vingt-quatre dernières heures, et je suppose qu'il va falloir que je déballe tout, surtout si je veux avoir son opinion. Ou du moins une oreille compatissante.

– Philip s'est pointé au bureau de Smith hier.

Edward pousse un grognement et s'adosse à sa chaise, balayant du regard les clients du restaurant comme s'il s'attendait à ce que tout le monde fasse comme lui.

– J'imagine que tout s'est bien passé.

– Smith ne l'a pas vu. Non pas que ça ait la moindre importance.

– Tiens donc ?

Le ton de sa voix monte d'une octave.

– Voyons voir. La version abrégée, c'est qu'il a commis une erreur et qu'il aimerait revenir en arrière, mais Pepper lui a menti.

– Shocking ! s'exclame Edward ironiquement. Je te jure, ils vont bien ensemble ces deux-là.

– Je ne pourrais pas dire autrement. Puis il m'a embrassée et je n'ai rien ressenti pour lui.

– Il t'a embrassée ? répète Edward.

– Visiblement, je suis devenue très désirable d'un seul coup.

J'ai envie de lui en dire plus. À propos du baiser. À propos de la menace de Georgia et de la réaction de Smith. Mais quelque chose me retient.

– Tu as toujours été désirable.

Sa réaction me rappelle celle de Smith.

– Smith fait la même chose, dis-je sans réfléchir. Il me fait la morale quand je suis trop dure envers moi-même.

– Je dois l'admettre, je l'apprécie un peu plus quand j'entends ce genre de réflexion, rétorque Edward, un peu à contrecœur.

– Moi aussi. Je crois que je commence à perdre les pédales. Notre relation avance si rapidement que j'ai l'impression d'avoir besoin de m'agripper à quelque chose pour m'y tenir.

– On dirait bien que tu es en train de tomber amoureuse.

N'importe quoi ! J'en secoue la tête. C'est bien trop tôt pour parler d'amour, mais quand j'y pense, mon cœur se serre.

– Ce serait terrible : mon meilleur ami le déteste.

– Peut-être qu'il pourrait se mettre Clara dans la poche, me taquine Edward. Mais sérieux, si tu as des sentiments pour lui, c'est qu'il doit avoir un bon côté.

– Il aimerait t'inviter à dîner avec David, lui dis-je en attendant de voir comment il réagit.

– On dirait bien qu'il est en train de tomber amoureux lui aussi. Ou du moins, il veut prendre une part importante dans ta vie.

– Peut-être.

Je ne peux rien dire de plus pour le moment. Même si je subodore qu'Edward a raison. Je poursuis :

– Dans le passé, j'ai déjà fait l'erreur de croire qu'un homme voulait la même chose.

– Philip est un imbécile. Il ne t'a jamais méritée.

Je lève mon verre pour saluer cette déclaration en lui répondant :

– Ça, c'est la plus pure vérité.

Nos assiettes sont servies quelques instants plus tard, et la conversation dérive sur la préparation de mariage.

– Quand allez-vous arrêter une date ?

Ça fait des mois que je l'encourage à le faire, adoptant la philosophie consistant à croire que si l'on met assez de pression sur un bout de charbon, on peut en faire un diamant, donc si je mets suffisamment de pression sur Edward, il sera bien forcé de lancer la machine matrimoniale.

– Si seulement la loi était la même pour tous en Grande-Bretagne.

J'embroche un chou de Bruxelles sur ma fourchette avant de le secouer.

– Corrige-moi si je me trompe, mais ne serait-ce pas Alexander qui accorde les permissions pour ça ?

– Si, répond Edward en hésitant.

– Alors, je ne vois pas où est le problème. Il va accepter.

Je n'en doute pas un seul instant. Alexander et Clara semblent avoir autant hâte que moi de les voir se marier et nager dans le bonheur, tous les deux.

– C'est plus une question d'opinion publique.

Il lève la main pour m'empêcher de l'interrompre.

– Je sais, nous vivons à l'ère moderne et il y a très peu de réactions négatives. Si mon père avait eu à prendre cette décision, ça ne serait jamais passé.

– Mais ce n'est plus le cas, et tu le sais, alors pourquoi tant de tergiversations ?

J'abandonne mon assiette pour le regarder sévèrement.

– David est passé du statut de secret bien gardé à celui d'homme public si rapidement que je ne suis pas sûr qu'il sache où il met les pieds. Tu as vu ce qui est arrivé à Clara l'an dernier, me rappelle Edward. Je ne veux pas lui faire subir la même chose.

– Tu aurais dû penser à tout ça avant de lui demander de t'épouser, parce que ton homme est déjà en train de choisir des noms pour vos enfants.

J'ai vu le regard de David s'illuminer lorsqu'il a tenu Elizabeth dans ses bras à l'hôpital. Il est prêt à s'installer pour fonder sa propre famille. J'ajoute :

– Et en plus, Clara a été la victime d'un dingue et du mauvais sort.

– Alexander pense qu'il y a eu plus que ça, commente Edward en baissant la voix sur un ton conspirateur. Il a mené l'enquête sur ce qui s'est passé le jour du mariage.

Mon sang se glace dans mes veines.

– Je croyais qu'il avait laissé tomber le sujet.

– On parle d'Alexander. Clara représente tout pour lui. Voyons, Belle, il est impossible que Daniel ait agi seul et jusqu'à ce qu'on trouve des réponses à nos questions, nos vies sont en suspens.

– Est-ce que Clara est au courant ?

Mes pensées, engluées dans le brouillard pendant la majeure partie de la matinée, sont maintenant bien claires, je suis concentrée. Ma meilleure amie est chez elle avec son bébé qui vient à peine de naître, et les gens qui cherchent à lui faire du mal sont toujours en liberté dans la nature.

– N'est-il pas possible qu'Alexander soit juste complètement paranoïaque ?

– Pas ce coup-ci, répond Edward d'une voix sombre. Sans savoir qui est derrière tout ça, je ne peux pas risquer d'organiser un autre mariage princier.

– Enfuyez-vous et contractez une union secrète. Offre son mariage à David et restez discrets pour ne pas vous faire remarquer de la personne qui est derrière tout ça, quelle qu'elle soit.

– Je pense que David aimerait encore moins cette idée que d'avoir à attendre. Tu as vu son classeur pour le mariage.

Effectivement. En fait, je l'ai aidé à le remplir d'idées et de planches de tendances depuis qu'Edward a fait sa demande.

– Écoute le conseil d'une personne qui vous connaît tous les deux. David veut t'épouser. Il se moque de savoir comment et si ça implique de renoncer à un mariage de rêve, il n'hésitera pas une seconde.

Et, admettant quelque chose que je n'ai pas eu le courage de m'avouer jusque-là, j'ajoute :

– Je voulais ce rêve. La robe. La fête. Le voyage de noces dans une destination exotique. J'étais tellement aveuglée par le mariage parfait, et ce que je pensais être la vie idéale, que je ne m'étais pas rendu compte que j'avais choisi le mauvais homme pour m'accompagner dans mon délire.

– En parlant d'erreur de casting, murmure Edward en regardant derrière moi.

Je suis son regard et repère Philip et Pepper s'installant quelques tables plus loin.

C'est comme si je me regardais dans un miroir déformant. L'an dernier, c'est moi qui aurais pu être assise aux côtés de Philip. Maintenant, la blonde toute en jambes à sa droite ressemble à une version hypersexualisée de ma personne. Pepper porte une blouse ivoire et une jupe en tulle noir bien trop courte pour être de bon goût. Alors que j'ai coupé mes cheveux, elle garde les siens longs, et coiffés en mèches ondulées, comme Philip les aime, je le sais. Philip hoche la tête, l'air absent lorsqu'elle lui parle, ses mains gesticulant follement dans tous les sens. Le diamant à son annulaire gauche absorbe la lumière et renvoie des éclairs aveuglants partout autour d'elle. Je dois admettre que je savoure la sensation de savoir qu'il cherche à se débarrasser d'elle.

– Tu reconnais cette panoplie ? demande Edward, l'air aussi blasé que moi.

– Tu confonds l'habit et l'homme, je réponds avec ironie.

Même si, en toute honnêteté, je dois admettre que je n'ai jamais eu l'idée de posséder l'un ou l'autre.

– J'imagine que les fiançailles sont officielles.

Edward prend garde à parler d'un ton égal, refusant de retourner le couteau dans la plaie.

– Il me l'a avoué hier. Je lui ai dit qu'il avait ce qu'il méritait.

Je pivote sur ma chaise en posant une main sur mon ventre. J'ai la nausée.

Les sourcils d'Edward montent d'un cran en plissant son front lisse.

– Ça va ?

– Ouais. J'ai juste une impression d'inachevé.

Je sais que c'est la vérité. J'ai passé la moitié de l'année dernière à garder la porte ouverte pour que Philip puisse revenir. Hier, je l'ai fermée, mais maintenant, j'ai besoin de la verrouiller pour toujours.

Edward change de sujet de conversation pour aborder des thèmes plus légers, mais même si j'essaie de me détendre, je les sens, tous les deux derrière moi. Lorsque j'aperçois du coin de l'œil Pepper qui va aux toilettes, je me lève à mon tour.

– Excuse-moi un instant, s'il te plaît.

Je ne prends pas le temps de le laisser me contredire. Il a dû la voir bouger puisqu'il est assis face à leur table, mais s'il voulait m'empêcher d'agir, tant pis. Je ne lui en laisse pas l'opportunité.

Je marque un temps d'arrêt devant la porte et je fais une petite prière en silence pour qu'il n'y ait personne à l'intérieur avant d'ouvrir. En me dirigeant vers les lavabos, j'extrais mon rouge à lèvres de mon sac à main, puis je retouche mon maquillage en regardant dans les miroirs pour localiser ses talons derrière l'une des petites portes. Je prends une grande inspiration et j'attends. Mon ventre se contracte lorsque je l'entends tirer la chasse.

J'ignore la petite voix dans ma tête qui me lance des avertissements. Si je veux partir en courant, c'est maintenant, mais j'arrête de fuir. Enfin, dans ce cas précis.

Pepper émerge des toilettes en lissant sa jupe bouffante et je me raidis quand je m'aperçois qu'elle m'a repérée. Je lui fais un grand sourire dans le miroir avant de me tourner vers elle.

– Quelle surprise de te croiser ici !

Je laisse tomber mon rouge à lèvres dans mon sac et je l'assassine du regard.

Elle s'approche du lavabo le plus éloigné de moi et fait couler l'eau du robinet.

– Si tu as envie de me recasser le nez, je te préviens, Philip n'arrivera pas à m'empêcher de porter plainte cette fois-ci.

– Ce n'est pas mon intention, mais comme j'ai mon propre avocat maintenant, je suis sûre que ça deviendrait juridiquement très intéressant.

En fait, je n'ai pas du tout envie de lui refaire le nez, j'ai plus envie de lui briser les cervicales. Pas parce qu'elle a pulvérisé mes fiançailles mais à cause du bazar qu'elle a mis dans la vie de gens que j'aime. Elle a besoin qu'on lui fasse la leçon. Le problème, c'est que j'ai déjà essayé de le lui expliquer plus d'une fois, notamment le jour où je lui ai mis mon poing dans la figure. Elle est de ces connasses qui n'évoluent jamais.

– Ça pourrait s'arranger ; quand je te casserai le nez à mon tour, j'imagine.

Elle joue les grandes gueules, mais je vois que ses mains tremblent.

– Jolie bague.

Je ne peux pas m'empêcher de remarquer qu'elle est bien plus petite que celle que Philip m'avait donnée. Je suppose que lorsqu'on s'amuse une fois à parier et qu'on perd gros, la mise suivante est plus modeste.

– Le mariage est prévu pour cet hiver, m'informe-t-elle, la voix traînant du côté salope.

Un talent qu'elle a parfait lors de ses années de terreur.

– Je vois ça. Les gens à sang froid préfèrent les températures glaciales. Ça détonne moins.

Tout se passe exactement comme je l'avais imaginé, mais pas comme je l'avais espéré. J'ai saisi ma chance, maintenant il est temps de lui dire ce que j'ai sur le cœur.

– En fait, je t'ai suivie ici pour une raison bien particulière.

Elle se saisit d'une serviette en papier dans le panier et se sèche les mains.

– Bien sûr que tu m'as suivie. Je ne sais plus comment te le dire, mais maintenant, Philip est à moi. Arrête de nous suivre comme une petite chienne, s'il te plaît.

– Tout comme le roi Albert t'appartenait ? Ou Alexander ? C'est sûr, tu as possédé une longue série d'hommes. Au moins, avec celui-là, tu peux prétendre à un avenir.

Eh merde, je suis tombée directement dans son joli petit piège. Je me redresse et je me concentre sur les raisons de ma présence.

– Je voulais te remercier. Si je n'avais pas surpris Philip en flagrant délit avec toi, je serais probablement mariée à ce branleur à l'heure actuelle, et je pense que tu sais à quel point ce mec est chiant.

– Il ne t'aurait jamais épousée, dit-elle en faisant passer à la trappe mon insulte sur son fiancé. Tu n'aurais jamais pu te marier avec lui.

– Alors, je suppose que j'aurais dû te remercier d'une manière ou d'une autre, dis-je d'un ton serein. Le truc, c'est que, jusqu'à il y a peu, je ne savais pas à quel point Philip était petit. Maintenant que je fréquente un homme, un vrai, je sais que je n'étais pas du tout satisfaite avec lui.

– C'est peut-être ta faute. Je n'ai pas le même problème.

Elle repousse ses cheveux derrière son épaule dans un grand geste et essaie d'avancer vers la sortie.

Elle n'a peut-être pas encore compris qu'il ne fallait pas me provoquer, mais elle a visiblement peur de s'approcher de moi. Je compte ça comme une petite victoire.

– Il y a autre chose.

C'est là que je voulais en venir. Parée à larguer la grosse bombe à fragmentation.

– Puisque, techniquement, tu m'as rendu service en me débarrassant de Philip, ce gros poids mort dans ma vie, je pense que je devrais équilibrer les choses et te faire une faveur. Sais-tu où il était hier matin ?

Pepper serre les dents, mais réussit à hausser les épaules.

– Je n'ai pas à le marquer à la culotte. Il m'est complètement fidèle et dévoué.

– Ça va te surprendre, mais il est venu me voir au travail. Il m'a annoncé vos fiançailles et m'a parlé de tes mensonges sur ta prétendue grossesse.

– Je n'ai pas menti, répond-elle vivement en chassant des larmes soudaines. J'ai perdu le bébé.

Autant je hais cette femme, autant je suis triste pour elle. Peut-être qu'un enfant aurait pu la forcer à grandir et à voir que la vie ne se résume pas à ses besoins et à ses désirs.

– Je suis navrée pour ça. Mais tu devais savoir qu'il m'a demandé de revenir.

– Menteuse ! s'écrie-t-elle.

J'ai à peine le temps de me baisser que le panier de serviettes en papier me passe au ras du crâne.

– Puis il m'a embrassée.

Je suis contente qu'elle n'ait rien d'autre à se mettre sous la main pour me l'envoyer en pleine figure. Dès qu'elle comprend ce que je viens de lui dire, elle se redresse de toute sa hauteur et me jette un regard vénéneux.

– Tu peux mentir autant que tu veux, Belle. Mais je vais épouser Philip et tu ne pourras pas m'en empêcher.

– Vous avez ma bénédiction. Ça fait un bail que je pense que vous étiez faits l'un pour l'autre. J'espère seulement que vous ne détruirez pas toutes les personnes que vous croiserez sur votre chemin.

– Alors, je te recommande de rester loin de moi.

Elle part en courant et disparaît de l'autre côté de la porte, laissant la vérité suspendue entre nous.

Lorsque je rejoins Edward à notre table, il me regarde avec un intérêt prononcé.

– Quoi que tu lui aies dit, ça a marché, parce qu'ils viennent de partir précipitamment.

– J'ai dit ce que j'avais à dire.

J'en reste là. Edward connaît tous les détails. Il n'a pas besoin que je lui fasse un dessin.

– Eh bien, la moitié du restaurant a entendu ce que tu lui as dit, car elle lui a fait un résumé en hurlant. Un fort beau spectacle. J'ai presque applaudi.

Un sourire mutin s'est emparé de ses lèvres et, cette fois, il lève son verre pour saluer l'acte.

J'y fais tinter le mien, appréciant ce petit son de la victoire. Lorsque je le repose sur la table, je suis tout sourires.

– Tu veux un dessert ou tu as eu assez de douceurs pour la journée ? demande-t-il.

– Plus qu'assez. Mais prenons un dessert tout de même.

***

Edward m'embrasse sur la joue lorsque nous sortons du restaurant, puis se retourne immédiatement.

– Dieu merci, Smith n'est pas dans les parages.

– Je lui ai dit qu'il n'avait rien à craindre de toi, dis-je en posant la lanière de mon sac à main sur mon épaule.

Je sens la vibration de mon téléphone me signalant l'arrivée d'un texto. Je le sors alors qu'Edward part dans la direction opposée.

SMITH : J'AI PENSÉ À TOI TOUT L'APRÈS-MIDI, BROWN SUGAR[1].

Je souris en découvrant le sous-entendu lubrique de sa référence à notre petit déjeuner pas très catholique et à la douche musicale qui a suivi.

BELLE : ÉVITE L'EFFET START ME UP[2], SINON TU NE FERAS RIEN DE TON APRÈS-MIDI ET TU AS DU TRAVAIL

Mon téléphone à la main, je m'apprête à descendre dans le métro. Smith n'aime peut-être pas l'idée de me savoir utiliser les transports en commun, mais ce serait ridicule de héler un taxi pour rentrer chez moi. Avant que je rentre sous terre, un nouveau message arrive :

SMITH : AIE UN PEU DE SYMPATHY FOR THE DEVIL[3] ET VIENS JOUIR DE MA PRÉSENCE AU BUREAU.

---

1 Titre d'une chanson des Rolling Stones à double sens, traduisible dans ce contexte par : « Mon petit bonbon ». (NdT, ainsi que pour les notes suivantes)

2 Titre d'une chanson des Rolling Stones à double sens, traduisible dans ce contexte par : « Mettre en branle ».

3 Titre d'une chanson des Rolling Stones, traduisible dans ce contexte par : « Compassion pour le démon ».

Je secoue la tête. Cet homme est insatiable, un trait que j'apprécie tout particulièrement. Je tape une réponse à la va-vite et j'appuie sur « envoyer », juste avant de prendre les escaliers.

BELLE : JE TE PROMETS DE LA SATISFACTION[4], MAIS PLUS TARD.

Je valide mon titre de transport et me rends compte que je n'ai plus de réseau. Je range mon téléphone dans mon sac. Il y a quelque chose de rassurant dans le métro de Londres et je m'installe sur un siège pour observer les autres passagers. Il y a des mères qui essaient de maîtriser leurs enfants qui marchent à peine pour éviter qu'ils ne tombent lorsqu'il y a de grands à-coups. Des touristes qui essaient de déchiffrer leur plan avant de louper leur station. Des ados qui écoutent de la musique, faisant totalement abstraction du monde autour d'eux. Et un couple qui se tripote sans aucune honte dans un coin.

Impossible de m'imaginer faire une chose pareille avec Smith. Quand je pense à toutes les barrières qu'il m'a fait franchir, je ne pense pas qu'il ait de limites. Mais bon, voir ce couple en action me fait sourire.

Eh merde. Edward a raison. Je suis en train de tomber amoureuse de Smith. Ça, ou j'ai avalé une nuée entière de papillons. On dirait bien qu'en une nuit, je suis devenue l'une de ces filles qui se baladent comme si elles marchaient sur un nuage, avec un sourire débile accroché en permanence à leur visage, et je m'en fous complètement. Les lumières vacillent dans la rame, jetant comme une ombre sur mon bonheur.

Il y a bien des choses que j'ignore à propos de Smith. Nous n'avons pas parlé de nos passés respectifs, même si je devine qu'il sait pas mal de choses sur moi, vu l'attention

---

4 Titre d'une chanson des Rolling Stones.

avec laquelle il a examiné mon dossier. Je ne devrais pas être aussi facilement dévorée par lui. Pas tant qu'il n'aura pas commencé à s'ouvrir à moi, mais si j'en crois ce que je ressens pour lui, est-ce que ça a la moindre importance ?

Deux changements plus tard, je suis toujours en train de chercher une réponse à cette question lorsque j'entends le nom de mon arrêt dans les haut-parleurs. Je regarde mon téléphone, à peine sortie de la station.

SMITH : LET'S SPEND THE NIGHT TOGETHER.[5]

Apparemment, les Rolling Stones ont une chanson pour chaque occasion. Tous mes doutes s'envolent quand je pense à la sensation de ses mains sur mon corps. J'ai un million de questions à lui poser, mais je ne peux pas m'attendre à ce qu'il réponde à toutes d'un seul coup. Peut-être que son côté joueur, que je viens de découvrir, est la première étape qui va me permettre de me rapprocher de lui.

Du coup, je ne peux pas m'empêcher de jouer un peu avec lui.

BELLE : YOU CAN'T ALWAYS GET WHAT YOU WANT.[6]

Ça va l'énerver. En fait, je n'ai jamais rencontré d'homme qui obtienne aussi facilement ce qu'il veut, particulièrement de moi.

Un autre message arrive sur mon téléphone, mais il n'est pas de Smith. C'est une adresse. On dirait bien que quelqu'un s'est trompé de numéro. Je fais disparaître la notification alors qu'un autre texto arrive, mais celui-ci est bien de lui. Je peux quasiment entendre sa voix lorsque je le lis.

SMITH : GIMME SHELTER.[7]

---

5 Titre d'une chanson des Rolling Stones traduisible par : « Passons la nuit ensemble ».

6 Titre d'une chanson des Rolling Stones traduisible par : « On n'a pas toujours ce qu'on veut ».

7 Titre d'une chanson des Rolling Stones traduisible par « Abrite-moi ».

J'entends immédiatement la chanson dans toute sa puissance brute. J'ai le souffle coupé de voir qu'il a choisi celle-ci. C'est là le cœur du problème. Il y a toujours ce mur pour nous séparer et je ne désire rien de plus que le faire tomber, brique après brique. Je sais que dans la tempête, je l'abriterai des dangers. Je lui donnerai tout ce qu'il me demandera. Je veux simplement savoir de quoi un homme tel que lui a besoin de se protéger.

Je ne peux plus continuer ce jeu. Je ne trouve pas de réponse appropriée. Tout ce que je peux lui offrir, c'est moi. Je n'ai qu'à espérer que ce soit suffisant.

***

Ça fait du bien de rentrer à la maison. Mon appartement a été mon refuge ces derniers mois, il m'a protégée des menaces du monde extérieur. Jane m'a ouvert sa porte quand j'en ai eu le plus besoin, et même si maintenant j'arrive enfin à reconstruire ma vie, revenir ici me procure le réconfort dont j'ai besoin au milieu de tous ces changements.

Je laisse tomber mes clés à côté de la pile de courrier de la veille et j'appelle ma tante. La voix qui me répond me fait frémir.

– Nous sommes ici.

C'est celle de ma mère.

Enfilant mon armure imaginaire, j'applique un sourire forcé sur mon visage et j'entre dans le séjour. Certains enfants sont le portrait craché de leur mère, mais une fois encore je suis frappée de voir à quel point nous sommes différentes. Je ressemble bien plus à mon père, ce qui explique peut-être pourquoi elle pince les lèvres en me voyant arriver. Je suis un fâcheux rappel de la vie qu'elle a perdue.

Ses yeux sont noirs, tout comme ses cheveux couleur jais élégamment coiffés. Ils ont commencé à grisonner autour de ses tempes depuis la dernière fois que je l'ai vue, mais ça, je le garde pour moi. Comme d'habitude, elle est impeccablement habillée, vêtue d'une robe rose assortie à sa veste de tailleur, le tout rehaussé d'un rang de perles. Nous aimons toutes les deux les vêtements de prix. Là s'arrête notre ressemblance.

Ma mère me détaille des pieds à la tête sans prendre la peine de dissimuler son dégoût pour ma tenue qui révèle un peu trop de mon décolleté, mais elle n'en dit pas mot.

Notre relation est construite sur des non-dits.

– Je ne savais pas que tu avais prévu de venir en ville, dis-je en me penchant vers elle pour le baiser sur la joue obligatoire.

Elle accepte mon offrande sans me retourner la courtoisie.

– Tu refusais de caler une date pour me voir, me rappelle-t-elle. Ou de me parler de ton nouveau travail. Ta tante non plus n'a pas été très communicative.

Jane lui sourit agréablement en versant de l'eau bouillante dans une tasse ébréchée qu'elle lui tend ensuite.

Ma mère l'accepte en grimaçant lorsqu'elle repère son imperfection. Puis elle la tourne pour éloigner la petite irrégularité. C'est pour ce type de comportement que je la hais.

– J'ai été très occupée.

Je me laisse tomber dans un fauteuil profond et bien rembourré, puis je croise les jambes, sachant pertinemment que c'est le genre de trucs qui la rendent dingue.

Les dames croisent leurs pieds, pas leurs jambes. Je peux encore entendre sa voix me reprendre. La plupart de mes souvenirs d'enfance incluent ce type d'informations très utiles. Si elle se doutait seulement du degré de dépravation que j'ai atteint, elle en tomberait certainement dans les pommes.

– Qu'est-ce que tu as au cou ? demande-t-elle en se penchant pour plonger sur le détail qu'elle a repéré.

Je pose précipitamment ma main sur mon cou, mais c'est trop tard. Je n'ai pas vérifié si j'avais des traces. En fait, je ne sais pas à quoi elle fait référence. Une morsure ? Un bleu ? Un suçon ? Toutes les options sont viables.

Jane vole à ma rescousse :

– On dirait que tu as été irritée par une ceinture de sécurité.

– Une ceinture de sécurité ?

La curiosité colore le ton de voix de ma mère lorsqu'elle poursuit :

– J'ignorais qu'il y avait des ceintures dans le métro.

– Belle a sa propre voiture dorénavant, dit Jane.

Je l'assassine du regard. Ça valait la peine d'essayer de me sauver, tiens. Jane hausse les épaules comme pour m'inciter à jouer cartes sur table.

– Ta propre voiture ? s'étrangle ma mère.

Peu importe que le garage du domaine familial héberge une douzaine d'automobiles de luxe que nous n'avons pas les moyens d'entretenir. Tout ce qu'elle entend, c'est que je l'ai trahie.

– Ce n'est pas la mienne, je mens à peine. C'est ma voiture de fonction. Je ne l'utilise que pour faire des courses.

J'ai déjà décidé que si jamais je quittais mon boulot, je ne garderais pas la voiture qui est un plus pour mes heures de travail, mais rien de plus. Je ne dis pas non plus que c'est une Mercedes.

– Qu'est-ce que c'est que ce travail d'abord ? demande-t-elle sèchement. Et avant que tu te mettes à essayer de finauder avec moi, laisse-moi te dire que je n'ai pas apprécié tes remarques grossières la dernière fois.

– Je ne suis pas strip-teaseuse, lui dis-je pour la rassurer.

Enfin pas vraiment. Je ne sais pas s'il y a un terme exact pour les femmes qui s'envoient leur boss.

– Je travaille pour un avocat. Je suis son assistante.

– Au moins, ce n'est rien d'important.

Elle se penche en avant pour poser sa tasse de thé sur la table devant elle. En fin de compte, elle aurait pu tout aussi bien me la jeter en pleine figure, ça n'aurait rien changé.

Je suis étonnée de constater que, même après tout ce temps, ses paroles sont encore capables de me blesser. Bien entendu, je n'ai pas développé ma carapace autant que mes reparties. Mes répliques sarcastiques l'ennuient beaucoup plus de toute façon.

– Belle est assez fière de son nouvel emploi.

Jane me défend en lui lançant un regard noir. C'est assez incroyable de voir ma tante courroucée.

– À moins que ça paie l'hypothèque du domaine, ce n'est rien d'important, explique ma mère.

Elle me regarde comme si j'allais me porter volontaire pour lui signer un chèque.

Mon salaire pourrait couvrir bien des dépenses du domaine, mais ça me laisserait très peu de marge pour retomber sur mes pieds. Depuis que j'ai quitté l'université, les liens qui me retiennent à mon enfance se sont émoussés. Ces douze derniers mois, ils se sont même complètement rompus. Mais bon, je culpabilise tout de même.

– Non, il couvre seulement le loyer, dis-je en mentant.

Face à moi, Jane réprime un sourire. Elle a à peine le temps de le cacher que ma mère se tourne vers elle.

– Quelle honte de faire payer un loyer à ta propre nièce.

– La vie à Londres coûte une fortune.

Jane cligne des yeux comme si cette raison était suffisante. Aucune de nous deux n'est prête à lui dire que je n'ai pas versé de loyer à ma tante depuis que j'ai emménagé dans sa chambre d'amis.

– Je suis porteuse d'une bonne nouvelle.

Malgré tout, ma mère n'a pas du tout l'air heureuse. Elle triture le rang de perles autour de son cou.

– Je suis tout ouïe, réplique enfin Jane quand il a été clair qu'elle attendait que nous lui montrions la bonne dose de respect à laquelle elle s'attend.

– Nous avons été sollicités par la BBC qui souhaite louer le domaine pour servir de décor à cette série historique que les Américains semblent tant apprécier.

Le front plissé, je propose un nom :

– *Wexford Hall*?

– Oui, ils n'ont pas réussi à s'entendre avec la famille Abernathy. Apparemment, Philip a été trop exigeant lors des négociations et a suggéré qu'ils me contactent pour utiliser notre maison pour leur projet.

Le regard sans équivoque de ma mère tranche dans le vif. Je mets directement les pieds dans le plat.

– Il ne nous a pas rendu service.

– Ne te méprends pas, Belle, rétorque-t-elle en écartant ma suggestion d'un geste du bras. C'est clairement une proposition de paix. Philip veut se faire pardonner.

– Philip s'est fiancé à la femme avec laquelle il m'a trompée.

Il n'y a que ma mère pour venir chez moi me suggérer de me remettre avec ce connard.

– Il est très malheureux. Il pense avoir fait une erreur.

Je me fige sur place lorsque j'assimile ce qu'elle est en train de me dire. Je m'accroche aux bras du fauteuil pour ne pas lui sauter dessus, puis je lève mon regard vers le sien.

– Par pitié, dis-moi que tu as développé des dons de voyance.

– Il est venu me voir dans la semaine. Je lui ai donné ma bénédiction en lui disant qu'il pouvait venir te parler.

Au ton de sa voix, il est clair qu'elle ne voit pas où est le problème.

– Il est fiancé !

Peut-être que si je le répète un peu plus fort, elle m'entendra enfin.

– Les hommes font des erreurs. Dieu sait que ton père les a collectionnées.

– Papa n'a jamais couché avec d'autres femmes. Il était fidèle.

La rage qui frémissait en moi se met à bouillir.

– Oui, mais il a fait des erreurs. Quoi qu'il en soit, le domaine a toujours été sa plus grande priorité. Que penserait-il s'il savait que tu laisses passer la chance qui t'est offerte de le sauver de la ruine ?

Ça, c'est ma mère. C'est à moi de décider. Ça a toujours été comme ça. On ne peut pas réduire la masse salariale. On ne peut pas vendre de voiture. Songer à accepter la proposition de la BBC est la première concession qu'elle ait jamais faite qui puisse entacher son mode de vie.

– C'est sa loyauté à ce domaine – envers toi – qui l'a tué.

– Il s'est tué tout seul, c'était un suicide, répond-elle froidement.

Ma main se plaque sur ma bouche, alors qu'un miroir malvenu me renvoie les images du passé dans ma tête.

Des pieds ballants et sans vie. Papa qui fait n'importe quoi sans pouvoir s'arrêter. Moi debout sur une chaise pour lui tirer sur la jambe, mais il ne veut toujours pas descendre.

Des cris. Des cris qui sortent de sa bouche.

Puis je tombe par terre en me faisant mal. Je me roule en boule. Maman m'a fait tomber et elle n'en a rien à faire.

Elle ne fait que crier.

Crier et lui tirer dessus.

Les larmes me montent aux yeux et je me couvre les oreilles.

Jane passe son bras autour de mes épaules alors que j'essaie de me frayer un chemin dans ces visions d'horreur pour revenir au présent. Lorsque je retrouve enfin l'appartement, les larmes qui coulent de mes yeux sont celles d'une femme et non celles de la petite fille de cinq ans dans ma mémoire.

– Sors d'ici, dit Jane en désignant la porte.

– Nous avons des choses à discuter, répond ma mère en l'ignorant. Grâce au manque de perspicacité de ton père et à son déplorable sens des affaires, toutes les décisions relatives à la santé financière du domaine doivent être approuvées par ma fille.

– Tu n'as pas de fille, dis-je, la voix fêlée par ma gorge désormais irritée.

– J'aimerais tellement que ce soit le cas. Mais non, je me retrouve coincée avec toi, lance-t-elle d'une voix rageuse.

La pique ne me blesse pas. Je sais que c'est ce qu'elle pense depuis toujours.

– Fais ce que tu veux. Parce que si tu me le confies, je foutrai le feu à ce putain de domaine.

– Pas de grossièretés ! me réprimande-t-elle.

– À l'évidence, tu ne m'as pas entendue, rugit Jane. Sors immédiatement de chez moi, Ann !

Elle se lève, tire sur sa veste cousue sur-mesure et me jette un regard haineux.

– Je te ferai parvenir le contrat de la BBC pour que tu le consultes. Soit tu le signes, soit tu te remets avec Philip, mais ne rien faire et mettre à mal tout ce que j'ai reconstruit n'est pas une option.

Ses dernières paroles résonnent encore en moi lorsque la porte claque sur ses talons.

Quelle blague ! Au cours de ces dix-neuf dernières années, elle n'a rien reconstruit.

Et certainement pas moi.

CHAPITRE VINGT-DEUX

Les contrats étaient dans ma boîte mail quand je suis arrivé au bureau il y a trois heures, et je suis toujours devant, à les fixer. D'un trait de stylo, je pourrais rompre les liens qui me retiennent prisonnier des erreurs de mon passé depuis bien trop longtemps. Des erreurs qui ne sont pas de ma faute. Mais ce trait de stylo déclencherait aussi une surveillance accrue. La décision de me retirer des parts dont j'ai hérité dans le club de mon père ne devrait faire sourciller personne, mais c'est le contraire. J'ai lancé la machine il y a plusieurs mois, espérant faire discrètement disparaître ma participation. À l'époque, je n'avais rien à perdre.

Ce n'est plus le cas.

Ma famille lointaine pourrait protéger Belle. Là n'est pas la question. La question c'est : quel en serait le prix pour moi, et pour elle. Et cette protection sera absolue tant que mes partenaires jugeront que chacun de nous est une menace. Que je choisisse ou non de signer ces papiers, mon acte définira l'homme que je suis devenu. L'espace d'un bref instant, je pense au fait que mon père a dû faire face à ce même dilemme.

La porte de mon bureau craque légèrement, et Belle passe la tête par l'ouverture.

– Est-ce que je te dérange au milieu d'un dossier important ? demande-t-elle, un sourire aux lèvres.

Mais son expression joyeuse n'atteint pas son regard. Je repousse mon fauteuil et tapote mon genou.

– Tu es toujours la bienvenue pour me distraire, ma Belle.

Elle se précipite vers moi et s'installe sur mes genoux. Elle est toujours aussi magnifique qu'à midi, quand je l'ai déposée à son rendez-vous, soignée et radieuse, sauf que maintenant ses yeux sont cerclés de rouge. Levant son menton pour étudier son visage avec anxiété, je lui demande :

– Que s'est-il passé ?

– Rien, je suis fatiguée.

C'est un mensonge, mais ses intentions sont bonnes. Elle n'arbore pas la malhonnêteté d'une personne honteuse de son méfait. J'ai passé assez de temps à fréquenter des coupables et des criminelles pour comprendre la différence. Elle ment comme une personne qui se protège. Elle a été blessée. Je me raidis dans mon fauteuil en essayant de rester calme. Je ne veux pas risquer de la blesser plus encore en la forçant à me parler, même si ne rien faire contre la personne qui s'en est prise à elle me donne des envies de meurtre. Puis il me vient à l'esprit que je pourrais être à l'origine de sa tristesse. Je l'ai peut-être poussée trop loin hier soir. Je lui propose :

– On devrait peut-être y aller doucement ce soir. Passer chercher quelque chose à manger et regarder un film sur le canapé.

– Tu as un canapé et une télévision ? demande-t-elle, feignant la surprise.

Elle change d'humeur et je l'attire contre moi, bien déterminé à l'alléger plus encore.

– Je dois admettre que je ne m'en sers pas très souvent.

– Trop occupé à mettre des femmes dans ton lit ? demande-t-elle en se lovant contre moi.

– Serait-ce de la jalousie ? (Elle a raison et j'adore ça.) D'ordinaire, je suis coincé au bureau le soir. Ces derniers temps, j'ai trouvé une bonne raison de rentrer à la maison.

– Une soirée tranquille est une bonne idée, finit-elle par dire. Du moment que ça se termine par une bonne partie de jambes en l'air.

Elle change de position pour s'asseoir à califourchon, remontant sa jupe au passage.

Mes doigts se serrent autour de ses hanches pour la maintenir en place.

– Ça, je peux te le promettre, ma belle.

– J'ai enlevé ma culotte avant de venir, alors je suis toute prête pour toi, murmure-t-elle en frottant son sexe contre mon pantalon.

Cet érotisme cru est en décalage avec ses cils qui papillonnent gentiment. Elle est l'incarnation du chaos, tour à tour charmante et délurée, passant de l'un à l'autre en un instant. La connaître est la plus délicieuse tourmente jamais expérimentée.

Nous sommes brusquement séparés par quelqu'un qui frappe à la porte. Belle me lance un regard inquisiteur. Je ne peux pas lui en vouloir. Nous sommes samedi après-midi. Il ne devrait y avoir que nous deux au bureau. Seules quatre personnes ont la clé de la porte d'entrée. Je n'ai pas besoin de deviner qui me rend visite. Je l'informe :

– Hammond. Nous devons discuter d'une affaire.

Un mensonge si proche de la vérité que la frontière en devient floue. Il est venu parler affaires, mais je ne m'attendais pas à le voir. Sa présence m'indique que les nouvelles sont allées encore plus vite que je ne l'aurais cru. J'espérais avoir à l'affronter là-dessus la semaine prochaine.

Et maintenant, Belle va être le témoin des conséquences. Me préparant à une tempête imminente, je l'invite :

– Entre.

– Je devrais y aller, murmure-t-elle.

Je fais de mon mieux pour ne pas avoir l'air soulagé. Avec le temps, elle va apprendre des choses sur moi, mais il est bien trop tôt pour dévoiler la laideur de la face cachée de mon existence. Pas tant qu'elle peut encore me quitter à toutes jambes.

Belle lisse sa jupe pour la remettre en place à toute vitesse et reprend une apparence correcte avant qu'Hammond ne franchisse le seuil de la porte.

– La charmante Mademoiselle Stuart, la salue Hammond en écartant les bras dans un geste de bienvenue. Puis-je vous servir un verre ? Smith a une réserve secrète de bonnes choses tout spécialement pour moi.

Ramassant son sac à main, elle bat des cils en toute innocence, avant de lui répondre :

– J'étais justement en train de partir. La prochaine fois.

La prochaine fois. Mon poing se serre à cette idée. Chaque fois qu'elle est dans la même pièce que lui, je jure que c'est la dernière fois.

– Je te retrouve chez toi ?

C'est à moi que Belle s'adresse, mais son regard est braqué sur Hammond, comme si elle surveillait un serpent susceptible de frapper à tout instant.

J'ai toujours apprécié les femmes intelligentes.

– Il me faudra quelques heures.

Je regarde rapidement Hammond, qui me le confirme d'un clin d'œil. J'ai envie de l'embrasser, mais pas devant lui. Le résultat serait déplorable, je ne ferais que lui tendre le bâton pour me faire battre et, franchement, je n'ai aucune envie de la partager, ne serait-ce qu'un instant.

Dieu sait que même les actes les plus innocents peuvent être pervertis pour répondre aux désirs tordus d'Hammond. Belle disparaît du bureau en faisant de brefs adieux, mais malgré sa sortie toute en grâce et courtoisie, j'ai bien senti son besoin de fuir.

Hammond s'allume un cigare alors que la porte se referme doucement. De grosses volutes d'une fumée âcre et épicée envahissent la pièce, et dans ma tête je revois l'image de mon père assis à ce même bureau. Ni ce souvenir ni la personne qui me rend visite ne sont bienvenus ici.

– On m'a dit que tu souhaitais te retirer du Velvet.

Il ne perd pas de temps. Non, le temps, c'est de l'argent pour un homme tel que lui et il ne prêtera jamais la moindre seconde.

Je me laisse tomber sur le canapé et j'étends mon bras le long du dossier, poussant un gros soupir qui n'efface pas l'épuisement qu'il m'a apporté.

– Où as-tu entendu une chose pareille ?

– Est-ce que ça a la moindre importance ?

Il s'installe dans le fauteuil face à moi et prend la même position. Il a toujours aimé ce jeu d'imitation. Même s'il semble l'avoir oublié, c'est lui qui m'a appris ce truc. Imiter son adversaire. S'il est décontracté, être décontracté. S'il ment, mentir en retour. S'il pose une question, répondre par une question.

– Je ne pense pas. Ce n'est pas un secret.

Je croise une jambe sur l'autre et il en fait de même.

– Alors, pourquoi ne pas être venu me voir ?

Ce qu'il me demande vraiment, c'est si je suis réglo ou pas.

– Honnêtement, je ne pensais pas que tu en avais quelque chose à faire. C'était le passe-temps de mon père, pas le mien.

Passe-temps, façon de parler. « Obsession » serait un peu plus juste. « Aberration » encore plus, d'ailleurs.

Hammond se caresse la mâchoire, son regard et ses pensées s'éloignent. Mentionner mon père lui fait toujours ça. Le souvenir de cet homme suffit à nous expédier tous les deux dans le passé.

– Tu ne peux pas gommer de ta vie l'héritage de ton père, Smith.

– Je peux essayer, dis-je entre mes dents serrées.

– Tu peux aussi essayer de t'ouvrir la gorge pour expurger tout son sang de tes veines. Le résultat serait le même.

Hammond me parle d'un ton sévère et patriarcal, je déteste quand il me fait ça. Dans le passé, ça me réconfortait. Là a été ma première erreur.

– Je suis un partenaire silencieux. Georgia peut se charger du Velvet sans moi. Je n'y ai même pas mis les pieds…

– Là n'est pas le fond du problème. Le Velvet est le lien qui te relie à cette famille.

Il appelle ça un lien, je dirais plutôt que c'est une chaîne. Nous devons tous en porter, certains sont plus volontaires que d'autres. La famille d'Hammond est liée par toutes ses aventures entrepreneuriales. Le temps que je comprenne la véritable nature de ses affaires, j'y étais si intimement lié qu'il m'a été impossible de m'en échapper. Le Velvet est une chaîne qu'il me faut briser.

– J'ai bien assez de liens qui me retiennent. Dois-je te rappeler que mon nom figure sur tous les contrats que tu signes.

Je ne voulais pas aller dans cette direction. Pas avec Hammond, il voit rarement plus loin que ses sensations et son instinct. Les faits ne l'intéressent pas. C'est important, je dois bien garder ça en tête.

– Et tu as la protection de ta profession. Une profession que je t'ai donnée.

– C'est marrant, dis-je légèrement. Dans mon souvenir, c'est le barreau qui m'a donné le droit d'exercer ce métier, après quelques années d'études.

– Ce n'est pas une boutade.

Hammond bondit sur ses pieds, et je me lève à mon tour, inversant son jeu d'imitation.

– Tu vas garder tes parts dans le Velvet et en rester propriétaire, et si je continue à entendre encore ces rumeurs perturbantes…

– Et qui propage les rumeurs que tu écoutes ? Je sais que tu n'as jamais trop apprécié le concept de légalité, mais je suis en faveur de l'accès aux preuves.

Il y a une balance dans ma garde rapprochée. Ça ne m'émeut pas plus que ça. Je paie mes employés assez bien, mais je ne m'attends pas à ce que leur loyauté soit sans faille. J'ai appris depuis bien longtemps que cette notion était fantasque et qu'elle avait disparu en même temps que la chevalerie. De temps en temps, j'ai un aperçu des deux, mais jamais assez pour me faire croire qu'elles existent encore. En revanche, impossible de tolérer que cette trahison ne soit pas démasquée. Ça ne ferait que nourrir la nature paranoïaque d'Hammond.

– Tu crois que je ne maîtrise pas tes employés ? Doris. Garrison. Madame Andrews. Tout le monde peut être acheté, pour peu qu'on y mette le prix. Seulement ils ne peuvent pas être achetés par un Price. Ton père a fait cette erreur en apprenant cette leçon de la façon la plus coûteuse qui soit. (Hammond me souffle sa fumée dans le visage et jette un coup d'œil vers la porte qu'a empruntée Belle pour sortir.) Un jour, elle m'appartiendra aussi. Tôt ou tard, tout le monde a besoin de quelque chose de ma part.

Et le plus délicieux dans tout ça, c'est que tu ne sauras même pas quand je l'achèterai. Elle rentrera à la maison et sucera ta bite, elle jouera les ménagères tout comme…

Son discours est prématurément interrompu par des mains autour de son cou.

Mes mains.

– Tout ce qu'il me reste à faire, c'est de serrer.

– Alors, vous mourrez tous les deux, dit-il sur un ton sifflant, les joues de plus en plus rouges et le cigare tombé à terre. Mes héritiers s'en chargeront. Et tu seras là pour assister à la scène, aussi. Tout ce sang rouge vif sur sa jolie peau si pâle. Elle sera encore vivante. Elle te suppliera. Et là, tu ne pourras plus rien faire.

– Comment saurais-je que tu ne feras pas exécuter ce contrat dès que tu sortiras d'ici ?

Je pose ma question en serrant encore plus son cou maigre. Je rentre mon épaule dans son torse et le plaque contre le mur.

– Tu ne le sauras pas, admet-il, le souffle coupé, après tout tu vas peut-être devenir joueur.

Je vois la scène : ses yeux exorbités, sa chair flasque passant du rouge au violacé. Et je peux presque imaginer la sensation de liberté qui accompagnera son dernier souffle, un soulagement que je n'ai jamais connu.

Mais cette liberté serait de courte durée.

Mes mains retombent le long de mon corps. Hammond s'éloigne légèrement en se frottant le cou.

– Je suis content que tu aies repris tes esprits, mon garçon.

– Je ne suis pas ton garçon, dis-je en grognant.

– Ton père serait déçu de voir le peu de respect dont tu fais preuve envers tes aînés.

Hammond écrase le reste de son cigare encore incandescent du bout de sa chaussure de luxe, laissant un trou noir dans mon tapis persan.

– Je pense qu'il serait encore plus déçu d'être mort avant d'avoir pu détruire toutes les personnes qu'il prétendait aimer.

Je tourne le dos à Hammond. Je ne peux pas me permettre de lui en laisser voir plus. Pas tant que je suis encore à vif. Pas tant que je n'ai pas repris le contrôle. Je pourrais encore faire une erreur et il y aurait des conséquences.

– Ta mère a eu une existence des plus agréables après sa mort.

Hammond referme le bouton de sa veste, secouant la tête de dégoût.

Depuis ce jour, ma mère n'est plus que l'ombre d'elle-même, et nous savons tous les deux pourquoi.

– Ouais, heureusement quelqu'un s'est bien occupé d'elle.

Je sors la carafe de Macallan que je garde pour les clients et me sers un verre.

– Tu bois si tôt que ça ?

J'ai envie de lui dire de se le foutre au cul, son discours paternaliste sur le ton qui va bien. Il n'a pas mérité ce droit. Personne dans ma vie n'a mérité le droit de se déclarer mon père. Je l'avale d'un trait et je m'en ressers un autre.

– Je n'ai pas de patron. On va dire que j'en ai fini pour aujourd'hui.

– C'est là que tu as tort, mon garçon.

Hammond pose une main lourde sur mon épaule avant de poursuivre :

– Tu travailles pour moi.

Je réprime un éclat de rire. Si seulement il savait la vérité, mais bon, il refuserait de la croire.

Hammond s'arrête sur le seuil de la porte, la main sur la poignée.

– Je vais oublier tout ce qui vient de se passer. Pour ton père. Mais ne t'avise pas de recommencer.

Je hoche sèchement la tête et avale mon deuxième scotch. Dès qu'il sort, j'attrape la bouteille.

J'avais un plan. Un plan qui requérait de la patience. Mais plus important encore : aucune attache. Maintenant, tout est parti en vrille. À cause d'elle.

Il y a deux manières de l'éloigner d'Hammond : soit ne jamais la laisser hors de ma vue, soit faire d'elle un non-problème. L'une de ces deux solutions est plus sûre que l'autre. C'est aussi celle que je ne suis pas sûr de pouvoir assumer.

Il va falloir boire jusqu'à ce que j'en sois capable. Qu'est-ce qu'on dit sur le chemin qui mène en enfer ? On s'en branle. Je suis déjà en route.

***

Mon père est enterré dans un cimetière, juste à côté d'un poète du XVIIIe siècle. Hammond a tiré une dernière ficelle pour obtenir cette concession, un petit signe à l'amour de mon paternel pour les livres. Dans les rares occasions où je me suis aventuré jusqu'ici, j'ai déambulé parmi les pierres tombales couvertes de lierre en me demandant si ce geste l'avait aidé à apaiser sa culpabilité. Ce soir, j'ai la certitude que c'est impossible.

Une statue représentant la Justice, les yeux bandés et armée de sa balance, garde sa tombe. Connaissant son amour pour la littérature, mon père aurait certainement apprécié l'ironie de la situation. Je regarde droit dans les yeux aveugles de la statue. C'était une image populaire en cours de droit à l'université. La plupart de mes camarades de classe pensaient qu'elle existait vraiment. Moi aussi, à une époque, j'aurais pu le croire, mais je ne me souviens pas d'avoir jamais été aussi naïf.

Humphrey Price. Père et Mari Aimé. Protecteur de la Justice Divine.

Je ris, faisant résonner ce son creux dans le cimetière silencieux. Tirant la bouteille de scotch quasiment vide de la poche de mon manteau, je me laisse tomber devant mon géniteur que je salue en la levant vers lui.

– Je suppose que nous avons enfin un sujet de conversation. Par où je commence ? (Je fais une pause, comme s'il pouvait me répondre.) Tu ne sais pas ? Eh bien, il y a ces problèmes avec les femmes. Tu connais bien ça. Mais bon, si on pense à ton mariage, je suis à peu près sûr que tu n'es pas le mieux placé pour me donner des conseils là-dessus. On pourrait parler de trucs juridiques. À en juger cette démonstration ostentatoire érigée en ton honneur, tu pourrais en savoir bien plus là-dessus, surtout quand on pense à notre clientèle commune.

Je prends une grande goulée dans la bouteille.

– Oh, et puis merde.

Je bois le reste cul sec et jette la bouteille vide contre sa tombe.

– Tu aurais adoré ça, mais bon, tu aimais tout ce qui avait des preuves plus solides que tes affaires, non ? Il faut que je te pose une question. Est-ce qu'Hammond t'a promis de l'or en échange de ton âme ? C'est comme ça que ça marche ?

Une haine pure agite mon sang proche de bouillir.

– J'imagine que je te verrai bientôt. Pour l'instant, laisse-moi te laisser un petit souvenir pour te montrer combien j'apprécie tout ce que tu as fait pour moi.

Je me lève et regarde sa tombe de haut. Il est là-dessous, à pourrir, sa chair est devenue de la nourriture pour les vers. Il n'a pas sa place aux côtés d'hommes de talent. Sa place est en enfer. Je ne peux qu'espérer qu'il y brûle à l'heure actuelle. Je descends ma braguette et je sors ma bite pour pisser sur son nom. C'est ce qui s'approche le plus du réconfort que je peux lui procurer.

CHAPITRE VINGT-TROIS

J'avais l'intention d'aller directement chez Smith, mais l'arrivée d'Hammond m'a fait prendre une autre direction. Avant même de comprendre ce que je fais, je me retrouve dans le quartier de Chelsea. L'adresse qu'on m'a envoyée sur mon portable n'est pas visible depuis la rue principale. Si j'avais été dans n'importe quel autre quartier, j'aurais renoncé à mon projet d'exploration, mais nous sommes à Chelsea. Pourtant, quand je découvre une porte peinte en violet dissimulée avec soin dans une petite rue à l'écart, je fais une pause.

Je ne sais pas qui a envoyé ce message. Ni pourquoi. Non pas que j'aie des ennemis. Je doute sincèrement que Pepper Lockwood prenne la peine de se venger pour un nez cassé. Mais je ne suis pas venue d'aussi loin pour reculer maintenant. J'essaie d'actionner la poignée, elle est verrouillée. Je cherche un heurtoir ou une sonnette, mais rien de tout ça. Je suis sur le point de renoncer lorsqu'un bruit de porte automatiquement déverrouillée me retient, puis elle s'ouvre toute seule. Personne ne vient à ma rencontre dans l'entrée. Le couloir est faiblement éclairé, mais les murs ont un éclat chatoyant qui m'incite à les caresser.

Du velours.

Au loin, je décèle la pulsation d'un rythme marqué. C'est un peu tôt pour les boîtes de nuit, même pour un samedi, mais mon instinct me dit que ce n'est pas un endroit comme les autres. J'avance en laissant mes doigts traîner sur le luxueux revêtement mural. La simple robe portefeuille que j'ai enfilée à la va-vite pour me préparer ce matin n'est pas très appropriée pour aller danser. Avec un peu de chance, les gens qui seront au bar si tôt dans la journée ne le remarqueront pas. Lorsque je débouche du couloir, je sais qu'en fait, si.

Je ferme précipitamment la bouche pour réprimer l'exclamation qui essaie de sortir, mais impossible d'empêcher mes joues de rougir.

La serveuse du bar aux cheveux fuchsia me détaille des pieds à la tête, de l'autre côté de la pièce, tandis que j'essaie de ne pas regarder son serre-taille en caoutchouc ou ses tétons percés mis en valeur par sa tenue. Je lui fais un petit sourire en me demandant si je dois faire demi-tour la queue entre les jambes ou me la jouer cool. Ce SMS était clairement destiné à une autre personne. Mauvais numéro. J'agrippe mon sac à main le plus fort possible en me préparant à faire une sortie des plus dignes lorsqu'un couple attire mon attention dans un coin de la pièce. La femme porte un collier attaché à une laisse. Les souvenirs de la veille me reviennent en mémoire. Hier, j'ai été cette fille. J'espère l'être encore ce soir.

Peut-être que ma présence ici n'est pas si incongrue.

Prenant mon courage à deux mains et ignorant mon stress, je me dirige vers le bar.

– Un gin tonic, s'il vous plaît.

La barmaid plisse les yeux, mais elle attrape une bouteille de Nolet et me sert un verre. Apparemment, cet endroit accueille une clientèle dépravée et aisée. Je bois une gorgée de mon cocktail, le regard braqué sur le couple sur le canapé. La femme est à genoux aux pieds de l'homme tandis qu'il parle à une autre personne assise face à eux.

Les deux hommes sont habillés, mais elle ne porte que son collier. Ferais-je une chose pareille si Smith tenait ma laisse ? La question m'excite et je songe à lui envoyer l'adresse de ce club à mon tour, mais il faudrait que je lui explique comment j'ai fait pour me retrouver ici. Et je n'ai pas la bonne réponse à cette question.

Alors que j'observe la scène, un autre homme se lève et s'approche du couple. La femme baisse la tête pour cacher ses larmes et son amant lui caresse la joue. Je touche la mienne, sachant exactement quelles sensations procure cette caresse. Puis il donne sa laisse à l'autre homme. Sa tête reste penchée lorsqu'elle le suit en marchant à quatre pattes. Tous deux s'enfoncent dans un couloir, et mon estomac se retourne.

Il l'a donnée à quelqu'un d'autre et elle l'a suivi de son propre gré malgré sa tristesse.

Jetant ma carte de crédit sur le bar, je demande l'addition.

– C'est pour la maison, répond la barmaid en la repoussant vers moi.

– Non, je paie.

Je crache pratiquement ces mots. Je ne veux rien devoir à cet endroit. Pas tant qu'on attend ce genre de choses de femmes comme moi.

Comme moi.

Oh bon Dieu, dans quel pétrin me suis-je mise ?

Mais Smith ne ferait jamais une chose pareille.

Elle hausse les épaules et se met à préparer un autre verre.

– C'est cher, cette merde. Je préfère vous voir payer aussi, surtout si vous le jetez, mais ce n'est pas moi qui décide.

– Qui décide, alors ?

Je regarde autour de moi. On m'a envoyée ici, on m'y a fait entrer et, maintenant, quelqu'un paie mon verre. Il est clair que ce n'est plus une coïncidence.

– C'est moi qui décide, m'informe une voix féminine.

Je fais volte-face sur mon tabouret, choquée, même après avoir reconnu sa voix.

Georgia Kincaid se tient devant moi, les lèvres pincées. Elle ferme les yeux un instant avant de me faire signe de la suivre.

– Tu n'es pas censée être ici, siffle-t-elle alors que nous nous dirigeons vers le couloir sombre qu'a emprunté la femme, juste avant.

– Et alors ?

Je m'arrête, refusant de la suivre plus avant et lui demande en agitant mon portable sous son nez :

– Tu es en train de me dire que ce n'est pas toi qui m'as envoyé ce SMS ?

– C'est exactement ça, répond-elle froidement.

Ses doigts osseux se referment sur mon bras, et elle me tire vers une porte bleue.

– Qu'est-ce que tu fous là ?

– Je te l'ai déjà dit. On m'a envoyé un texto.

Je commence à perdre patience avec Georgia. Je n'en avais pas beaucoup de toute façon.

– C'est quoi, cet endroit ?

– Même toi, tu ne peux pas être aussi con.

Georgia ferme la porte et s'adosse contre elle. Maintenant que je la vois sous une meilleure lumière, ma mâchoire s'en décroche. Elle porte un bustier de dentelle noire et pas grand-chose d'autre. Des lanières de cuir corsètent sa taille fine et sont assorties aux bracelets de ses poignets.

Je ne sais pas si elle va me tuer ou me fouetter.

– Un club libertin. Charmant. Je savais que j'étais trop habillée.

Je regarde autour de moi en espérant voir un panneau marqué « sortie ».

– Ne joue pas les prudes avec moi, maintenant. Tu ne peux pas être aussi coincée si tu te tapes Smith.

Georgia avance d'un pas nonchalant vers moi et s'installe sur un divan de velours rouge.

Je l'ignore pour me concentrer sur ce qui devrait vraiment retenir mon attention.

– Pourquoi est-ce qu'on m'a envoyée ici ?

– Peut-être que quelqu'un veut fouetter ton joli petit cul, rétorque Georgia d'un ton sec.

Elle passe son bras sous sa tête en se penchant en arrière, exposant la partie supérieure de ses tétons par-dessus son bustier orné de dentelle fine.

– J'ai besoin que tu ne te comportes pas comme une connasse pendant une minute, je réponds sèchement.

Peu de choses me mettent mal à l'aise, mais là, je suis en plein malaise avec une personne que je méprise. Je veux des réponses à mes questions et, ensuite, je veux me tirer d'ici. Le plus rapidement possible.

– Et j'ai besoin de réfléchir.

Elle me lance un regard noir en se levant pour arpenter la pièce.

– Montre-moi ton portable.

– Jamais de la vie.

Je ne vais certainement pas lui donner accès à la ligne privée que Smith m'a donnée.

– Relax, Princesse. Montre-moi le texto.

Elle se place à côté de moi, regardant l'écran par-dessus mon épaule. Ses seins effleurent mon bras, ce qui me fait sursauter.

– Calme-toi. Je n'essaie pas de te sauter.

– Désolée. Cet endroit est un peu impressionnant.

Des excuses sont nécessaires, même si je la déteste. Je n'ai aucune raison de suspecter qu'elle n'essaie pas de m'aider et, à l'évidence, ce n'est pas elle qui m'a envoyée ici.

– Velvet, dit-elle en tapant sur le message pour faire apparaître les détails techniques.

– Quoi ?

– Cet endroit s'appelle le Velvet, velours, dit-elle d'un ton détaché, avant de se concentrer sur la tâche en cours. Il n'y a aucun indice sur la personne qui t'a envoyée ici. Tu te rends toujours à l'aveugle aux adresses que des anonymes t'envoient ?

Je sais exactement ce qu'elle pense.

– C'est une ligne privée. Il n'y a qu'une seule personne qui a ce numéro.

– Smith ? devine-t-elle. (Je hoche la tête.) Mais ce message n'est pas de lui.

– Comment pouvais-je le savoir ?

Je pensais lui poser la question au bureau, mais nous avons été interrompus par l'arrivée d'Hammond. Puis j'ai oublié.

– Parce que Smith ne t'enverrait jamais ici. (Georgia laisse un petit silence planer pour laisser le message prendre toute sa place, puis elle plante ses mains sur ses hanches.) Tu vas devoir lui dire que tu es venue ici.

– Pourquoi ne m'enverrait-il jamais ici ? je lui demande d'une petite voix, évitant soigneusement de m'appesantir sur son conseil.

Jusqu'à cet instant, j'étais prête à partir d'ici pour ne plus jamais reparler de cet incident. Maintenant, on me dit que c'est impossible.

– C'est à lui de te le dire, rétorque-t-elle. Quand il sera prêt. Mais dis-lui toi-même que tu es venue.

– Et si je ne lui dis rien ?

– Il le saura, m'avertit-elle. C'est à toi de décider de qui il l'apprendra. Je te suggère de le faire directement. Puisque tu te le tapes, je suis certaine qu'il t'a laissé voir un petit aperçu de ses préférences. Tu n'es pas encore prête pour une véritable punition.

Je lève mon menton pour la regarder en face.

– Comment peux-tu le savoir ?

– Parce que tu étais assise, répond-elle en détachant chaque syllabe.

Mes genoux se dérobent et je lutte pour rester debout. Je dois détourner le regard. Je me concentre sur une anodine peinture abstraite accrochée sur le mur derrière elle. Je fixe les coups de pinceau noirs et blancs jusqu'à ce que je reprenne le contrôle.

– Je lui dirai. Mais d'abord, réponds à cette question.

Georgia croise les bras sur sa poitrine.

– Je ne peux rien promettre.

– Est-ce qu'il est déjà venu ici ?

J'ai à peine réussi à faire franchir la barrière de mes lèvres sèches à cette question.

– Oui.

Elle lève la main pour m'arrêter alors que ma bouche s'ouvre et elle poursuit :

– C'est tout ce que j'ai à te dire et j'ai répondu à ta question seulement parce que tu connaissais déjà la réponse. C'est à Smith de choisir ce qu'il souhaite partager avec toi. Mais souviens-toi bien de ça : tu ne sais pas quels secrets il garde derrière des portes closes. Maintenant, je vais te reconduire dehors.

Sans résistance, je la suis lorsqu'elle me guide vers une porte de service. Georgia sort dans la rue à mes côtés malgré sa tenue pour le moins osée.

– Débarrasse-toi de ce téléphone, dit-elle rapidement. Raconte tout à Smith et, à l'avenir, ne sois pas aussi stupide, putain.

– Je me suis juste rendue à une adresse, dis-je en me sentant plus courageuse à l'extérieur qu'entre les murs confinés du Velvet.

Un sourire sinistre tord ses lèvres lorsqu'elle me répond :

– Non, tu t'es jetée dans la gueule du loup.

CHAPITRE VINGT-QUATRE

Les portes de Clarence House sont toujours ouvertes pour moi. Sauf que là, non. Alors qu'une pluie lugubre envahit le ciel automnal, j'explique pour la dixième fois qui je suis au garde de sécurité, probablement nouveau sur le site.

– Vous trouverez mon nom dans votre ordinateur, lui dis-je.

– Mademoiselle, vous avez peut-être raison, mais la famille royale a été bien claire. Ils ne souhaitent pas être dérangés.

Il recule d'un pas pour me laisser digérer cette nouvelle.

Je plisse les yeux. Il devrait avoir peur de moi. L'idée d'escalader la grille me traverse l'esprit. Le temps qu'il comprenne comment fonctionne le standard téléphonique, je serais déjà passée depuis longtemps. Bien sûr, après la journée que je viens de me taper, je finirais certainement par me faire arrêter. Edward adorerait certainement recevoir un coup de fil l'implorant de venir me sortir de là.

Edward.

– J'imagine qu'Edward est autorisé à entrer ?

Ses sourcils se rejoignent en accent circonflexe sous son béret tant il est déconcerté.

– Le prince Edward ?

– Non, le vampire dans les films ! Bien sûr, Sa Majesté le Prince Edward.

– Eh b… bien, oui, bredouille-t-il.

Une goutte de sueur perle sur son front, mais je sais qu'il n'est pas autorisé à l'essuyer devant moi.

– Vous pouvez l'appeler ?

Je lui pose la question très gentiment, essayant de baisser d'un ton mon côté garce.

– Je pourrais, mais…

– Soit vous l'appelez, soit vous me trouvez Norris, mais ne me faites pas appeler Clara sur son portable et réveiller le bébé !

Apparemment, je n'arrive pas à garder mon calme.

– Oui, Mademoiselle. Enfin je veux dire, Madame. Je veux dire Votre Altesse.

Je secoue la tête avant de lui répondre.

– On ne va pas être copains, soldat.

– Je ne suis pas militaire. Je suis…

Incapable d'entendre ses excuses, je lève la main pour l'interrompre.

– Passez votre appel.

Je l'observe à travers la vitre de sa cabane de sécurité essayer de se dépêtrer de son téléphone, les mains tremblantes. Il réussit finalement à avoir quelqu'un au bout du fil. Une minute plus tard, il revient en me tendant ma carte d'identité.

– Toutes mes excuses pour ce malentendu, Mademoiselle Stuart. Nous avons renforcé la sécurité.

– Et vous venez juste de commencer ce boulot, non ?

Il a l'air perdu. Je m'y attendais. Mais ça ne sert à rien d'essayer de l'aider. Ce gamin est une cause perdue d'avance. Je franchis la grille d'entrée, limite en valsant, m'émerveillant de la grandeur de la maison temporaire de Clara et d'Alexander. Ils seront bientôt forcés de déménager dans un palais encore plus immense, mais pour une raison connue d'eux seuls et de quelques autres, ils ont décidé de s'entêter à rester ici pour le moment.

Le garde m'ouvre la porte, et j'entre dans le palais. Malgré son intérieur plus que spacieux, ses œuvres d'art inestimables et toutes les antiquités dans toutes les pièces, cette demeure est accueillante, elle semble confortable, même. Enfin, comparé à la plupart des palais de ce type. C'est pour cette raison qu'ils voulaient ramener leur bébé dans cette maison. Ici, ils peuvent se concentrer sur leur famille en construction et non sur leur tâche de couple régnant.

Alexander vient à ma rencontre en haut des escaliers et m'interpelle :

– Edward m'a envoyé un SMS. Désolé pour tout ce foin.

– Je me suis dit que vous n'auriez certainement pas envie d'avoir des portables qui sonnent à côté d'un bébé.

Je me débarrasse des gouttes de pluie dans mes cheveux en passant la main dessus.

– C'est très attentionné de ta part.

Il a l'air vraiment reconnaissant. Je suppose que la moitié du monde a envie de voir à quoi ressemble Elizabeth ou d'avoir une déclaration des heureux parents.

Belle la bien intentionnée disparaît dès qu'elle franchit le seuil de la porte.

– C'est normal. Maintenant, j'ai besoin de voir ma meilleure copine et je me fous de savoir si elle se repose. Je suis vraiment désolée, mais là, il y a urgence.

– Et si je refuse ? me taquine-t-il.

– Je te rappellerai que non seulement je la connaissais avant toi mais qu'en plus je l'ai convaincue de coucher avec toi.

– On en apprend tous les jours, dit-il, amusé. Je suppose que je te suis redevable.

– Et pas qu'un peu, je réponds alors qu'il me guide dans les couloirs. Comment est-elle ?

– Époustouflante. Elle n'a jamais été aussi sublime.

Sa voix est chargée de cette même révérence que je décèle chaque fois qu'il parle de sa femme.

Lorsque je rentre dans la nursery, Clara lève les yeux et me fait un petit sourire. Elizabeth est dans ses bras, endormie comme un ange. Les cheveux bruns de Clara cascadent sur son épaule et sa peau rayonne sur les murs couleur crème. Une véritable Madone à l'enfant.

– Je peux attendre, lui dis-je dans un murmure.

En la voyant, je comprends à quel point mes besoins de me confier sont insignifiants.

– Non, c'est bon, dit-elle doucement. Je devrais la poser dans son berceau, mais je n'arrive pas à m'empêcher de la prendre dans mes bras. Viens par ici. Elle a l'air d'un ange.

J'avance sur la pointe des pieds pour ne pas la réveiller et je regarde par-dessus l'épaule de Clara. Les joues du bébé sont roses et lorsque je la regarde, elle pousse un petit soupir, puis se met à sourire dans son sommeil.

– Elle est parfaite, je murmure.

– Je ne peux qu'être d'accord avec toi, ajoute Alexander depuis le pas de la porte.

Sa silhouette puissante emplit tout l'espace de la porte comme s'il gardait sa femme et sa fille. Il traverse la pièce pour nous rejoindre et se penche pour lui prendre le petit paquet endormi des bras.

– Je m'en occupe. Allez papoter toutes les deux.

Je hoche la tête pour lui montrer que j'apprécie son geste. Clara a un peu de mal à se lever, je lui prends la main pour l'aider.

– Il va me falloir du temps pour me remettre, avoue-t-elle en soupirant alors que nous nous dirigeons vers sa chambre.

Un feu a été allumé dans la cheminée et nous nous installons confortablement dans les deux fauteuils douillets placés devant.

Remontant mes genoux sous mon menton, je cherche par où commencer.

– Problème de mec ? devine Clara en allumant la lampe à côté d'elle.

– C'est si évident que ça ?

Un peu plus tôt dans la journée, j'étais tellement sûre que ma relation avec Smith allait dans la bonne direction. Mais maintenant, plus du tout.

– Je reconnais l'expression de ton visage. Je crois que j'ai eu la même plusieurs fois l'année dernière.

Elle grimace pour essayer de me faire une tête à mi-chemin entre un air soucieux et un truc douloureux.

– J'espère que je ne tire pas cette tronche, dis-je d'un ton neutre mais sans pouvoir m'empêcher de rire.

– Tu es bien plus jolie que ça quand tu fais la moue, me promet-elle. Je suis encore tout enflée de l'heureux événement de la semaine dernière.

– Je trouve que la maternité te va à ravir. Alexander m'a dit que tu n'avais jamais été aussi belle, et il a raison.

Son expression se modifie, un sourire l'illumine à la simple mention du nom de son mari.

– Te voir tomber amoureuse d'Alexander m'a montré à quel point l'amour pouvait être bordélique, mais aussi que ça valait la peine de se battre.

Entre Smith et moi, c'est le bordel depuis le début. Après cette journée, c'est sûr que ça ne va pas s'arranger. Et j'ajoute :

– Ce que j'ignore, c'est pourquoi tu as choisi de te battre.

Elle pousse un profond soupir et je vois bien qu'elle choisit ses mots avec soin.

– Ça ne va probablement pas beaucoup t'aider, mais je ne pense pas avoir eu le choix. Être avec lui était une évidence. J'ai vraiment essayé de lutter contre mon amour pour lui et j'ai échoué. C'était épuisant. Quand j'ai décidé d'accepter notre relation, ça n'a pas été plus simple. C'était juste plus facile de me battre pour nous que contre nous.

– Je crois que je comprends ce que tu veux dire.

C'est vrai. Depuis que j'ai rencontré Smith, j'ai essayé de le maintenir à distance. Même après m'être donnée à lui, je l'ai repoussé. Et pourtant, nous ne cessons de revenir l'un vers l'autre.

– Est-ce que ça t'a donné l'impression que c'était comme une addiction à une drogue ?

– C'est du sérieux, répond Clara en se penchant en avant.

Je la vois ciller en se tenant le ventre. Je me précipite à genoux devant elle.

– Ça va ?

– Oui.

Elle écarte mon inquiétude d'un geste de la main et s'appuie de nouveau au dossier.

– Je suis en pleine convalescence, tu t'en souviens ? Bon, arrête d'essayer de changer de sujet de conversation.

Je lui tire la langue et retourne m'asseoir à ma place.

– Crois-moi, j'ai envie d'en parler. Je n'arrive pas à faire le tri dans mes idées toute seule. C'est comme si ma tête partait dans tous les sens.

– Tu es en train de tomber amoureuse, dit-elle d'une voix douce. Et c'est effrayant pour toi, surtout après ce qui t'est arrivé avec Philip.

– Je n'ai jamais aimé Philip.

– Je m'en doutais, mais ça ne veut pas dire que ta relation avec lui ne t'a pas affectée. Tu ne l'as peut-être jamais aimé, mais tu lui faisais confiance et tu lui as accordé ta loyauté.

– Et c'est alors qu'il s'est royalement foutu de ma gueule, dis-je pour finir la phrase à sa place avant de prendre un air penaud. Sans vouloir vous offenser, Votre Majesté.

– Tu n'auras jamais la permission de m'appeler comme ça, m'informe-t-elle.

Son regard se fait distant un instant et un sourire ironique s'affiche sur ses lèvres.

– Tu as vu comme nos vies ont changé depuis qu'on a quitté Oxford ? Je suis mariée et toi, tu t'envoies ton patron.

– En plus, tu vas devenir reine d'Angleterre, dis-je, pince-sans-rire.

Aucune d'entre nous ne l'avait vu venir et c'est pour ça que nous naviguons dans des eaux de plus en plus traîtres, au fur et à mesure que nous faisons la traversée en solitaire. Ou tout du moins avec un autre coéquipier. Ça fait du bien d'être à ses côtés maintenant. C'est ce qui ressemble le plus à la normalité pour chacune de nous.

– Tu sais que tu pourras toujours compter sur moi, n'est-ce pas ?

– J'y compte bien, répond-elle. Bon, revenons à cette histoire dans laquelle tu tombes amoureuse.

Je pousse un petit grognement. Voilà qui en est fini de notre moment à toutes les deux, rien que nous deux.

– Je ne sais pas si je suis amoureuse.

– C'est comme ça quand on tombe amoureuse. On ne sait pas ce qu'on ressent jusqu'à ce qu'il soit trop tard.

– Et avant ça ?

Depuis que j'ai admis ne jamais avoir aimé Philip, je me rends compte que je n'ai jamais aimé auparavant. Tout cela est nouveau pour moi, et je n'apprécie pas particulièrement ce changement au vu des derniers événements de la journée et de ce qu'ils m'ont appris.

– Tu te sens euphorique, comme si tu avais des ailes. Et il y a aussi des moments de panique bien sûr, mais c'est à ce moment-là que tu te laisses aller à nouveau.

– Et quand tu te ramasses par terre ?

– Il n'y a qu'à espérer qu'il est déjà prêt à te rattraper.

Ses mots sont doux-amers, presque nostalgiques.

– Comme Alexander t'a rattrapée ?

Elle secoue la tête en pinçant les lèvres avec regret.

– Je suis à peu près sûre que c'est moi qui l'ai rattrapé.

– Il n'y a que toi pour être assez forte pour ça, lui dis-je en m'approchant d'elle et en m'asseyant sur l'accoudoir du fauteuil pour la serrer dans mes bras.

– Ça en vaut la peine, continue-t-elle.

– De quoi ?

– De tomber amoureuse. La chute. L'atterrissage douloureux. Si tu sais que c'est la bonne personne en face.

Il fut un temps où je lui aurais demandé comment faire pour savoir si j'ai fait le bon choix. Ce soir, je n'en ai pas besoin.

CHAPITRE VINGT-CINQ

La nuit est tombée, mais je n'ai pas bougé. Ma place est ici, au milieu des mousses et des fantômes, l'ombre d'un homme à la dérive quelque part entre la vie et la mort.

Le bruit tamisé de pas foulant l'herbe en s'approchant me sort en sursaut de mon malaise. Je bute dans la bouteille vide et me dépêche de me lever pour faire face à l'intrus. À cette heure-ci, au beau milieu de la nuit, c'est soit un touriste sentimental venant communier avec l'esprit d'un artiste enterré dans le coin, soit quelqu'un qui sait où me trouver. Dans tous les cas, je n'ai pas envie qu'on me tienne compagnie.

– Bon Dieu, je sens ton odeur depuis ici.

Georgia sort de l'ombre en agitant sa main sous son nez. Elle porte une veste de moto et un pantalon de cuir si serré que j'ai l'impression qu'elle se l'est fait coudre directement sur la peau. À l'évidence, elle est venue directement du club.

– Combien de verres t'es-tu enfilés ?

– Pas assez, dis-je en shootant dans la bouteille à mes pieds. Je t'en proposerais bien un, mais papa a tout bu.

– Tu es clairement bourré si tu penses que ton père est là. Grande nouvelle : il sert de nourriture aux asticots.

Elle s'assied par terre en repliant ses jambes sous elle. J'ai comme l'impression qu'elle pense être invitée à ma soirée privée.

– Tu sais toujours comment faire pour me réconforter.

Je me retourne pour m'installer à ses côtés. Je pourrais lui demander de partir, mais s'attendre à une faveur de la part de Georgia, c'est comme croire en la vie après la mort. Foutaises.

– Je ne savais pas que tu venais encore ici.

Elle regarde une tombe derrière moi et laisse échapper un long soupir.

– Ça fait des années que je n'étais pas venu.

– Pourquoi ce soir ? demande-t-elle en me fixant d'un regard pénétrant qui ferait bafouiller n'importe quel homme ne la connaissant pas aussi bien que moi.

Elle ne m'a jamais fait cet effet-là.

– La bonne question, c'est qu'est-ce que tu fous là ? Ou plutôt, comment savais-tu que j'y serais ?

Je ne crois pas une seule seconde que Georgia soit tombé sur moi par hasard, au beau milieu de ce cimetière. Elle me cherchait, ce qui n'est jamais bon signe, d'autant plus que nous avons délibérément choisi de limiter nos contacts.

– Tu n'es pas aussi mystérieux que tu veux bien le croire. Hammond m'a dit en passant qu'il était venu te voir au bureau.

– Est-ce qu'il t'a dit que j'ai bien failli l'étrangler ?

Je regrette d'avoir fini la bouteille de scotch aussi rapidement.

– Il se peut qu'il l'ait mentionné en passant, dit-elle avec ironie. Et puisque mon père te fait penser au tien, j'ai suivi mon instinct.

– Tu es douée pour ça.

Vraiment trop douée. C'est troublant de voir comme il lui est facile de se mettre dans la peau des autres, surtout quand il s'agit de la mienne. C'est ce qui la rend si douée dans son travail et encore meilleure pour son hobby. Non pas qu'il y ait beaucoup de différence entre les deux. D'une manière ou d'une autre, elle baise toujours quelqu'un.

– Je ne suis pas venue ici pour parler de ce cher vieux papa.

– Je ne le pensais pas.

Au moins, elle a trouvé un endroit relativement sécurisé pour parler. Les seuls témoins de notre rencontre ont perdu le pouvoir de raconter des histoires depuis bien longtemps.

– Ton charmant nouveau jouet s'est pointé au Velvet aujourd'hui.

La brume d'ébriété qui encerclait mon cerveau s'évapore instantanément et je bondis sur mes pieds, cherchant quelque chose d'autre à frapper que le marbre de la tombe de mon géniteur.

– Putain, mais comment ça a pu arriver ?

– Une tierce personne lui a envoyé l'adresse, sur le portable qui t'est réservé.

Putain de bordel de merde, Hammond ne mentait pas quand il m'a dit qu'il avait acheté mon équipe.

– Je vais devoir virer tout le monde.

– Ton assistante aussi ? insiste Georgia.

– Je doute qu'elle se soit envoyé le message toute seule, dis-je froidement tout en calculant mentalement les indemnités de licenciement.

– Tu sais que c'est la seule chose à faire. Il faut que tu te débarrasses d'elle, Smith.

Aucune trace d'un comportement de connasse vis-à-vis de Belle dans cette déclaration. Georgia est simplement rationnelle et indéniablement intelligente. Je ne pourrais même pas feindre des excuses de sécurité auprès d'Hammond si je la gardais avec moi.

– C'est plus compliqué que ça.

– Ne me dis pas que tu ne l'as pas vu venir. Ou étais-tu trop aveuglé par ton érection pour réfléchir correctement ?

– Va te faire foutre, Georgia, dis-je en grognant.

– On avait juré de ne s'attacher à personne. Pas même l'un à l'autre. Je crois que tes mots exacts étaient même : « Il faut qu'on soit prudents. »

Sa voix me met au défi de remettre en question cette déclaration, mais c'est impossible.

– Nous ne sommes pas du genre à nous attacher.

Ce qui explique pourquoi je n'ai pas vu Belle venir.

– Elle a été choisie pour remplir une mission précise, continue-t-elle. Maintenant, tout a pété. Il nous reste d'autres chemins à explorer.

– On peut continuer notre quête sans avoir à l'abandonner. D'ailleurs, sa présence pourrait créer un écran de fumée. Ses relations personnelles n'ont pas échappé à Hammond. S'il pense que…

– Bordel, est-ce que tu t'écoutes parler ? m'interrompt-elle en secouant la tête, faisant ainsi voleter ses mèches brunes dans la brise.

– Elle va devenir une cible. C'est ça que tu veux ?

– C'est un bon plan.

– Tu risquerais sa vie ? Elle ne doit rien représenter de plus pour toi qu'un joli petit cul. Même venant de toi, c'est dégueulasse.

– J'ai été l'élève des meilleurs maîtres.

Impossible de la regarder. En vérité, c'est quelqu'un d'autre qui m'a appris la cruauté. Georgia a simplement été celle qui m'a aidé à aiguiser ce talent naturel.

– Alors, détruis-la.

Georgia hausse les épaules et se relève. Brossant l'arrière de son pantalon, elle poursuit :

– Je m'en fous complètement, mais nous savons tous les deux que tu ne pourras pas supporter d'avoir plus de sang sur les mains.

– Je croyais que j'étais dégueulasse.

– Ça oui, mais tu n'es pas un meurtrier. C'est le seul péché que tu as évité jusqu'à présent.

Je ne partage pas son avis. Je n'ai jamais dérobé le dernier souffle de quiconque ni arrêté un cœur de battre, mais j'ai été stupide. Des gens sont morts. Même si, techniquement, elle a raison, je la hais encore plus pour cette raison.

– Pas comme certaines.

– Je suis née pour pécher. C'est dans mon ADN, répond-elle sans être blessée par ma pique. Alors, suis mon conseil et laisse-la partir.

– Pourquoi ?

Ce n'est pas le genre de Georgia de virer sentimentale. Si quelqu'un se met en travers de son chemin, il est simplement écrasé.

– Parce qu'elle compte pour toi, dit-elle doucement. Et si tu es encore capable d'avoir de tels sentiments, alors il y a peut-être encore de l'espoir.

Pour nous. Elle ne finit pas sa phrase, mais elle est là, quelque part entre nous, pour les autres, pour ceux qui restent.

– Ne t'attends pas à être pardonnée, lui dis-je pour l'avertir. Dieu nous a abandonnés il y a bien longtemps.

CHAPITRE VINGT-SIX

Je prends l'ascenseur pour descendre au niveau le plus bas, me débarrassant de ma robe dans le couloir et envoyant promener mes chaussures. J'ai besoin de réfléchir, d'y voir plus clair. Ce que j'ai appris aujourd'hui est un poids sur ma poitrine et là, j'ai du mal à respirer. Je pousse la porte et m'avance jusqu'au bord de la piscine. Je plonge sans réfléchir, me libérant immédiatement de mon propre poids. Je touche le fond du bassin et ne remonte que pour prendre une grande inspiration et disparaître à nouveau sous la surface transparente.

Le passé de Smith ne m'appartient pas. Je ne peux pas lui tenir rigueur de la vie qu'il a menée avant de me rencontrer. Mais je comprends encore moins quelle est ma place dans son existence. Notre relation a trop vite évolué pour devenir une sorte de compulsion. Ma simple présence dans sa piscine en est la preuve et me force à me demander ce dont j'ai réellement besoin de sa part.

Je sais ce que je veux. Son corps. Son âme.

Lui.

Chaque parcelle de mon être crève d'envie d'en avoir plus. Je le désire, il me consume, mais que s'est-il passé de l'autre côté de la barrière ? Si je le quittais maintenant, j'en serais détruite. Est-ce que ce sera pire dans une semaine ou dans un mois ? Ou encore dans un an ? Je ne peux que rêver de le retenir aussi longtemps. Je me laisse flotter jusqu'à la surface, gardant mon visage dans l'eau jusqu'à en faire brûler mes poumons. Je cherche une chose qui me prouvera que je suis vivante en dehors de son existence. Mes bras dérivent le long de mon corps et je laisse tout partir. La peur. La colère. Jusqu'à ce qu'il ne reste plus que le désir. Ça devrait être suffisant.

J'ai vaguement la sensation d'un mouvement dans la piscine. Le bruit d'un plongeon. Je lève la tête, crachotant et inspirant l'air à grandes goulées lorsque des bras se referment sur moi et cherchent à me faire sortir du bassin.

– Belle !

Smith crie mon nom et me donne une claque. Il n'y a rien de joueur dans son comportement. Rien qu'une douleur sur ma pommette.

Je me débats entre ses bras et me libère pour replonger sous l'eau, nageant aussi vite que possible, mais il me suit de près. Cette fois-ci, lorsqu'il m'attrape, il me traîne hors de l'eau et m'écrase contre lui. Je cligne des yeux pour en chasser le chlore et je rassemble mes forces pour le repousser une fois encore. La paume de ma main entre en collision avec sa poitrine et elle se coince dans du tissu mouillé. Étonnée, je baisse les yeux et je découvre qu'il est complètement habillé. Je regarde rapidement au bord du bassin et j'y vois ses chaussures. Je lui crie dessus :

– Mais qu'est-ce que tu fous, putain ?

– Oh mon Dieu !

Il attrape ma nuque et me force à me rapprocher de lui. Mon corps réagit immédiatement, cessant de lutter contre son emprise. Je fonds dans ses bras, mes larmes se mêlant à l'eau jusqu'à ce que je ne sache plus si je pleure ou si je me noie.

Je me sens toujours comme ça quand je suis près de lui.

– Je t'ai vue dans la piscine, dit-il en s'étranglant. J'ai cru que…

Soudain, je vois la scène à travers ses yeux. Mon corps flottant à la surface, immobile et en apesanteur. Je revois l'image des pieds ballants de mon père.

Et alors, je comprends. Peu importe ce que j'ai fait. Peu importent mes efforts pour le repousser. Il m'a redonné la vie, il m'a insufflé l'essence même du souffle vital à travers ses baisers et ses caresses.

– Tu m'as fait des promesses.

Je l'accuse, car je perds le peu de contrôle que j'avais regagné sur mes émotions dans un torrent de chagrin et de trahison.

– Tu m'as promis de me protéger, mais tu ne m'as jamais dit pourquoi j'en avais besoin.

– Je sais.

Il essuie ma joue en me calmant de ses doux soupirs et quand ça fonctionne, il reprend :

– On m'a dit ce qui s'était passé aujourd'hui, où tu étais allée. Je suis désolé que tu aies eu à voir ça.

– Parce que c'était ton sale petit secret ou parce que c'est le sort que tu me réserves ? dis-je sur un ton mordant en frappant son torse robuste jusqu'à ce que mes mains en deviennent douloureuses.

– Tu n'as pas ta place là-bas. Je n'ai jamais voulu que tu voies cet endroit.

Ce n'est pas suffisant. Je ne suis pas sûre de ce qui pourrait arriver.

– Mais ce sont les trucs que tu veux me faire faire. Ces trucs que tu m'as déjà faits ! C'est quoi ? Quelle pièce du puzzle de ta vie est un mensonge : moi ou ce club libertin ?

– Il y a des choix qu'on ne fait pas soi-même. Cette maison, ma vie – mon métier –, tout ça m'a été donné le jour de ma naissance. Je n'ai jamais rien demandé. Je ne m'attends pas à ce que tu comprennes, je ne te le demande pas.

Mais si, je comprends. J'ai passé ma propre vie partagée entre la réalité que m'imposait mon nom de famille et ce que je voulais pour mon avenir. Je n'ai jamais pu voir l'un sans l'autre. Ça a dirigé mon existence et perverti mon destin avant même que je puisse comprendre la nature de mon héritage familial. Ma mère m'a appris à apprécier le luxe et les biens matériels, parce que c'est de cette manière qu'elle comble le vide en elle. J'en ai fait de même jusqu'à ce que Smith entre dans ma vie.

Je ne peux pas me débarrasser de la sensation que je troque un vice pour un autre.

– Si, je sais. Je comprends, mais ça ne change rien au problème.

Je murmure ma réponse, effrayée du sens profond de mes mots.

– Non, effectivement, m'accorde-t-il. Je ne suis pas sûr d'être capable d'être normal. Je déconne depuis trop longtemps pour le savoir. Mais toi, tu me donnes envie d'essayer et quand je t'ai vue dans la piscine, cette sensation a disparu. J'ai encore perdu les pédales. (Il attrape brutalement mon visage.) Je ne te perdrai pas.

– Et si tu n'as pas le choix ?

La question me déchire.

– Lorsque je t'ai sortie de l'eau, j'ai su que j'avais le choix. Que nous aurons toujours le choix. Je ne dis pas que ce sera facile, mais au moins, ce sera possible. Tous ces gens qui m'ont dit que je ne pouvais pas choisir et qui m'ont forcé la main, tous ces gens qui t'ont fait la même chose, ils nous mentaient, ma belle. Nous pouvons choisir dans quelle direction nous souhaitons aller. La seule chose qu'il nous reste à décider, c'est si nous voulons parcourir ce chemin ensemble.

J'ai envie de croire que c'est aussi simple que ça, mais je sais que ce n'est pas vrai.

– Et si on choisissait d'être honnêtes l'un envers l'autre ?

– C'est envisageable, mais quand le moment sera venu. Il y a des choses que je ne peux pas te révéler sur ma vie. Des horreurs. Tu as vu mon côté sombre. Tu t'es laissé toucher par lui. Mais ce n'est pas ce que je veux pour toi. Je ne veux pas que tu passes ta vie à regarder par-dessus ton épaule, dit-il d'une voix sourde. Mais je ne supporte pas non plus l'idée de me séparer de toi.

Enfouissant mon visage dans le creux de son cou, je le supplie :

– Alors, ne le fais pas. Laisse-moi une place ici.

Je pose une main sur sa poitrine, mesurant la pulsation forte et régulière de son cœur.

– Tu y es déjà, ma belle. Ce n'est pas suffisant ?

C'est tentant de croire que c'est peut-être le cas.

– Non. Tu as dit que j'étais à toi, Smith. Tu as choisi de me protéger. Je veux qu'on soit égaux. J'ai besoin que tu m'appartiennes autant que j'ai besoin de te protéger.

– Personne ne peut me protéger.

Les mots sonnent creux, tellement différents de la confiance qui d'ordinaire exsude de sa personne.

Mais malgré son rejet, je sens la vérité. Il s'est ouvert à moi. Il est vulnérable. À nu. Est-ce que le reste ne pourrait pas venir avec le temps ?

– En fait, tu n'as pas besoin de ma protection. Tu es forte. Tu choisis de braver la tempête lorsque les autres s'enfuient, dit-il en embrassant les larmes sur mes joues, un sourire triste aux lèvres.

– Toi aussi, je lui réponds en m'étouffant à moitié avec la grosse boule dans ma gorge.

– Qui se ressemble s'assemble, murmure-t-il. Reste avec moi. Je sais que tu n'as aucune raison d'attendre des réponses à tes questions. Je te demande de prendre un risque. D'aller au-devant de la tempête à mes côtés.

Je serre mes jambes autour de sa taille et pose mon front contre le sien, sans jamais rompre notre contact visuel.

– Je serai ton abri, promet-il.

Ma réponse est là, cachée dans ce regard troublé. Aucun secret dans ses yeux. Pas pour moi. Je ne connais pas leurs noms ni ses crimes. Je peux seulement accepter qu'avec le temps je l'apprenne. Alors, je le corrige :

– Nous nous abriterons l'un l'autre.

CHAPITRE VINGT-SEPT

En portant Belle entre la piscine et l'ascenseur, mon instinct de protection entre en action, à mort, même. Quand j'ai cru que je l'avais perdue, toutes les promesses que je me suis faites en quittant le cimetière se sont envolées en fumée. L'espace d'un instant, j'ai vu la réalité d'une vie sans elle et plutôt que de la laisser partir, j'ai plongé tête la première pour la retrouver.

– Ne disparais plus jamais, murmure-t-elle en tournant mon visage vers le sien.

Si seulement c'était aussi simple que ça. La décision la plus difficile d'entre toutes a été prise, mais il y a en a encore beaucoup d'autres. Des décisions qui seront difficiles à justifier.

Je l'allonge en travers du lit, toujours dégoulinante, et je vais chercher une serviette, me débarrassant de mes vêtements trempés au passage. Lorsque je reviens, elle est roulée en boule et s'est mise à trembler. Je soulève doucement son bras et j'essuie les gouttes d'eau jusqu'à la sécher complètement. Puis je jette la serviette humide par terre et j'avance à genoux vers elle.

– Tu es encore mouillé, remarque-t-elle alors quand elle se love contre moi.

Passant mes doigts dans ses cheveux, je lui murmure :

– Mais je suis chaud, ma belle.

– Mmmm.

Elle dessine les contours de mes pectoraux du bout des doigts, puis elle s'avance pour déposer une série de baisers sur ma peau encore trempée.

Je glisse ma main sous son menton, attirant son visage pour poser mes lèvres contre les siennes. Nos bouches se meuvent lentement. Elles se goûtent. Elles s'explorent. C'est comme si nous nous découvrions pour la première fois. Ma langue passe sur l'ivoire de ses dents avant de chercher la sienne. Nous prenons notre temps, permettant à nos corps de s'effleurer avant de se lier.

Elle a choisi de me faire confiance et de revenir dans mon lit. Je ne suis pas près de lui laisser penser une seule seconde que c'était une erreur. Même si je sais que ce que je dois lui demander sera difficile, je sais que c'est le seul chemin, en fin de compte, qui nous est offert pour avancer.

J'ai déjà pris son corps. Je l'ai contrôlé. Je l'ai possédé. Maintenant, je vais le révérer. Elle aura bientôt des raisons de douter de ce qui se passe entre nous. Les souvenirs de cette nuit vont devoir l'aider à traverser toutes les épreuves à venir.

Je la fais rouler sur le dos pour surplomber son corps. Elle écarte les jambes, comme pour m'inviter, et je me glisse dans l'ouverture, laissant mon gland tracer le contour de sa vulve brûlante au passage. Belle ondule contre moi, m'incitant à la pénétrer, mais je me retiens. Passant mes bras sous son dos, je la soulève du matelas. J'ai besoin de sentir sa chair contre la mienne. Elle est fébrile, sa chair est embrasée de la passion qui frémit entre nous et ses tétons durcissent lorsqu'ils frôlent ma poitrine. Je me courbe pour les prendre dans ma bouche, passant ma langue autour de leur pointe sensibilisée jusqu'à ce qu'elle crie. La tête de Belle retombe en arrière alors que je passe d'un sein à l'autre, les embrassant, les suçotant à lui en faire perdre le souffle. Il y a tant de choses que j'aimerais qu'elle expérimente, tellement de plaisirs que j'ai prévu de lui donner.

– S'il te plaît, Maître...

Je la fais taire en lui susurrant à l'oreille :

– Ce soir, il n'est pas question de pouvoir ou de plaisir. Là, il n'est question que du lien qui nous unit.

Ce lien que nous tissons se renforce à mes mots. J'entends qu'elle en a le souffle coupé, comme si elle le ressentait. Cette fois, lorsqu'elle rue des hanches contre moi, il n'y a aucun désespoir en elle, seulement un signal me disant qu'elle a besoin de la même chose. J'entre prudemment en elle, mon sexe cherche instinctivement l'abri que nous nous sommes promis l'un à l'autre. Je l'ai trouvé, il n'y a aucune résistance sur mon passage. Nous ne bougeons ni l'un ni l'autre lorsque nos corps sont joints. En fait, nous savourons la sensation.

Ses mains se posent de part et d'autre de mon visage et elle m'attire vers elle jusqu'à ce que nos lèvres entrent à nouveau en contact. Nos baisers sont à l'unisson, et nous reprenons les caresses langoureuses qui apaisent mes douleurs. Je glisse une main entre nos corps et j'écarte les replis de son sexe pour mettre son clitoris en contact avec ma peau. Ce geste lui montre que je peux m'occuper d'elle. Je roule des hanches, me retirant juste assez pour que, chaque fois que je reviens en elle, la friction soit de plus en plus intense.

Elle gémit quand sa chatte se contracte autour de ma queue, et chaque tremblement est la ponctuation parfaite de notre étreinte. Nous avançons dans le plaisir ensemble, main dans la main. Nous ne cherchons ni l'un ni l'autre à atteindre l'orgasme le plus vite possible. Nous savourons simplement chaque vague, plus exquise l'une que l'autre, qui nous mène toujours plus près du précipice.

C'est comme un lent riff de blues. De ceux qui s'impriment dans notre âme et qui filtrent dans nos veines jusqu'à ce qu'ils deviennent plus que de la musique. De l'art. Imprévu. Improvisé. Nos corps sont les instruments et nous les laissons choisir la mélodie.

Ses mains libèrent mon visage, et elle enroule ses bras autour de mes épaules, enfonçant ses ongles dans ma peau pour se maintenir lorsque notre tempo s'accélère. Notre chanson évolue pour prendre le rythme rapide aux notes primaires et brutales de nos corps qui se livrent à la jouissance. De petits cris s'échappent de ses lèvres, ponctués par des soupirs, alors que notre harmonie cède la place au chaos.

Je clos sa bouche en posant la mienne dessus quand je me déverse en elle, souhaitant qu'elle ressente la chaleur de mes lèvres quand celle de ma semence l'emplit. Elle se relâche complètement dans mes bras et je soulève son corps souple contre moi, puis je me mets à genoux. Je suis toujours en elle lorsque les contractions de ses chairs intimes galvanisent mon érection. Elle passe ses bras derrière ma nuque et j'agrippe ses hanches pour l'inciter à faire des mouvements de bassin de haut en bas.

– C'est trop, marmonne-t-elle mais je sens pourtant son corps se raidir.

– Ce n'est jamais trop.

Je grogne en faisant des mouvements circulaires.

Sa respiration s'accélère, des tremblements saisissent son corps et son clitoris, la propulsant vers un nouvel orgasme.

– Regarde-moi, lui dis-je doucement. Je veux voir en toi quand je jouis.

Elle cligne des yeux pour les ouvrir, ses iris sont brillants malgré son regard voilé par le plaisir. Ses dents s'accrochent à sa lèvre inférieure lorsque ses tremblements cèdent la place à de violents spasmes.

– Je suis à toi, dit-elle entre deux souffles alors qu'un sanglot la déchire.

– C'est ça, ma belle, dis-je pour l'encourager à s'ouvrir un peu plus. Et ça ne changera jamais.

CHAPITRE VINGT-HUIT

Dans le couloir, j'ai le regard rivé sur le fin rai de lumière que je vois sous la porte. Un gémissement fend l'air et me fige sur place. Je me force à poser la main sur la clenche de la porte, mais rien n'y fait, même si j'essaie d'étirer mon bras, il m'est toujours impossible de l'atteindre. À chaque cri de l'autre côté de la porte, ma panique monte d'un cran. Je plonge la tête la première et je tombe.

Tombe.

Tombe.

Je me réveille en sursaut et je m'assieds sur le lit. Smith est allongé à mes côtés, en étoile de mer sur le ventre, les jambes emmêlées dans les draps. Je songe à le réveiller, mais mon cauchemar m'assaille à nouveau avant même que j'aie pu agir. J'ai déjà vu cette porte.

« Tu ne sais pas quels secrets il garde derrière des portes closes. »

Ce sont les mots de Georgia.

Sans réfléchir, je me glisse silencieusement hors du lit. J'attrape une couverture et je m'enroule dedans pour aller dans le couloir. L'ascenseur sonne en arrivant, et je me raidis lorsqu'il retentit en résonnant dans la maison silencieuse.

Dans la cabine, j'appuie sur le bouton du deuxième étage. Je n'y suis pas retournée depuis que Smith m'a montré la chambre qu'il m'avait réservée. Peut-être que si je l'avais utilisée, ma curiosité m'aurait démangée plus tôt. La porte s'ouvre sur un couloir sombre, mais quand je fais un pas en avant, l'éclairage automatique se déclenche. Les lampes s'allument les unes après les autres. La dernière est placée entre les deux portes au fond du couloir.

Mes pas sont lourds, et pourtant j'avance lentement. Je n'ai aucune idée de ce que je vais trouver. La majeure partie de mon cerveau me crie de fuir et de retourner dans le lit de Smith, zone de sécurité déclarée, mais, poussée par une force inconnue, je poursuis mon chemin. Cette force semble me guider. Je m'arrête en arrivant à destination, et mon regard hésite entre la porte ouverte de la chambre qui m'a été assignée et l'autre, bien fermée, juste en face. Lorsque ma main s'approche de la poignée, mes doigts se referment autour de la clenche et j'appuie dessus. Elle s'ouvre sans difficulté.

La porte était fermée mais pas verrouillée. Un léger rayon de lune traverse la pièce, mais il n'y a pas assez de lumière pour voir distinctement. Je trouve l'interrupteur en tâtonnant sur le mur. Une seule ampoule s'allume, mais c'est suffisant.

Dans cette pièce, tout est sinistrement similaire à la chambre que Smith a sélectionnée pour moi. Celle qu'il m'a permis d'utiliser. Mais lorsque mon regard s'habitue à la faible luminosité, je vois bien mieux le tableau devant moi. Un lourd manteau de poussière s'est posé sur les meubles, et des toiles d'araignée s'étirent depuis le plafond. Le lit est défait, les draps sont roulés en boule à son pied et l'édredon pend à moitié par terre. Une demi-douzaine d'oreillers et de coussins sont éparpillés dessus, comme si quelqu'un s'était simplement levé un matin et avait quitté la pièce.

Smith a une gouvernante. Une femme que je n'ai jamais rencontrée. Mais, au vu de l'état absolument impeccable du reste de la maison, je sais qu'elle est très appliquée dans son travail, ce qui veut dire que cette pièce a été laissée dans cet état à dessein. Je m'aventure vers le bureau sur lequel le courrier est soigneusement empilé. Chacun de mes pas soulève de petits tourbillons de poussière. J'attrape une lettre et souffle dessus pour lire l'adresse. Elle a été envoyée ici, ce n'est pas une surprise, mais mon cœur s'arrête lorsque je vois qu'elle a été libellée à l'intention d'une femme. Margot Pleasant.

Si cette chambre a été la sienne, pourquoi l'avoir laissée dans cet état ?

Je fouille la pile d'enveloppes encore scellées en espérant trouver un indice. À part leur état, il n'y a rien d'anormal.

Je fais demi-tour pour continuer ma quête et, au passage, je trébuche sur une chaussure à talon. Je me baisse pour la ramasser. C'est à peu près ma taille. La jetant dans un coin pour éviter de me reprendre les pieds dedans, je m'arrête devant sa coiffeuse. Des bouteilles de parfum et des tubes de rouge à lèvres encombrent le plateau. Ils sont couverts d'une telle couche de poussière que je ne peux pas lire leur nom ni deviner leur marque. Je lève les yeux et me fige sur place. Mon visage me regarde. Non pas une mais au moins une centaine de fois. Des petits fragments de ma bouche et de mes yeux sont reflétés dans le miroir brisé.

J'ouvre un tiroir de la coiffeuse pour l'inspecter et j'y découvre encore plus de produits cosmétiques, mais rien d'autre.

Je me retourne et je repère ma prochaine cible : un gros coffre en cèdre sous la fenêtre.

Qui était cette femme ? Rien dans ce musée macabre dédié à sa vie ne me donne d'explication. Il va falloir que je continue à fouiller.

Ouvrant le couvercle avec soin, je jette un coup d'œil à l'intérieur. Une fine canne en roseau gît au fond, à côté d'une paire de menottes et d'un bout de corde. Les autres articles sont plus difficiles à identifier. Il y a des pinces et des tubes attachés à des chaînes ou à des tuyaux. En fouillant dans le fatras, ma main attrape un godemiché. Je le laisse tomber immédiatement. Le trésor d'une femme…

Ma gorge se serre lorsque je m'éloigne du coffre. Smith ne voulait pas que je vienne ici pour une bonne raison, une raison qui devient de plus en plus évidente. Mon ventre imite ma gorge. Je devrais partir, mais je ne peux pas m'empêcher de regarder partout. Pas tant que je n'aurai pas la certitude de ce que je suis venue chercher.

Bon Dieu, j'espère que je me trompe.

Sur le mur d'en face, je repère la porte de son dressing. Elle me fait signe d'avancer. Me blindant mentalement, j'y vais directement et je l'ouvre immédiatement. Lorsque j'allume la lumière à l'intérieur, je suis accueillie par une rangée de robes. De magnifiques tenues de soirée et de simples vêtements de ville. Des chaussures et encore plus de chaussures. Et à côté, toute une sélection de costumes taillés sur mesure pour un homme bien particulier.

Les larmes envahissent mon regard lorsque j'attrape une manche en laine dont le style m'est familier. Ils sont tous noirs. C'est la seule différence avec sa garde-robe actuelle.

Ce n'est pas sa chambre à elle. C'était leur chambre à tous les deux.

– Elle a gardé son nom de jeune fille, dit Smith dans mon dos.

En faisant volte-face, je me retrouve face à lui. Dans sa main, la lettre que j'ai époussetée. Ses cheveux sont emmêlés et sa barbe a légèrement repoussé, mais il ne porte rien d'autre. La masculinité brutale de son corps nu réveille une certaine faim dans mes entrailles. Je ferme les yeux et j'essaie de faire disparaître cette sensation, mais sa présence est trop puissante.

Lorsque je les ouvre à nouveau, je m'aperçois qu'il s'est approché, il est encore plus attirant, c'est magnétique, et j'ai de plus en plus de mal à y résister.

– Au début, ça a égratigné mon ego mais, au bout de quelque temps, c'est devenu bien plus logique, continue-t-il d'une voix distante, perdue dans le passé.

– Margot.

Prononcer son nom à voix haute rend sa réalité encore plus tangible. J'ai envie de le reprendre, regrettant de l'avoir dit.

– Est-ce que tu l'aimais ?

C'est la question la plus importante, mais aussi celle qui devrait le moins compter.

– Je l'aimais plus qu'elle ne m'aimait, admet-il en revenant vers moi. Nous étions jeunes, stupides et puants de fric. Le monde entier était à mes pieds, et on me l'avait tendu sur un plateau d'argent sans me présenter la facture. Je n'aurais jamais pu imaginer que le prix en serait si élevé.

J'essuie le liquide qui menace de se répandre sur mes joues, embarrassée d'être jalouse alors qu'il semble certain que j'ai toute raison de l'être. Même si je redoute sa réponse, je lui demande :

– Où est-elle ?

– Elle est morte.

Il a dit ça sur un ton neutre. Sans émotion. C'est un fait énoncé et rien de plus.

– Il faut que j'y aille.

Je le bouscule pour passer, mais il m'attrape par le bras.

– Il faut que tu comprennes !

J'explose :

– Comprendre quoi ? Que tu gardes un mémorial en l'honneur de ta femme morte ? Femme que, d'ailleurs, tu n'as jamais mentionnée. Ou peut-être tu n'as jamais compris qu'elle est morte ? Dis-moi ce que tu veux que je comprenne.

C'est évident, il ne veut pas répondre à ma question.

– Qu'est-ce que tu voulais que je fasse ? Que je te prenne dans mes bras ? Que je me mette à genoux pour sucer ta bite, histoire que tu te sentes mieux ?

Je tire sur mon bras pour me libérer et je vais m'asseoir sur le lit avant de poursuivre :

– Peut-être que tu pourrais me baiser en prétendant que je suis elle.

La rage bout dans son regard lorsqu'il m'attrape pour me chasser du lit en me jetant par-dessus son épaule.

– Je ne veux pas te confondre avec elle.

– Repose-moi par terre !

– Non. Pas tant que tu ne te seras pas calmée.

– Toutes mes excuses, dis-je sur ton sifflant. Repose-moi par terre, s'il te plaît, Maître.

– Ne fais pas ça, me menace-t-il en me portant vers l'ascenseur alors que je crie et me débats de toutes mes forces. Ne souille pas notre relation.

– Oh putain, elle est déjà salement souillée, tu peux y aller.

Je frappe son omoplate de toutes mes forces, ne réussissant qu'à me blesser moi-même.

Nous descendons au premier étage. J'ai arrêté de lutter. J'ai changé de plan. Maintenant, je projette de partir à toutes jambes à la minute où il me relâchera. Il ne peut pas me retenir pour l'éternité.

– Je vais te reposer, m'explique-t-il lorsque nous entrons dans sa chambre. Et je sais que tu veux partir en courant. Jure-moi que tu ne le feras pas.

– Sinon quoi ?

– Sinon je te baise jusqu'à ce que tu n'aies plus la force de partir.

– Tu n'oserais pas.

Mais, tout au fond de moi, je sais qu'il le ferait et, pire encore, je sais que j'aimerais ça.

Je ne suis pas près de lui donner satisfaction.

– Parfait. Je te le jure.

Lorsqu'il me repose doucement par terre, il murmure :

– Souviens-toi que je ne suis pas seulement plus fort, je suis aussi plus rapide, ma belle.

– Ne m'appelle pas comme ça.

Je croise mes bras sur ma poitrine. Il peut bien essayer de s'en sortir avec toutes les jolies paroles qu'il veut, mais je ne reviendrai pas en arrière. Il a franchi la limite.

– Le jour de sa mort, commence-t-il, j'ai fermé cette porte. Puis je suis allé au bureau et j'ai pris le pistolet de mon père.

Même si j'essaie de rester détachée, j'en suis bouche bée. Une envie dévorante de lui prendre la main m'envahit, mais je tiens bon, même si je reste à l'écoute.

– Entre nous, c'était le bordel. Je pensais qu'elle fréquentait quelqu'un d'autre. Elle était aussi impétueuse que moi. Au moins, nos disputes étaient intéressantes.

Encore une ressemblance grotesque entre nous. Je déglutis la grosse boule dans ma gorge en essayant d'avaler sa révélation.

– Il pleuvait ce jour-là. Une voiture l'a percutée. Le second conducteur et elle sont morts sur le coup.

– J'ai déjà entendu cette histoire dans le passé, dis-je doucement, mais elle ne se termine pas de la même façon.

– Un accident. Rien de plus. Du moins, c'est comme ça que je l'ai vu. Je m'en suis voulu. Elle était partie pour changer d'air après notre dispute.

– Un accident ne peut pas être de ta faute.

Je n'arrive pas à croire que je le réconforte.

– Personne n'a pris la peine de me le dire. À cette époque, mon père était déjà parti. Ma mère avait renoncé à moi quelques années plus tard. J'avais cette maison et un travail important, je m'occupais de la clientèle de feu mon géniteur. Je voulais qu'au moins une personne dans ma vie soit réelle, j'ai fermé la porte et accepté les mensonges.

Il marque une pause et me regarde en face jusqu'à ce que je baisse les yeux.

– Tu sais pourquoi je ne vais jamais dans la piscine? Mon père s'est noyé dedans.

– Un accident.

Le mot m'a échappé, mais cette fois-ci il m'a laissé un goût amer dans la bouche.

– Hammond m'a dit que je n'étais pas né sous une bonne étoile.

Je vois un muscle tressauter dans sa joue et avant que je ne puisse m'en empêcher, je passe la main dessus. Smith l'attrape et la maintient contre son visage.

– Suis-je seulement un remplacement?

J'ai murmuré ma question, et Smith ferme les yeux avant de me répondre:

– Non, tu es l'original, pas la copie.

– J'ai vu le coffre. Je suis allée au Velvet, je réponds en secouant la tête. Je ne suis pas sûre d'avoir ma place dans ton monde.

– Tu as tort, ma belle. Ce n'est pas mon monde.

– Mais pourquoi tu…

Je ne termine pas ma phrase, j'en suis incapable.

– On m'a fait découvrir ces choses-là quand j'étais très jeune. Hammond s'assure toujours de faire ça. Il a commencé à se taper Georgia quand elle avait quatorze ans. La plupart de son business tourne autour du sexe, et elle est le joyau de son empire. Il l'a façonnée pour répondre à un standard très astreignant. Tout le monde a un vice, vois-tu. J'en ai beaucoup trop. Le seul qui m'est resté, c'est celui de la domination. J'aimerais pouvoir lui en vouloir pour ça, mais c'est de ma faute. C'est comme ça que je suis.

– Moi aussi, j'admets d'une voix tremblante. Tu m'as domptée.

– Non, ma belle. J'ai juste eu la chance de voir que tu voulais une laisse.

Je me force à ignorer la faim qui tiraille mes chairs intimes. Céder ne résoudra rien.

– Pourquoi me l'avoir caché ?

– Si personne ne voit tes cicatrices, pourquoi les montrer ?

Sa réponse me plante des épines dans le cœur. C'est plus simple de voiler la vérité, de projeter l'image d'un semblant de vie normale.

– Depuis mon enfance, j'ai fait comme on m'a dit. J'ai toujours suivi le chemin qu'on a tracé pour moi. Je ne veux plus faire ça, dis-je.

– Qui se ressemble s'assemble, répète-t-il. Moi non plus.

– Alors, pourquoi continuer à s'occuper de ses affaires ? Cet homme est un pédophile.

– Je ne peux pas te le dire.

Trois pas en avant. Deux pas en arrière.

– Mais putain, bien sûr que si !

– Il faut que tu me fasses confiance.

Il enlace mes doigts et tire ma main vers ses lèvres avant de poursuivre :

– Je n'ai jamais eu l'intention de vivre ce qui se passe entre nous et, maintenant, il faut que je réfléchisse pour nous deux.

Mes yeux se plissent et je lui lance un regard noir.

– Je peux réfléchir toute seule.

– Je ne veux pas que tu penses à ça, me corrige-t-il doucement. Lundi, je vais virer tout mon staff, et donc toi aussi.

– Et moi qui pensais qu'on allait dans la bonne direction.

J'essaie de retirer ma main de la sienne, mais il resserre son étreinte.

– Tu vas travailler sur ton projet, Bless. Je t'ai déjà créé un compte professionnel avec une dotation suffisante.

Je l'interromps d'un cri :

– Non ! Je ne t'ai jamais demandé ça.

– Ce n'est pas un cadeau. J'ai fait la paperasse pour un investisseur anonyme dans ton entreprise. Cet investisseur, c'est moi. J'ai récemment vendu mes parts du Velvet et j'ai besoin d'investir cet argent quelque part.

– Ça ressemble bien à un cadeau, je réponds en grognant.

– J'ai besoin que tu restes très occupée, d'autant plus que nous allons passer beaucoup moins de temps ensemble.

La note d'excuse dans le ton de sa voix ne fait rien pour apaiser la détresse induite par cette révélation.

– Parce que tu seras trop occupé à recruter de nouveaux employés, dis-je platement.

– Entre autres. Je ne veux pas que tu en saches plus que ça.

– Pourquoi.

– Je ne t'ai pas engagée par hasard. Quelqu'un t'a choisie pour moi. Je n'ai appris la raison que plus tard, admet-il. Et à ce moment-là, il était déjà trop tard.

Je le regarde, complètement abasourdie.

– Pour me virer ?

– Pour te laisser partir.

Il m'attire brusquement dans ses bras et poursuit :

– Tu aurais dû quitter mon bureau ce jour-là. J'aurais dû t'en faire partir. Maintenant, il est trop tard pour nous deux.

Alors que j'assimile la portée de ses paroles, je comprends qu'il a raison. Je suis revenue vers lui encore et toujours, ignorant les signaux d'alarme, et je continuerai à faire de même. Je lui murmure alors :

– Est-ce que je pourrai te voir ?

– Oui. (J'entends un petit sourire dans sa voix.) Tu ne peux pas me maintenir à distance. Il faudra simplement être prudents.

– Pendant combien de temps ?

Il presse ses lèvres dans mes cheveux et reste immobile un bon bout de temps avant de me répondre.

– J'aimerais le savoir.

Je ne réponds rien. Je suis comme anesthésiée, incapable de tout assimiler.

– Quoi qu'il en soit, ajoute-t-il d'un ton las, si tu choisis de me quitter ce soir, ou demain matin, je comprendrai. Je ne te promets pas de garder mes distances, mais j'essaierai de respecter ton choix. De toute façon, le compte professionnel est à toi.

– Je ne veux pas de ton argent. C'est toi que je veux.

– Je suis tout à toi, ma belle.

Il incline la tête et m'embrasse avant de poursuivre :

– Moi tout entier, compte en banque inclus. Faut que tu fasses avec.

Souriant à contrecœur, malgré la douleur qui s'installe en moi, je lui rappelle :

– Je peux me montrer contrariante.

– Canalise ton énergie dans Bless et personne ne pourra t'arrêter.

– Et jusqu'à lundi ?

Il me répond en me soulevant pour me porter jusqu'au lit. Lorsqu'il me laisse tomber dessus, il me regarde en me faisant un petit sourire complice.

– On a jusqu'à lundi pour que je te fasse jouir à en oublier ton propre nom, ou même tout ça. Il n'y a que toi et moi.

J'avance à quatre pattes vers lui, l'incitant à s'approcher de mon index. Lorsqu'il est assez près, je passe ma langue sur les crêtes de ses muscles abdominaux.

– Je te parie que je peux te faire oublier ton nom en premier.

– Tant que toi, tu ne l'oublies pas, ma belle, ça me va.

Il attrape mon épaule et me jette sur le matelas, avant de foncer droit sur moi et de m'aplatir en posant sa bouche sur mon ventre.

Je n'oublierai pas. C'est mon choix, j'ai choisi de braver le vent sifflant et de résister aux torrents de pluie alors que les premiers nuages menaçants se forment à l'horizon.

Smith attrape ma main et la serre lorsqu'il descend entre mes cuisses. Nous ferons face à la tempête ensemble.

Un mensonge les a réunis,
la vérité pourra-t-elle les séparer ?

L'histoire d'amour explosive de Smith et de Belle se poursuit dans

CONVOITE-MOI
CINQUIÈME LIVRE DE LA « ROYAL SAGA »

REMERCIEMENTS

Merci au super-agent Mollie Glick qui m'aide à écrire ce que je veux, et merci à Joy Fowlkes de faire en sorte que tout se passe bien. Mon agent pour les droits internationaux, Jessica Regal, est une déesse. J'ai hâte de voir tous mes écrits salaces traduits dans d'autres langues.

Lindsey, c'est toi qui continues à faire marcher ma vie et ça, tu le faisais déjà bien longtemps avant de devenir mon assistante. Continuons à conquérir le monde ensemble.

Un énorme merci à Sharon qui est la meilleure attachée de presse de la terre, on ne s'est jamais aussi bien occupé de moi ! Tu es un génie, et pas seulement parce que nous avons les mêmes idées ! Et j'envoie tout mon amour à la team Sassy Savvy Fabulous, Linda, Jesey et Melissa. Vous défoncez tout en marketing et en communication !

Merci à Bethany et Josh pour leur impeccable travail d'édition. Quelque part, vous savez toujours ce que je veux dire, même quand je n'en ai pas la moindre idée. Et merci à Cait Greer de supporter toutes mes exigences pour le formatage.

Je m'en sors grâce à l'aide de mes amis et à de grosses doses d'alcool. Merci pour les conseils avisés et les discussions business très chiantes mais pertinentes, Laurelin. Sierra, tes commentaires me font toujours rire.

Lauren Blakely, j'ai du mal à croire que tu n'étais pas pom-pom girl au lycée, parce que tu es vraiment douée pour ça ! Merci d'être aussi positive.

Les girls du FYW, vous ne cessez pas de m'étonner ! Je suis émue de pouvoir me considérer comme l'une des vôtres.

Merci à la Cour Royale ! Vos photos et vos posts (enfin surtout vos photos) éclairent mes journées. J'ai rencontré tellement d'entre vous cette année, j'adore ça. J'ai vraiment hâte de pouvoir continuer.

J'ai une dette toute particulière envers de nombreuses blogueuses. Personne ne lirait mes livres sans ces fantastiques dames pour les vendre comme des gros maquereaux. Milasy, je pense que tu commences à avoir tes réponses. Trish, tu seras toujours Schmexy pour moi ! Toute ma gratitude à : Cocktails and Books, Book Bellas, Short and Sassy, A Literary Gossip et à The Laundry Room. Je sais que j'oublie certaines d'entre vous. Rappelez-moi que je vous dois un verre la prochaine fois qu'on se voit.

Gardez votre esprit mal tourné, les copines !

Une grande partie de ce livre a été écrite à l'Historic Elms Resort qui est le meilleur endroit possible pour faire le vide et se concentrer. Tous mes remerciements à son sympathique personnel pour leur hospitalité, leur enthousiasme et leurs club sandwichs.

Je ne pourrais rien faire de ça sans le soutien de ma famille. Les enfants, merci pour vos encouragements, même si je ne vous autorise pas encore à lire mes livres, et à mon mari qui me laisse passer du temps avec d'autres hommes dans ma tête sans être (trop) jaloux. Je t'aime.